玫瑰和我们

方如 著

山东文艺出版社

目录

楔　子		1
第一章	温　蒂	4
第二章	李　祥	35
第三章	阿　平	76
第四章	宁　宁	112
第五章	小　娣	156
第六章	凯瑟琳	177
第七章	玫　瑰	211

楔　子

女人看女人，总会有很多种眼神。

很多年前，在一本杂志上，我看到过一幅油画，画的是一个小女孩，正偷看自己对镜梳妆的母亲。女孩的脸上有笑，可正是因为那笑，让她神情紧张。也有羡慕，然而那羡慕里却分明流露出丝丝缕缕的剑拔弩张。

Rose，英文直译为玫瑰，是一个中国女孩的英文名。

这女孩其实跟我同龄。我知道她，源于曾和她同一时期在英国伦敦留学。这段时间我又偶然发现，自己竟然还是和她同一年春天，由同一家留学中介给折腾出去的。可再次回望，我却意识到，自己昨日今朝向她看过去的眼神，一定都活脱脱像极了油画里的那个小女孩。

留学时，玫瑰曾是我周围朋友口中坏女孩的代表，她的故事四处流传。然而我本人真正见到她，其实仅有两次。

一次是我刚到伦敦一年多，那是个早春的下午，我正在宿舍温书，楼上一个姐姐突然跑进来告诉我："她来了。"我心里说不上是兴奋还是紧张，扔了手上的书，一跃而起，手忙脚乱地装成要上厕所，嘭嘭嘭径直朝楼下跑。

原来她竟个子小小的，身材也太过纤细、文弱。那天，玫瑰宽宽大大地套了件湖蓝色的过膝长裙，乌黑油亮的长发直直地垂落肩头，一眼看上去，是那么清秀、安静。据说，那次去我们那儿，她是要找住在二楼的那个福建女孩，偏巧赶上人家外出未归，她便独自坐在一楼大厅里的一把靠背椅上等，正冲着我下楼的方向，一抬头便看见了我。于是，她便直直地挺起腰杆，斜斜地把两条眉毛挑成一高一低，仰起脸，似笑非笑地朝我点了下头。

再见玫瑰，已是八年后，彼时我研究生读完，已决计回国，只是签证还有些时日，便由着性子再赖一阵儿，一天到晚，四处逛街访友。

在微雨的皮卡迪利街头，和同学合撑一把大黑雨伞，我竟与玫瑰当头撞上。

若不是身旁同学高声唤出她的名字，我想我一定不会认出那是她。她已形容大变——我周围那些正值长身体时期去异国他乡，被突然改变了饮食结构的中国女孩，哪个的身材不是与日俱增？哪有像她这样瘦得形销骨立的？形销骨立、青春正好的中国女孩，哪个出门会像她那样，要灰头土脸穿黑棉衣、黑牛仔裤的？

同学仿佛是在续签证时承她帮过些忙，站在那儿，不住嘴地同她客套。她却一丝笑都没有，只站在那儿听着，偶尔点下头，轻声敷衍几句。而始终站立一旁一言未发的我，却因只顾看她，套了厚厚羽绒服、毛线衣、保暖内衣的一侧肩膀，被雨伞边缘汇集的雨滴层层打湿、浸透，直到我们分手走出好远，若不是同学提醒，我自己都还浑然不觉。

我是在今天，在自己三十三岁生日的今天，偶然得知了玫瑰已不在人世的消息，也是在此刻，我产生了强烈的要探究、讲述玫瑰故事的冲动。

是的，讲述。讲述者通过诉说，进入被讲述者晦暗、幽微的内心，慢慢发现那么多隐忍的喜、怒、哀、乐，那么多巧合、折磨、陷阱、各种各样的可能性、命运的虚妄、因缘际会……然而，文字真的可以完整真实地复活一个业已沉寂无声的逝者吗？

人的内心或许是这世上最难以把握、描摹的东西，可总有"人同此心，心同此理"的情感和梦想，可以让来自四面八方不同的我们心通意会，让观望和理解成为可能，让我们都能成为他人的一面镜子，彼此映衬、观照、提醒……在这镜子里，你会看到对方、看到世界，当然，或许看到更多的还是你自己以及你自己跟这个世界的关系。

由此，我深信，玫瑰的故事一定会和我，以及每个给我讲述玫瑰故事的人相关，当然，也一定会和你，相关。

第一章　温蒂

　　出生于1981年的温蒂，个子不高，偏胖，长发长裙。精心修饰过的一张脸，肤白唇红，还戴了一副黑漆漆根本看不清她眉眼的大墨镜，她讲话语速偏慢，声音低柔温婉，略带南方口音。——这是如今想来，我关于温蒂外在的全部记忆。

　　2013年初冬，我在上海见到她，衡山路，一家背街的小酒吧。

　　是她自己说的地址。我乘地铁过去，绕来绕去好一通找。可刚拐进那条小里弄，都还没留意到酒吧的名字，我的目光就先被临玻璃窗坐着的一个戴墨镜的女子吸引住了。那就是温蒂，是她的墨镜让我驻足，并最终找到了她。

　　温蒂说，既然已经答应了我，那么关于她自己，还有玫瑰的故事，她一定会事无巨细全部据实相告。"不过，"扶了扶一直戴着显然自己也颇觉得累的大墨镜，她又加重语气，"我们只聊天，并且，你还得保证，我们彼此只在对方的生活中出现这么一个下午。"

　　我当然举双手表示赞同。

　　事实上，温蒂在网上联系我，答应见面时，就已表明了这个态度。现在再讲一遍,那是重申。而戴墨镜来,她是为了时时提醒我,勿忘自己已提前承诺的交流限度吧?

那个下午,一直是温蒂讲,我听,一句话我都没插。

没插话,不仅因为我需要遵守承诺,更因为,温蒂的讲述,让我满怀感激。

温蒂曾跟玫瑰读同一所小学。

她一开讲就跟我细细推算时间,最后肯定地告诉我:距她第一次见到玫瑰,已过去整整二十二年了。

她说她至今都还清晰地记得自己第一次见到玫瑰时的情形,那年她十岁,在上海读小学。而最后一次见到玫瑰,她已经二十八了,那已经是在伦敦,她见到的,已是玫瑰的尸体。

那么,就从伦敦开始吧,让我从伦敦开始,讲给你,关于温蒂和玫瑰的故事。

1

2010年元旦后阴冷的正午。伦敦,苏活区,唐人街。

温蒂如约去那里一家旅行社取提前出好的机票,从地铁站一出来,就被人塞了份报纸到手上。她低头看去,发现那是张推销旅游景点的报纸。然而,只匆匆扫了一眼,那报纸题头处的一行文字,就让温蒂那段时间一直郁结于心的杂乱思绪陡然变得尖锐,变得汹涌澎湃起来。温蒂的目光,甚至内心,都像被突然灼伤一般,滚烫地跳将起来。

"When a man is tired of London, he is tired of life, for there is in London all that life can afford."(当你厌倦了伦敦,就说明你厌倦了生活。因为生活所能提供的一切,你都可以在伦敦找到。)

温蒂知道,这是那位据说编纂了世界上第一部英文字典的英国著名的文学家、批评家塞缪尔的名言。

她更知道,一个月后自己将离开伦敦,离开这个当年曾承载了她无尽梦想的地方。

时间过得真快,那时温蒂已在伦敦待了五年,那五年在温蒂生命中是美好且重要的五年!从二十三岁到二十八岁,温蒂一个人在异国他乡,在那片陌生的土地上经历了那么多的事情:无助和奋争、怀疑和确信、痛苦和欢喜……可现在这一切很快就要结束了,没多久,她就要离开这里了。

走在街上,温蒂发现自己开始流泪,眼前的景物变得越来越模糊。她后来茫然地、心事重重地呆立在过往的人群中极目四望,突然发现,伦敦——这个她一直都觉得是属于别人的地方,竟不知何时变得那么温情脉脉、恍若亲人。

手机就是在那会儿响起来的,温蒂甚至都还没来得及调整自己感伤的心情,神情都还有些恍惚。

对方的讲话声带有浓重的黑人口音,她用极慢极慢的语速,确认了温蒂的身份后,又一字一顿地告诉她自己是警察,她问温蒂,这几天什么时候方便,可以去警局协助他们办案吗?

女警察详细地告诉了温蒂她办公的具体地址、电话号码。温蒂慌慌张张地掏出小本子来做记录,无法自抑地浑身颤抖,她把一个个字母写得飘忽潦草,像鬼画符。她真的不知道到底发生了什么,除了办理住所登记,在伦敦生活了五年,温蒂没有任何同当地警察打交道的经历。

2

温蒂是被一个黑人女警察领着,进到一个空旷的冷冻室一样的房子去见玫瑰最后一面的。

玫瑰躺在一张略显宽大的单人床上。她那么瘦，被一张白得耀眼的床单蒙住，又被平平地放置在铺有洁白床单的床上，若不仔细看，都会以为那里空无一物。

女警察撩起床单一角，让温蒂看玫瑰的脸。

温蒂没有走上前，而是下意识朝后退，因为她遭遇到玫瑰仰起的惨白的脸，上面已若隐若现片片云一样瘀紫的尸斑，细长的半睁半闭的眼睛像困得不行了，脖子软软地向下歪着，嘴空空地朝上张着，唇上有一条条深深浅浅苍白干燥的唇纹，细密、焦灼、突兀……泪水一下子漫上了温蒂的双眼，她转过头不忍再看。

她对警察说，是的，我认识这个人，她叫玫瑰。

其实没进去看时，温蒂就猜到一定会是玫瑰了。当来到警察局，被告知是认尸体，因为在死者的项链吊坠里发现了温蒂的名字和电话号码，温蒂就想到了——肯定是玫瑰。

这世上还会有第二个人像玫瑰那样，把温蒂的电话号码放到自己最贴身的项链里吗？

原来玫瑰选择了安静地离开这个世界。

几天前，一个早起遛狗的老人在摄政公园玫瑰园里的一条长椅上，发现了俯卧在那儿已死去多时的玫瑰。想必玫瑰是不想让别人知道自己是谁，从哪儿来的。她没携带任何证件、手机、电话本一类的小零碎。她身上穿着和温蒂上次在瑞士相遇时一样的黑T恤衫、黑牛仔裤，变化的只有她的头发——已恢复到原本的黑色，再有就是，她这次没背背包。她就那么孤零零地坐在公园的长椅上，握着一把水果刀，切断了自己手腕上的静脉。可是，她是忘记了，还是有意如此？这次陪伴她的，唯一能让别人发现她身份的线索，就是藏在项链吊坠里的，那写有温蒂名字和联系方式的小纸条。

然而，温蒂又能了解玫瑰多少呢？

女警察问温蒂："死者为什么会到摄政公园去？死者住在哪儿？离那公园近吗？死者叫什么名字？什么身份？你觉得死者存在自杀的可能吗？死者怀有三个月的身孕你知道吗？"

温蒂什么都不知道，相反，温蒂的疑问比警察还多。

在温蒂看来，玫瑰是一个生活态度成熟通透的人，这样的人，怎么可能有过不去的坎儿？她怎么会想到自杀呢？

于是，温蒂反问警察："你们怎么就认为她是自杀？她为什么要自杀？你并不了解她这个人，她这个人……"一时情急，温蒂想不出该如何用英文合适地表达自己一直以来对玫瑰的印象，她最后说出口的话是："她……她这个人真的非常非常聪明。"

不知是不是觉得温蒂的说法好笑，女警察耸耸肩，摊开手，咧开裸露着粉红色牙龈和雪白牙齿的大嘴巴，朝温蒂翻了半天眼睛，才问她："嗯？你认为聪明的人就不会自杀？可我的经验告诉我，大多数自杀的人都是那些表面看上去挺聪明的人。"

温蒂最终离开了那儿，她说不清玫瑰的很多事情。只是后来，当她提及玫瑰有份工作，似乎是在唐人街做中文导游时，女警察才若有所思地朝她点了点头，旋即公事公办地说声谢谢，并同温蒂道别。

3

温蒂真的认识玫瑰吗？

当然了。她早已讲过，她认识玫瑰时，才十岁。

那是1991年的上海静安，九月，大田路第一小学，温蒂是四年级刚转学来的新生，怯生生、软绵绵地站在学校烈日炎炎的操场上。

正是秋老虎发威最凶的时候，头上顶着烤人的大太阳，身边本来就一丝风都没有，却还密密麻麻站满了一个个名字她都叫不上来，许多时候连人家讲出口的话，她都没法真正听懂的同学、老师。陷落在这样的人群里，温蒂越发觉出自己的孤单。站了那么久，可她还是一动都不敢动。眼前的一切温蒂毫无兴趣，可她依然在心底盼望着自己来到新学校参加的第一次集体活动尽快开始。

温蒂就是在那个学期回到上海外婆家借读的，彼时她父母还都在黑龙江北大荒农场，从小就敏感多思又自卑的温蒂，一到人群中就无所适从。在此起彼伏、杂乱的交头接耳声，以及老师们远远近近大呼小叫的整队声里，温蒂越来越感觉自己浑身上下都不自在。

多年以后，当温蒂回望从前，她对年少时的自己报以无奈的苦笑——那个时候，各方面都平庸的她，是最应该也最容易被别人忽视的啊，可为什么在心里，她却总是感觉自己恍若日日陷落在无数道目光织就的壁垒森严的墙里？

玫瑰就是这个时候出现在温蒂眼前的。那时玫瑰还叫苏媛媛。

先是听到在自己身后，有人小声嘀咕："嘘，快了，你看，苏媛媛都要上去了。"很快，一直在人群里走来走去的老师也开始高声呵斥："谁说话呢？啊？没看见吗，苏媛媛都上去了，她一上去，马上就要开始了。"

追随着大家的视线，温蒂看见沐浴着各色目光，一个穿了条孔雀蓝长裙的女孩正昂首挺胸、脚步轻快而又坚定地走向领操台。

女孩像一只神气的大花蝴蝶，一出场，就晃晕了温蒂的眼睛。

那天，在众多艳羡目光的追随下，玫瑰登上领操台。她瘦弱矮小，可表情却像小大人一般端庄严谨。她不紧不慢地站定，先四下里看了看，才清清喉咙，开始讲话："各位老师、同学们，开学典礼马上就要开始了，请各班注意清点人数、清点人数、清点人数……"

扩音器不好，回声太大。玫瑰清澈、明亮、激越的声音被一环一环地向四周扩散开去,而她美丽的形象也由此一波一波地深深印刻到了温蒂的脑海里。

多少年过去了,玫瑰当年的形象、举止,都还鲜活地珍藏在温蒂心中,从未彻底消失。人的记忆其实是很玄妙的,每天照面的人你可能转眼即忘,但一个仅打过一次照面的人,你却非常可能终生难忘。——玫瑰,她注定要成为温蒂生命中这样的人。

那次远远地隔着人群的张望,使得小小的温蒂,她心中对同龄女孩所有美好的形容词全都落到了实处,玫瑰,她自此成了温蒂心目中美好女孩的具体样板。

多年以后,当温蒂逐渐长大,有关美丽女子的形象,永远都逃脱不掉玫瑰的影子:比如光洁宽展的额头,比如清澈的、光波流转的眼眸,比如含羞的、总微微抿起的嘴唇,比如讲话时庄严、不苟言笑的表情,比如饱满提起的颧肌,还有轻启双唇有板有眼地发出来的明亮、激越的声音……

很快,温蒂便经常在课上课下听老师同学讲起有关苏媛媛的事情:她高温蒂一级,是五年级的,她遥遥领先的成绩,她获全国征文比赛二等奖的那篇被无数老师在课堂上朗读过的作文,她能歌善舞,她大方得体,她父母都是机关干部,她从一入小学就当班长,直至中队长、大队长,她到处代表学生发言,她主持学校里的每一次文艺演出……

从那以后,课间操的操场上,上学、放学的路上,温蒂到处都在寻觅玫瑰的身影。找到玫瑰其实一点儿都不难,因为无论在哪儿,玫瑰都像一道光,让周围的一切统统淹没到她耀眼的光芒里,让温蒂除了她,对周围的一切视而不见。

可那状态持续得并不久。很快,玫瑰升入中学了,她从温蒂的视野中彻底消失了。只是温蒂依然忘不了她——学校里又有新的同学出来替代玫瑰的位置了;随着长大,温蒂的身旁又不断出现新的漂亮神气让人羡慕的女孩了；周围再没有人讲起玫瑰，甚至难得有人谈论玫瑰，都没几句好话了……然而出生、成长都在一个偏僻荒凉的名字叫逊克的小县城的温蒂，却无论如何都无法忘记初回上海自己认定的第一个偶像。

美丽的如惊鸿般从温蒂的世界里掠过的玫瑰，是温蒂除自身之外，真切关注到的第一个同龄人。毫不夸张地说，是玫瑰，让成长在温蒂心中变得可感可触；是玫瑰，让自卑、内省而心中又常常升腾着躁动和不安的温蒂，开始对长大有了向往。从那时起，温蒂关于未来的想象，玫瑰再也无法缺席，温蒂开始向往自己有一天可以像玫瑰那样在人群中备受瞩目，像玫瑰那样出现和消失都能像天空中的云朵一般，飘忽而又优雅。

4

在伦敦时，温蒂只同一个人讲起过玫瑰，那就是她当年的同居男友皮特。

"我跟皮特如今早就失去联系了，我们在彼此的生活中，出现了不到三年。"

那个午后，讲自己和玫瑰故事的温蒂，第一次提及皮特时表情多少有些慌乱。像是力不从心需要停顿一下积蓄力量一般，温蒂先低头沉默了一会儿，说出这句话后，她的讲述才又慢慢继续。

那天离开警察局，温蒂直接回了宿舍，一进门，正巧遇上赶着要出门的皮特。

"有什么特别的事吗？"皮特很随意地问了一句温蒂去警局的事。

皮特总有这种本事，不管自己房间如何藏污纳垢、杯盘狼藉，他总能迅速地从垃圾堆里脱身，三下五除二就把自己拾掇得纤尘不染。他那天的行头也一如往常光鲜可人,他神气活现的口哨声,见到温蒂才戛然而止。

"没什么。"温蒂朝他摇头。她心灰意冷,头脑昏昏沉沉的,她不想再同皮特讨论玫瑰的事情。更何况,她也清楚皮特不可能对玫瑰感兴趣。自从前一天接到警局的电话,温蒂心里一直不安,所以曾跟皮特提及此事,皮特对此颇不以为然。现在知道温蒂刚从警局回来,又说了没事,皮特更是一脸得意扬扬,他朝温蒂挤了挤眼睛,那神情仿佛在说:"瞧,怎么样,果然不出我所料。"皮特咧嘴朝温蒂夸张地一笑,就继续快活地吹着口哨,没心没肺地扬长远去了。

那会儿温蒂已同皮特同居近三年。若干年后,想起自己在伦敦的生活,皮特一直都是温蒂无法绕开的记忆。

皮特那年三十来岁,是出生在牙买加的英国人,在一家语言学校教书。和温蒂一样,他那会儿也即将离开伦敦。温蒂的签证一个月后到期,而皮特也一直在百折不挠地申办去日本教书。就像他们当初匆匆忙忙聚到一起一样,他们天各一方的离散也即将到来得无比匆忙。

那天,看着皮特在自己视线里渐行渐远,温蒂觉得自己恍若置身于当年打工的那家小餐馆,第一次看见皮特目光闪亮、笑眯眯地朝自己走来。

傍晚时分,温蒂刚刚把象征餐馆开始晚餐营业的小宫灯挂出去,皮特就推门进来了。他穿着旧的粗线毛衣,浅黄色的油汪汪的头发,满是积尘污垢的大头皮鞋。那会儿,他虽邋遢落魄,却依然有明快夸张的口哨和笑语。他风一般来来去去,所过之处,总会森森细细飘洒出高田贤三香水的独特清香。

皮特一进门就不住嘴地大声说笑,那时温蒂听力太差,一见能说会道的食客上门就本能地紧张。皮特手上捧着一个大纸袋,装着他刚刚冲洗出的一沓照片。

皮特并没有过多饶舌,他很快就去靠窗的一个位子坐下,然后开始哗哗哗低头翻弄那些照片,可分明地,他的目光在只有他一个食客的餐馆里飘来荡去。他对给他递去菜单的温蒂故弄玄虚地微笑,他看都不看那菜单,说自己只需要一瓶啤酒。

温蒂送啤酒的时候,皮特指着自己手上的照片给她看。"这是我太太和我的两个女儿,这是我们的小狗COCO。它两岁了,非常喜欢游泳。"他笑眯眯地不停地同温蒂搭讪。

温蒂只对他照片的背景感兴趣:"好美的海滨。这是哪儿?"

然而皮特是有预谋的,他对温蒂本人更有兴趣。他挤着快活的蓝眼睛说:"这是我的家乡蒙特哥贝,在牙买加北部,你喜欢这儿吗?我的母语是英语,你喜欢跟我交朋友吗?你什么时候才能下班?我可以带你出去吗?"

那会儿正是温蒂最难的时候,刚到伦敦不满半年,出国前预算有误,从国内带去的钱交完学费后,生活费很快便捉襟见肘,和妈妈关系还僵着,不愿再开口去要,就只能自己出去找工作,但英文又不够好,四处碰壁。碰壁多了,她便看清楚了自己,知道自己能做的工作,恐怕只有中餐馆,然而中餐馆老板也在挑剔她不够体面,太矮太胖。那家肯留下她的店,不过是旺季临时用工性质,说什么做楼面,其实很多时候都是在厨房打杂。温蒂自知不是长久之计,一天到晚,除了上课,依然到处找工作。

她的问题后来终于彻底解决。当然,她不是找到了还算像样的工作,而是找到了还算像样的皮特。

事后皮特才告诉她,他其实早就注意到她了。他租的房子就在温蒂打工那家餐馆的对面。"你是个 mystic 女孩。"第一次见面时皮特就这样跟温蒂讲过,但温蒂没听懂。后来,皮特在温蒂的笔记本电脑上,一个字母一个字母地敲出这单词,让温蒂自己看。

看到翻译过来的意思是神秘,温蒂能感到自己心底陡然悸动带来的疼痛。

"其实皮特说的是对的。我们俩在一起,就像是两个陌路人彼此互为远方的探险,从感性到理性,从肉体到精神,从饮食起居到娱乐休闲,从大惊小怪到渐渐相安无事。"多年以后的那个下午,温蒂如此这般总结自己和皮特的故事。

她和皮特的第一次是在皮特租的小房间里。窄窄软软的单人床,满屋子弥漫着香水和体味混杂的呛人气息,这气息让温蒂感到局促和紧张,她不由自主地打起了哆嗦,像发高烧一样可以清清楚楚地听到自己怦怦的心跳,带着一阵比一阵明显的恶心,咬着嘴唇尽量不发出一点儿声音。

因为毗邻厕所,门口总有人经过。穿着各类鞋子踩踏地毯上下楼的声音,哗啦哗啦马桶冲水的声音,淅淅沥沥窗外的雨水敲打房檐的声音……那些声音一会儿近,一会儿又远了,高高低低、断断续续贯穿了那天的始终。

一个月后,温蒂的租房合同到期,就搬去跟皮特同住了。

自己真的爱皮特吗?或者说,皮特对自己来说意味着什么?如今,温蒂已能心平气和地看待那段过往。她承认,自己在伦敦的日子,因为有了皮特,变得忙碌充实起来,甚至也的确出现过终于在陌生土地上有了自己温暖小窝的短暂错觉。可和皮特相处的时间越长,她越清楚皮特对自己的意义。这像极了自己曾见过的一种夹层里压着真花的玻璃盘子,远观近看,都无比晶莹剔透、缤纷美丽。然而,它再香艳美丽,始终还是隔了一层玻璃的,只要真正用手去触碰,你便会意识到它的坚硬、冰冷,那些美丽的花永远都不会有什么真实的芳香。

5

离开伦敦前的那一周,温蒂还一直去汉堡王打工,有天收工已是子夜时分,一走出大厅,就接到了皮特的电话。

皮特很兴奋地告诉温蒂,自己去日本的签证终于下来了,这会儿正在朋友家庆祝。

"你也来,好吗?"他显然是喝了不少酒,语气除了一如既往的快活,竟然还夹杂了些许柔情蜜意。

皮特到温蒂下地铁的站点来接温蒂,一路带她走回朋友家。皮特显得非常兴奋,边走边不停地对冻得瑟瑟发抖的温蒂说:"这是值得的,多冷都是值得的。因为理察是我所认识的人里,最有意思的一个!"

理察站在昏暗的过道迎接他们。

他很正式地躬下身子,伸出瘦长冰冷的手与温蒂相握。理察有一头长长的栗色卷发,苍白憔悴的脸上,一双目光混沌的眼睛,陷落在松懈的大眼袋里,加上他一开口讲话,嗓音低沉、干哑,让温蒂不由自主地紧张,心里总不时生发出阵阵午夜撞上幽灵的惊悚。

进到理察只开了一盏小台灯的房间,温蒂发现,原来他们一直是在散放着杯盘的地毯上席地而坐。他们喝着红酒,在听理察收藏的那些老 CD。

很奇怪如此邻街面的房子竟然不通暖气。看到温蒂不时抱肩膀,皮特和理察便一起动手,把厨房里的炉灶搬过来取暖。炉灶拖着长长的管道线,压过层层叠叠皱起来的脏兮兮的看不出原本颜色的地毯,四个火头都被扭到最大,很旺盛地跳跃着燃烧。在温蒂眼里,那是一种不管不顾的放纵。

理察五十多岁了,神情步态都流露出显而易见的老迈,可话题却绝对没有。

皮特告诉温蒂，理察从十七岁就离开英国南安普顿的家乡，满世界跑着去教英文，去过许多国家，会讲五六种语言。理察很感兴趣地问了温蒂一些关于中国的事。他竟然还拿出一张京剧CD，梅兰芳婀娜曼妙的扮相、封套的色彩和装帧都让温蒂倍感亲切，然而京剧温蒂是全然不懂的，她只把那CD握在手上，前翻后摸不肯放下，却也没有任何打算听听的意思。理察对温蒂不急于听自己国家的音乐大为诧异。他告诉温蒂："五年前我曾错过一次去越南教书的机会，这辈子还从未去过亚洲，或许这将是我此生最大的遗憾。"

理察开始不停地推荐给他们听不同的音乐，大多是一些歌剧的选段。华丽暖亮的高音温热地簇拥着他们，飘飘地打着旋儿，在昏暗的房间里自由地穿梭游走，这一切让理察有些忘情。他站在那里，修长的身体斜倚着占据了整整一面墙的大博古架，他拿起歌剧CD的内页给他们朗诵，先是原文，然后再用英文翻译。他闭着眼睛，不时伴着音乐挥舞着他瘦长干枯的手臂。

有一首曲子，理查和皮特似乎都很喜欢。他们反复听了好久，是循环往复的调式，德语的语音听起来不如英语流畅，更没有法语婉转，爆破音和喉音明显，仿佛一字一顿，格外古板僵硬，浑厚的女中音在大提琴的烘托下越来越忧郁、激愤。"姆塔，啊，姆塔。"那女子反反复复地咏叹。

"她在唱什么？"温蒂忍不住发问，"姆塔是什么意思？"

理查用感伤的目光看着温蒂，用英文低低哼唱："妈妈，哦，妈妈，为何我直到现在，还是不想回故乡？"

高高大大的理察是那么瘦，一件暗绿色粗线的大毛衣套在他身上，就仿佛是挂在衣架上，空荡荡的，没有着落。在理查的周围，全是他满世界收集来的工艺品。铜黄的金属、亮红的玻璃、青白的动物骨骼都蒙着厚厚的积尘，让人辨不清它们从前的真实光泽。流苏和链子也大都打着结，肆意地纠结着，处处彰显主人的潦倒和颓败。它们和理察一样衰老，也一样藏污纳垢，可它们那会儿都是理察的道具，理察不时转身去拿它们过来，醉酒后的理察有些口齿不清，却依然在絮絮叨叨不停地讲述自己在不同国家的见闻。皮特显然很感兴趣，一直在耐心地侧耳倾听，偶尔轻声发问。

温蒂的英文不足以完全跟上他们的表达，她有一搭没一搭地听他们讲。不知是因为紧挨着炉火，还是因为喝了酒，她只觉得自己的脸在发烧，耳朵也一跳一跳灼热难耐，她越来越感到胸闷，觉得自己心里翻腾着冲动，只想张嘴哭出声来。

是的，故乡，远方，这样的词让温蒂莫名地激动。她发现了，她其实早就发现了，自己和理察、皮特他们是一样的，都是同类。

他们应该都属于某种迁徙类动物吧？或者说，血液中有某种动荡动物的野性？他们对常态的日常生活总有不满和恐慌，而对远方，对未知的一切，却总莫名地充满热切的渴盼。

但远方是什么？理查从十七岁就开始了对远方的追寻，他找到了什么？还有即将出发的皮特，以及温蒂从前见过或听说过的皮特那些也在教英文的朋友，在伦敦这个城市里，他们是特殊的一群人。因为很小就对远方着迷，他们在自己很年轻的时候，就以教英文的名义离开故乡，跑到四面八方去看这个世界。有些人甚至终老他乡、埋骨异邦，让他乡变成故乡。还有一些，像理察一样，年迈时选择归来，不得不面对自己尴尬的处境——居无定所，四处租房子，没有从业资格，去不成好学校，只能在一些薪水不高的语言学校教书，并因为待遇、环境等原因，频繁变动工作和住所。

而温蒂自己呢，她觉得自己连这样的人都没法比。

因为他们还可以教英文糊口，可以享受高福利，老来无忧，而且他们好像根本就不在乎周围人对他们生活方式的看法。他们的故乡和故乡的亲人，难道从不把这样的压力施加给他们吗？

6

想想真有些匪夷所思，一个人竟是在离开故乡，远远逃离自己熟悉的人群后，才渐渐学会打量自己、一点点看清自己。

在那个被音乐和红酒装点得晕晕沉沉的夜晚，在理察和皮特天南海北的闲聊声慢慢变得越来越远的夜晚，温蒂眼前越来越清晰地出现的，是自己母亲那一如既往的，总对温蒂强压着火不忍发作，却又分明又气又痛、恨铁不成钢的表情。

温蒂的母亲用这种表情面对温蒂多年，在温蒂决定要来英国留学之前，她这表情才起了变化。

温蒂记得，在自己临离开家的那个晚上，睡梦中的她，被母亲压抑的哭声惊醒。在清冷的月光下，她看见自己的妈妈正佝偻着腰，把脸埋在摊开的双手上，干瘪的身体正如筛糠一般颤抖不止。

但温蒂一点儿都不同情妈妈，那会儿，温蒂甚至对妈妈还有怨恨。

温蒂到国外留学，最初可是妈妈的主意。

那时温蒂还在上高中，在教育系统工作的妈妈便利用出差的机会，带她去了一趟英国。那次妈妈的公务是去考察中学教育。是被国内学校这些年一直呈上升趋势的留学现象刺激的吗？那次出发时原本只说带温蒂去感受一下异域风光的妈妈，兴之所至，竟怂恿温蒂及早负笈西洋。

不过，那次考察，妈妈没能如愿把她的温蒂变成留学生。后来，温蒂在大学毕业后自己又萌生了去英国读研的念头。可这一回，妈妈却又哭鼻子抹泪地不支持了。

温蒂反感母亲出尔反尔，签证下来的当天，她跟妈妈大吵，用当年妈妈带她远行考察的事来反驳妈妈。妈妈显得有些愣，可怜巴巴地申辩道："可现在和从前不一样了啊，现在家里不是只剩下妈妈自己了吗？"

温蒂笑妈妈自私，她跟妈妈陌生人一样扛着互相不说话，沉默地度过了她要离家前的那段时光。直到临出发前的那个晚上，妈妈自知管不住她，跑到温蒂房里，对着已入睡的女儿默默流泪。

寂静的有清冷月亮的夜里，温蒂一动不动地听着妈妈低声抽泣，听着妈妈一次又一次口齿不清地唤她的乳名："囡囡……囡囡，你怎么这么狠心？你走了，妈妈可怎么办？"

虽然那时温蒂眼里的泪水早已无声地溢出，但她依然紧紧闭着双眼，佯装熟睡。最后，妈妈终于伏在她的身上，泣不成声。

温蒂在伦敦一住五年多，期间只回过两次家。

一次是刚来那年的圣诞假期。才来不到半年，原本没打算回的，只因跟妈妈通电话时，无意中提起有些同学订了机票回国。妈妈在那边急切地问："那你为什么不回来？"不知为什么，温蒂鼻子一酸，哽咽起来。后来，强压住自己喉头的颤抖，温蒂用故作冷静的声音轻轻回答了妈妈："我当然也是订了机票的。"

第二年，中国年之前的一个晚上，温蒂在静寂的深夜突然醒来，头脑极其清晰，心里却空落落的。从前的往事缤纷凌乱，纷至沓来。她瞪大了眼睛望着窗外灰黑的朦胧天色发呆，直到天色一点点变亮、泛白。

后来她才知道，妈妈正是在那晚去世的。那天傍晚，妈妈从广州出差回来，在从机场回家的路上出了车祸，送去医院抢救了一整夜，天还没亮就过世了。

所以，第二次回国，温蒂就是去参加自己妈妈的葬礼了。

一切正如她所预料，在妈妈的葬礼上，温蒂见到了已离家多年的父亲。妈妈的秘书小张叔叔急急地跑来叫她。叔叔支支吾吾，话都没来得及讲清楚，爸爸已站到了温蒂面前。

"你在英国过得还好吗，囡囡？"爸爸并不提妈妈，只是用沙哑的声音关切地问温蒂。这声音让温蒂的心流泪，可脸上却一点儿也没有。温蒂尽量心平气和地反问爸爸："你呢？你好吗？"

爸爸似乎有些猝不及防，他有些尴尬地干咳了一声，才含含糊糊地回答："我是好的。当然，我是好的。"

爸爸是在温蒂读高三那年离家出走的。

他走前没有任何征兆。他一直在一家出版社做编辑，平时不怎么坐班，常一个人在家。如同从前任何一个平常的日子，那天当温蒂和妈妈相继回来时，家里已是饭热菜香。除此之外，爸爸还留下了一纸离婚协议书，人却早已不知去向。

妈妈一言不发，迅速地收起离婚协议，跟温蒂在一盏耀眼的日光灯下坐下来吃晚饭。厨房里冰箱的嗡嗡声一浪一浪地传过来，邻居家里的炒菜声、电视声，以及偶尔经过窗前的人们打招呼的声音都显得格外刺耳。

两个月后温蒂在老师的办公室接到了爸爸的电话，仿佛是经过了充分的准备，一向不善言辞的爸爸说了很多依然惦记家、惦记女儿的话。爸爸说："囡囡，等将来你有了家，相信你会原谅爸爸的。"

爸爸甚至还打空头支票，保证将来一定会参加温蒂的婚礼，保证在温蒂生命中任何一个重要时刻，作为父亲，他一定不会缺席。

事后温蒂想，爸爸一定是有预谋的，他把电话打到温蒂学校里的教师办公室，办公室里老师同学人来人往，温蒂只有安静地听的份儿，不能反对也不能赞成，甚至不能发出一点儿感慨。

又过了一阵子，爸爸的事开始不断被不同的人提起，成为温蒂周围熟人圈子里茶余饭后的话题。于是，温蒂得以知道，爸爸是和他们社里一个年轻的女编辑，一起出逃去远方的。

爸爸和妈妈是初中同学，他们"文革"时一起离开上海去北大荒下乡，在那儿结婚，生下温蒂，后来，温蒂读小学四年级时，又被独自送回外婆家借读，三年后，温蒂已经读中学了，父母才先后调动回到上海。他们一起走南闯北，那么多年的患难夫妻，尤其是后几年，妈妈走上了领导岗位，家里的日子，用妈妈的话说，那叫蒸蒸日上。可就是那么蒸蒸日上的日子，在温蒂眼前，竟毫无预兆地突然凉了气。

那个小于阿姨，是爸爸社里新分配来不久的大学生，温蒂在自己家里遇见过几次，戴一副深度近视眼镜，文弱病态，平常得像沟边壑底一丛在风中瑟瑟发抖的不知名的野草闲花。

大学毕业后，温蒂下定决心要离开家，远远地去英国读硕士。从开始打算到最终成行，她只用了不到半年的时间，在那半年里，她常常会想起爸爸，如果她愿意，或许可以联系到爸爸，把她的打算说给爸爸听听，但她最终也没有那么做，而是对父母一视同仁，都保持了沉默。

当然，这绝不是说温蒂不在乎爸爸，或者说生爸爸的气。彼此同龄的温蒂父母是在他们三十一岁那年有的温蒂，从小就特别宠她。尤其爸爸，爸爸比妈妈脾气好，比妈妈会做家务，比妈妈在家陪伴温蒂的时间长得多……当妈妈最终知道了温蒂的计划，跟她吵、跟她冷战的时候，温蒂总是假设：若爸爸在，一定不至于如此吧？

对别人的很多事，或许你无法搞懂，可就算是你自己的事，你真的就能说清吗？就好像温蒂一直搞不懂，是强势的妈妈，还是温顺的小于阿姨，抑或是想要逃离琐碎、单调、呆板的常态生活，到底是什么最终导致父亲离家出走一样；她同样也搞不清，是继续读书深造，还是天马行空地到全然不同的远方去，到底哪一个对自己诱惑更大，以致促成了自己对留学这个决定的固执坚持。

7

那晚在理察家，一直到第二天凌晨，天都蒙蒙亮了，温蒂和皮特才起身告辞。

回到他们租住的房子，两个人依然毫无睡意，于是又开始聊天。

"皮特，你知道吗？我出生在高寒地区，那儿地处中俄边境，全年平均气温都在零下，一年里最长的季节就是冬季，大雪封山，遥遥无期。那里的人们日出而作、日落而息，忙忙碌碌地生老病死。我的父母并不是那里的土著，他们十几岁就离开家乡，斗志昂扬地响应号召跑去支援边疆，可到了没多久，却又无时无刻不想着离开，想着回老家去。我从记事起，就不断被父母教育，一定要努力学习，将来有一天离开那儿。从小，我就觉得自己跟周围的人是不同的，我心里一直埋藏着强烈的要离开、要去远方的念头，那念头甚至都有些盲目。在回到外婆家之前，我甚至都有个错觉，觉得人多、气温高的地方就是经济发达、生活美好、自己将来努力要奔向的地方。"

皮特爆发出一阵肆意的大笑。他说："要知道，你其实不该来伦敦，你应该去 Equatorial Guinea。"见温蒂朝自己茫然地瞪大眼睛，皮特又跳下床去开电脑，把那两个单词敲出来，一边给温蒂看，一边继续笑道："不过那里也不合适，那里可是穷得厉害，而且官方语言是西班牙语。"

温蒂看到翻译出来的单词是赤道几内亚，也不禁莞尔。但她那会儿一点都不介意被皮特取笑。

那天，是因为在理察家喝了点酒吗？温蒂说不清自己为什么会那么激动，她觉得自己强烈的要倾诉的欲望无法自控。她告诉皮特自己已经很久很久没跟别人谈及自己的内心了，她的语调越发感伤、低沉，她终于跟皮特谈到了玫瑰。

"皮特，你知道吗？来伦敦五年，我只跟玫瑰谈过故乡，谈过远方。"她说。

温蒂向皮特讲起自己始于少年时代对玫瑰的崇拜，讲起她跟玫瑰之间那两次美好的相遇。

第一次是温蒂高中时随妈妈来英国旅行。

那是个冬天的下午，妈妈有公务，给温蒂买了伦敦塔的票，让温蒂自己去参观。可温蒂对监狱没兴趣，她进去没一会儿就出来了。

她现在还记得，那天是伦敦冬日最常见的密云欲雨的天气，天上密布着厚厚的棉絮状的云，一阵风来，绵绵软软洒落几许，一阵风过，又会有太阳狡黠的笑脸隐约闪现。一个人无所事事地踱步去了塔桥，转了转，她又离开那儿，一路向西，沿着拉沃·泰晤士街，慢慢走到了伦敦桥。她在写有伦敦桥字样的桥头拍了张照片，便慢慢走上桥去，一边走一边打量来来去去的各色人等。天哪！就在那天匆匆而过的人流里，温蒂竟惊喜地看见了自己小学时代的偶像——玫瑰！

温蒂兴奋得无法自已，一向拘谨的她，竟然主动跑上前去跟玫瑰打招呼，玫瑰对温蒂提及的小学点了头，却显然对温蒂本人没什么印象。然而，玫瑰到底是玫瑰，她是不一样的，她依然很热情地邀请温蒂去了她的住处，那是离伦敦桥不远的一座三层小楼，玫瑰住二楼。

在玫瑰的住所，温蒂还诚恳地请玫瑰帮自己拿主意，关于她是否该如妈妈建议的那样早早出来留学。玫瑰并没有帮她下结论，却跟温蒂谈及自己的生活。"我来这儿一年多了，挺不容易的。"玫瑰像大姐姐一样忧伤地看着温蒂，一字一顿认真地说，"这可是件大事，要来的是你自己一个人，不是你妈妈或爸爸，所以你一定要搞清楚自己是否真的愿意。"

第二次是2008年的6月。瑞士，日内瓦。

那次，为了找提前预订好的一家青年旅馆，温蒂走了很多冤枉路，沿途打听了不少人才找到。可到达时，却只见简陋的门脸。温蒂伸手去拉门，却发现门被人从里面牢牢锁上了。旅馆怎么可能会锁门，一定是又错了吧？温蒂转身欲离开。

"再等一个小时就开了，门上贴了告示。"她突然听到身后有人在用英文跟自己讲话。

回过头，温蒂看见门一侧的水泥地上孤零零地坐着一个穿黑T恤、黑牛仔裤，长发焗成淡黄色的东方女孩。女孩倚靠着一个大大的旅行包，兀自吸着烟，看都没看她一眼，只挥挥手，示意温蒂去看那小小的刚才没留意到的告示。

及至真正开门，门口已排了不少人。各色人等鱼贯而入，都是直奔登记处去排队的。那女孩就排在温蒂前面，她选择的是八人间，那是那家青年旅馆最便宜的房间。当然，那也是温蒂的选择。

住进房间，温蒂才看清那女孩的脸，有些似曾相识却又一时想不起来。可那女孩却直接用中文普通话问她："中国人？哪儿来的？"

事后玫瑰告诉温蒂，她是通过背包猜到温蒂是中国人的。那是个温蒂从国内背来的李宁双肩包，用的时间太久，连她自己都忘记了包的牌子。

当然，当玫瑰讲出中文后，温蒂也终于认出了她。是的，她是玫瑰，是外貌已然变化太多的玫瑰。

当年她们在伦敦桥相遇，温蒂一眼就把玫瑰从人群中认出来了——想必那时玫瑰身上一定还存留着许多年少时的影子。可时光一晃过去十多年，玫瑰的生命里又经历了什么？她脸上那些为温蒂所难以接受的改变，到底来自何方？再次面对玫瑰，温蒂切实感觉到了时光的流逝，这让她越发用心打量被时光改变了模样的玫瑰，还有她自己。

不过那时温蒂已是年近三十的成熟女子，她已无法像当年在伦敦桥上那样,轻易张口跟自己年少时的偶像重话往昔了。

"有时我会想,我和玫瑰此生所有的相遇,都好像是一个暗喻。从年少时开始,每次我们相遇,似乎都远远地隔着形形色色的人,隔着心底的探询和猜疑。"那个午后,温蒂曾如此感叹。

她后来只含笑肯定玫瑰的判断,并告诉玫瑰自己来自上海,除此之外没再多讲什么。

然而,两颗相似的内心永远都是在彼此寻找,若再次遇到,便注定要敞开。当温蒂和玫瑰得知对方都是一个人来瑞士旅行后,很快,她们便决定结伴同游。

出门旅行,是一个人脱离了生活常态的时候,也是一个人开始接近自己本真的时候,尤其是在你被伦敦的阴霾潮湿搞得无比抑郁之时。

日内瓦的初夏是明亮而热情的,城区建筑都不高,更不摩登,可吸引温蒂和玫瑰眼球的正是那些四处都蓬勃生长的不知名的花草树木,以及它们散发出来的蕴郁的山野气息。她们沿着湖边走,看见远处湖面上星星点点的各色小帆船在晃来晃去,缥缈美丽得简直如幻如梦,都有些不真实。在斑驳的阳光下,她们不由自主地仰起头,去呼吸新鲜干净的空气。前方湖中有巨大的喷泉在喷水,微风拂过,带来沁人心脾的丝丝凉意。脚下的路也因晒得发烫而变得有些柔软,脱了鞋光着脚踩上去,能感觉到温热的气息自此传来。

温蒂和玫瑰携手在城里漫步,到处可见闲散的人群,他们并不都是游客,可似乎每个人都有游客的好兴致,三五成群,或坐或立,或干脆就躺在草地上肉皮红红地晒太阳,即便像温蒂、玫瑰那样走在路上,他们也大都步履懒散,目光亮亮地左顾右盼,且行且停。温蒂由衷地喜欢这儿,羡慕这些人,她不由得对玫瑰大发感慨:"真羡慕这些人啊!他们的生活节奏可真慢。你看,他们大多是中年人,正是该为生计打拼的时候,可他们竟然都无所事事地在这儿晒太阳!"玫瑰只笑,不置一词。

她们兴致很高地拿相机四处拍风景,也互拍彼此。有一群游客路过,其中一个戴帽子的老太太一直在朝她们微笑。后来,老太太停下脚步,用生硬的英文问她们:"是否需要帮你们拍照?"

温蒂和玫瑰都有些惊喜,欣然同意。老太太听了,便神气地用下巴朝一旁的一个矮个子老头儿示意。老头儿连忙殷勤地跑过来帮她们拍照,分别用她们两个人的相机各拍了一次。温蒂和玫瑰都忙不迭地表示感谢。玫瑰又问他们是否也需要帮忙拍照,老头儿再次把头转向老太太,好像讲的是法语,嘀咕了一阵,老太太笑了,用英文连说带比画地告诉她们:"我丈夫说你们的相机好,我们的不好。"老头儿耸耸肩膀,噘噘嘴做了个鬼脸,扬手便把相机递给了玫瑰。

那么一大家子人,有男有女,有老有小,就拿了那么一个简易的一次性相机。

给他们拍过照,目送他们远去,玫瑰对温蒂说:"你同意我的观点吗?我们和他们的不同,不仅仅是经济能力和社会保障,其实还有文化心理。他们对生活,不像我们那么精明,那么算计,那么为明天考虑。当我们有一百块的时候,我们在琢磨如何用它来赚两百块,而他们有一百块的时候,却在琢磨该去哪儿晒太阳。"

天色将晚,她们来到了联合国欧洲总部在日内瓦的驻地,两个人对那些建筑都没兴趣,但却被离入口不远处的一个街心雕塑吸引住了。

那是一把只有三条腿的椅子,高高地立在一片车海人流中央,与飘扬着万国旗的森严建筑遥遥相望。温蒂问玫瑰:"你觉得这雕塑要表达什么?是说看似处于和平之都,然而世界终究不太平吗?"玫瑰有些神情黯然,摇摇头,说:"其实何止是世界呢?我们每个人的内心,不也都是如此吗?困惑、求证、自省、顿悟……何曾有过一时停歇?"

说着说着,玫瑰突然加快语速,像是要摆脱自己的抑郁情绪似的,她边说边跑向那雕塑,并远远地扬手朝温蒂喊:"帮我拍张照片吧,就让我来做一条椅子腿。"

于是，在有些昏黄的夕照下，瘦瘦的玫瑰双臂下垂、手指并拢地站到了那雕塑旁，她气定神闲，表情恬淡，仿佛要彰显一派四平八稳的和平景象。温蒂来来回回比画了好一阵，最终调整好角度，稳稳地按下了快门。

8

回到旅馆时已经很晚了，除了临出门前见过的一个匈牙利人还在蒙头大睡外，另外几张床不知是人没回来，还是根本就没人，都空着。楼道里不时传来阵阵伴着吉他的低吟浅唱，还有口哨声、喝彩声断断续续，想必是些西方学生在大厅里狂欢。温蒂翻来覆去睡不着。一会儿，玫瑰探头上来，轻声问："嗨，也睡不着吗？愿意到我床上来吗？我们聊聊天好吗？"

那个夜晚，她们并排躺在青年旅馆窄窄的单人床上，夜色将防备和不安逐渐消解，让絮絮的诉说成为向导，让她们彼此坦诚相对。

那个夜晚，温蒂给玫瑰讲起自己年少时对她的崇拜，讲起她们之前的那次相遇。当然，温蒂也讲到自己白山黑水的出生地、自己的父母，还有自己从小就对远方的向往，以及这些年一次又一次不断的出发。

玫瑰则告诉温蒂，她来英国已经十多年了。那是她第一次真正离开父母离开家，当时她并不是很情愿。每次放假她都早早订机票回上海。可后来，父母离异，她渐渐发现自己成为一个悬在半空中的人，在英国她是外国人，回到中国她虽然还不至于是外国人，却是彻彻底底的局外人了。慢慢地，她又逐渐发现自己跟亲朋旧友的隔阂。她发现自己对国内的了解还停留在十多年前自己还是个小女孩时的状态。她并不真正懂得他们，更何况他们也都在日新月异地变化着。如今她每年都会回国度假，可除了一些也在联系出国的人之外，她已很难再同从前的亲友有什么共同话题了，包括她已离异的父母，现在都变得跟她越来越心意相隔。她很害怕如今这种和亲朋好友之间带着礼貌的联系、带着节制的热情、带着分寸的关切。

而这些年在伦敦认识的人呢？他们也都是过客，一个个来了，又一个个走了。很多对自己来说意义重大的人，却很快就成了自己此生再也无缘相见的人。玫瑰说，可能是因为这些年她身边的人不断变化和离开，她发现自己已经变得越来越投鼠忌器，对身边的新朋友远观近望，要隔着好几层打量。她说，如今她只觉得人和人之间，不过是同林为鸟，随时都在心里准备着振翅起飞、各奔东西。

因为什么呢？因为太多太频繁的分分合合，使人的心不再柔软吗？

那个夜晚，玫瑰和温蒂还发现很多彼此的相似之处，不仅因为年龄相仿，来自同一个城市，都经历过父母的离异，还有当她们敞开心扉讲述自己的故事、困惑时，为了尽可能地保护自己，双方都在刻意忽略具体人名、地名。这便越发让她们觉得，其实她们彼此间看似版本不同的故事，却有那么多的相似之处；她们各自从生活中跌爬滚打得来的看法，原来是那么容易感同身受，容易理解和认同。

温蒂告诉玫瑰，她母亲去世前很喜欢读佛经，也总推荐给她看。母亲去世后，那些佛经便成了温蒂去亲近自己母亲的便捷途径。现在温蒂出门常喜欢带一本在身边，偶尔翻翻。"这世上的许多事，我们是不可能都看到都说清的。就比如缘分，比如活在各自环境中的你我，有缘相遇，并发现彼此的相似之处。"温蒂说，"玫瑰，你知道吗？释迦牟尼说过，如来者，无所从来，亦无所去，故名如来。人在年轻的时候都少年狂狷，踌躇满志，也都有成神成佛的机缘，可并不是每个人都能耐得住行走途中的疑惑和困顿。"

玫瑰不同意温蒂的看法，玫瑰说："人为什么一定要成神成佛？我觉得我自己小时候也是这样的人，对自己严苛，向往在人群里做精英。这些年在国外，我觉得自己最大的变化就是开始向往做一个平平常常的幸福的人。像你我，都太容易对那些隐秘的、难接近的东西产生热爱了，但其实只要你真正上了路，真正走了千里万里，就会发现，自己其实还是走在自己的小路上，所悲所喜，并没什么两样。"

温蒂无法不同意玫瑰的看法，温蒂知道，和玫瑰一样，自己也不过是单薄弱小的女子，对远方、对不断出发着迷，其实和世俗的宏图大志是没有任何关系的。她忍不住再次表达自己对玫瑰的崇拜，她告诉玫瑰，虽然她只比自己年长一岁，但这么多年过去了，在自己眼里，玫瑰一直都是走在自己前面的。她觉得玫瑰显然要比自己强大，也成熟通透得多。

"你真的这么看？"玫瑰朝她摇头，"其实我上中学后成绩就不好了。要不是当年我父母看身边太多的孩子被送出国，也赶着把我送了出来，我想，在国内，我是不大可能一直读书的。当然了，就是现在，我年年交学费，也不过是为了续签证。有时候我会想，要是当初我没出国，会是什么样子？我会成为一个家庭主妇？或小职员？每天洒扫庭除，朝九晚五，家里家外跑进跑出？其实倒也没什么不好。"

玫瑰苦笑着低下头去，又说："其实，这世上哪有天生的强者？谁不是生而软弱？大多数人不过是在自己长大的过程中，一点点学着坚强起来。对任何人来说，精神上的成长都是一辈子的事，尤其像你我这样小小年纪就离开家独自面对世界的人，有时候，尤其是受到伤害的时候，常能感觉到自己心底的偏执和脆弱。最恐怖的是，自己的生活里总会有那么多的提醒，让你想起往事，想起故人。像我这次来瑞士，就是因为这段时间我心情特别糟。我心情不好的时候，一定要找点事情做来分散注意力。要是不想走远，在自己住的地方乘公交车出去跑跑也好。再或者就像我这次这样，重新到自己之前来过的地方走走。比如今天，我们在外面闲逛的时候，我脑子里总是会出现自己当年第一次来瑞士时的情形，我们今天走的大致就是我当年来时走过的路线。我和他还曾有过十年之约呢，可说真的，十周年的时候连我自己都已经忘了。现在，都快十一年了。我不知道如今他在哪儿，过得怎么样，我只知道，非常有可能他早就记不得我是谁了。"

"玫瑰，你考虑过回国吗？"就像读高中时温蒂征求玫瑰自己是否要出来留学一样，温蒂忍不住又问起玫瑰自己如今最纠结的问题，"今年秋天我就要毕业了，签证明年年初会到期，这段时间，我正拿不定主意是否该回去。你从来没有面临过这种矛盾吗？"

"我……我其实也有过两次。一次是我大学毕业那年，为了一个男孩。我以为我们之间会有将来，可后来我回国去找他，一直等他等到我签证都过期了，真的很伤心。还有一次，是去年冬天，我一个同学出车祸死了，刺激了我，我突然意识到自己并不想一辈子都留在英国，正好当时有个上海男孩对我特别好，我就下决心跟他一起回去。可挺难的，真挺难的。我找工作不容易，更何况后来遇到了问题，那个男孩太让我失望。咳，现在我再也不想这些了。有时我会对自己说，无论在哪儿，你面对的事情不会有太大不同，不同的无非是自己的心境。我发现我现在越来越喜欢伦敦的安静自在、没人打扰。谁说只有回国才能找到家的感觉，觉得自己不再孤单？我看未必。不是早就有人说过，人生如寄，何以为家，家在心里，无须外求嘛！"

大道理总是令人困惑和费解，这话题也太过晦涩，而玫瑰和温蒂都只是孱弱的、敏感多思的小女子。大道理在遥远异乡的床上，渐渐化作轻微的唏嘘和感叹，并导致她们最终结束谈话，各自昏昏沉沉睡去。

这样的夜晚是被别人也被自己照亮的夜晚，是难能可贵、可遇而不可求的夜晚，这样的夜晚在温蒂后来的生活里，再也没有出现过。

第二天早晨，温蒂和玫瑰各自出发。玫瑰要继续远行去伯尔尼，而温蒂来前已订好返程机票，要回伦敦去了。经历了昨夜的推心置腹，她们都有些依依不舍，但心底也都有种说不清道不明的惴惴不安。

温蒂问："玫瑰，你会忘记我吗？回伦敦后，我们继续联系好吗？"

玫瑰含笑不语，只是当着温蒂的面，把温蒂写给她的信息折得小小的，再打开自己颈上一个大得夸张的心形吊坠，把它装了进去。

于是，温蒂知道，自己不该给玫瑰压力。她走上前去轻轻地拥抱了玫瑰，伤感地同她道别，并知趣地不再希望自己有一天会接到来自玫瑰的电话。

见到玫瑰的尸体，距上次温蒂同玫瑰的相遇，不过一年半的时间。在这段时间里，玫瑰到底发生了什么？玫瑰为什么要选择那样残忍的方式离去？

跟皮特讲自己和玫瑰故事的时候，温蒂总是忍不住要表达自己的疑惑，然而，估计是已被温蒂冗长的故事搞得筋疲力尽，皮特只强打起精神向温蒂笑。"很动人，"他说，"可干吗想那么多？干吗不追随自己的心？就像你，回家，为找爸爸。"

温蒂笑了，皮特到底还是了解自己的，他说得倒也不错，自己决定离开伦敦回国，正是因为父亲。

是母亲的突然离开提醒温蒂了吗？在后来的日子里，温蒂越来越牵挂自己日渐衰老的父亲。当然，她的父亲也同样如此，不止一次，父亲会突然打个电话过来："囡囡，你好吗？等书读完了，是不是就没理由不回来了？"

9

温蒂离开伦敦那天，是那个季节里难得一见的艳阳高照的好天气。

飞机要下午才从希思罗机场起飞。温蒂本打算多睡一会儿，却依然不到八点就准时醒来。

没人送她。皮特早在半个月前就回了牙买加，为远去日本做最后的休整。温蒂一些同学和朋友的告别，也陆陆续续以一同出去吃饭、来寓所话别、打个电话、发邮件等方式处理妥当。客居他乡，每个人似乎都已习惯如此，无论是到来还是离开，永远都显得那么稀松平常。更何况，在大多数人的眼中，寡言少语的温蒂是个无足轻重的角色吧？

温蒂行李不多，一个人去机场还算现实。从她十岁那年独自回到外婆家，温蒂已在自己的生活中经历了太多的搬迁，早习惯了不断地放弃和丢下。除了给亲戚朋友买的礼物，属于她自己的物件着实不多，一如她最初来伦敦时的情形——规定可携带三十公斤行李，温蒂只带了不足二分之一，让不少中国同学大跌眼镜。

十几个小时的航程，温蒂想找本书消遣，可行李都已打包。恰好见桌上有一份中文报纸，是昨天去唐人街改手机系统时店里赠阅的，她便顺手拿过来，塞进了随身背包里。

在机场办理完一切手续，坐下来候机时，温蒂打开那份报纸，不想在第三版，竟迎面撞上玫瑰被放大的证件照，是一整版的关于玫瑰的报道。温蒂实在不习惯玫瑰的故事以这种冰冷、严谨的新闻语言在自己面前赫然展开。

玫瑰本名苏媛媛，1980年出生在中国上海，1997年1月来英国读A-Level，2004年7月毕业于阿伯丁大学，后离境回国，但同年冬天再次申请签证赴伦敦攻读硕士学位，2006年7月取得格林尼治大学管理学硕士学位。死者生前的有效签证通过报名参加ACCA培训班的方式获得，住所在伦敦西北温布利附近，和几个捷克、保加利亚等东欧国家的人一起合租房子。据房客们反映，该女子搬到那里还不足两周，平常极少出门，也不见有人来访，大多数时候是一个人待在房里，非常安静，不打扰别人，也不喜欢被别人打扰，所以大家对她都不了解。

另据玫瑰打工所在旅行社的同事说，玫瑰父母均为中国公职人员，已于 1999 年离异，现已各自组建新家庭。玫瑰在英留学期间，年年回国探望，和父母感情都还不错。

玫瑰去世后，她父母曾一同来英处理玫瑰的后事。玫瑰死时腹中有个三个月大的胎儿，但此事无从查起。警察给出的认定结果是自杀。

报纸上还刊发了一张玫瑰父母的照片。微雨的背景，面色晦暗的两个中年人，他们竟长得那么像，简直就像亲兄妹。照片上，站在异国街头的他们缩着肩膀，紧紧倚靠在一起，视线虽各自游离，表情却是如出一辙的呆滞、迷茫。

当然，还有相关新闻背景，近年来中国大陆留学生在英数量、增幅情况、学习现状及玫瑰自杀引发的一些思考、感慨之类的文字，连篇累牍。

开始登机的时候，人头攒动，温蒂也起身离开。

她特意绕到垃圾箱处，把那报纸折好扔掉。她实在不喜欢把玫瑰死亡的记忆留在自己的脑海里，她喜欢的玫瑰，是那个在小学操场上如花蝴蝶般华美炫目的女孩；是那个在人头攒动的伦敦桥上，被她一眼从人群中认出来的穿草绿色短大衣的阳光少女；是在日内瓦青年旅馆里，跟自己畅谈的优雅通透、外冷内热的成熟女子。温蒂更愿意相信，离开这个世界，是玫瑰自己选择的又一次向远方的进发。

当然，扔掉那报纸，还因为玫瑰其实早已留了最好的纪念给温蒂。那是存放在温蒂电脑里的两张照片。

一张是玫瑰面无表情地站在一把三条腿的椅子下面，试图充当另一条椅子腿。

另一张则是玫瑰跟温蒂的合影。她们是那么不同，却又那么相同——她们一高一矮，一胖一瘦，但看上去却那么和谐亲密。她们安安静静地牵着手，在日内瓦明媚的阳光下，绽放出深藏心底的微笑。

当然，温蒂更知道，自己和玫瑰其实不过是两个萍水相逢，并携手共行短暂一程的伙伴。

多年以后，只要是远行，只要是在机场、车站等人头攒动的公共场所，温蒂总是无法自控地频频四顾。那是因为她知道，就在自己的周围，在自己视线所及的范围内，一点儿都不难发现，那些不同年龄、不同状态的玫瑰，还有温蒂自己。

第二章　李祥

李祥是温蒂推荐我去见的。

"你只要说是我让你去找他的，那他就一定会同意见你。不过，他能给你讲什么，怎么讲，可就得看你自己的造化了。"温蒂如此交代我。

李祥在一所高校教书，接到我的电话，开始似乎有那么一瞬间的不情愿。但他显然没有温蒂那么戒备，他甚至直接就跟我提及自己的工作单位和家庭住址："这两个地方我都方便，但你方便吗？其实我们完全可以在网上聊的，是不是？"

我没同意，只要能去，我尽量都去。

那是因为我相信人是环境的动物，周围的环境，它的形态、气息、节奏，星星点点总要进入人的内心。就好像原本是探究玫瑰的故事，可那么多曾与玫瑰打过照面的人，他们自己的故事，难道就仅仅只是玫瑰的陪衬？难道人生路上携手同行过的人们，他们就只是一盘沙拉，仅仅只是被搅拌在了一起，互相不发生任何影响？——我才不信！

更何况李祥就跟我生活在同一座城市里。几天后，我如约找到了他。

出生在 1973 年的李祥，看外表，应该算是这座我自幼生活的城市里最寻常、最普通、最不起眼的中年男子。他个子不高，已发福，略歇顶，戴近视眼镜，穿旧羽绒服。貌似他羽绒服的尺码偏大，或他本人脖子略短却又偏偏习惯前伸，反正那天李祥留给我最深的印象就是：他那张温和圆润的脸，仿佛一直都存在着马上就要陷进身上那件羽绒服的危险。

带我去喝茶的一路，李祥不时遇上熟人，他点头哈腰，各个招呼。进到茶馆坐下来，他一边看茶单，一边微笑着跟我解释："我实在想不出该跟你去哪儿聊。这种地方，我也不熟。"

"我的故事可能会有点长，有点绕，"开始讲述前，李祥似乎有些窘迫，然而未及我发言，他已自说自话化解掉了，"当然了，要是你把我讲给你的事转述给温蒂，她或许还会认为我是在申辩。"

他的故事其实并不长，至少在所有给我讲玫瑰故事的人中，算不上长。

回来整理李祥跟我聊天的录音，我发现，其实李祥的讲述思路非常清晰。他讲了一个寻常男子大半辈子的情感经历，大致可分三部分：初恋女友，和他一起结婚生子日日厮守的妻子，还有难以忘记的玫瑰。

每一部分都发生着一个男人和一个女人的故事，淹没在琐碎、庸常生活里的男人和女人的故事。然而，在这些故事里，爱情，它栖居在了何处？

还是先从玫瑰讲起。

1

"我叫李祥，来自中国青岛。"

这是李祥对玫瑰讲出的第一句话。一晃十六年过去了，李祥直到今天都还清楚地记得。

他还记得自己讲这话时的季节，初夏，天刚要热起来的时候，他身上的毛线衣都还没脱，就突然遭遇到热烘烘暑气的袭击，只觉憋闷、慵懒、心底烦乱——彼时有什么具体的让李祥心烦的事吗？后来，他无论如何都想不起来了，却还清晰地记得那天晕头涨脑从国王十字地铁站出口出来，一脚又踏回烦恼人世的自己，还有在大太阳底下站着的，那个穿湖蓝色长外套，扎乌黑油亮马尾辫的玫瑰。

和玫瑰在一起的时候，李祥曾好几次提起他们初遇时的情形，可玫瑰从未让他说完过。"不！不！不！没，才没……"无论手上正忙着什么，隔讲话的李祥有多远，玫瑰总会瞪着大眼睛，急急地大呼小叫地一路朝李祥奔过来，来堵他的嘴。

玫瑰后来跟李祥解释过，李祥也知道，那是玫瑰在打自己来伦敦后的第一份工——在学校附近的一家粤菜馆做楼面。旅游旺季刚开始，玫瑰的工作地点便由餐馆转移到距餐馆最近的那个地铁站出口，给路人派发店主手写的优惠套餐价目表。玫瑰曾无数次得意地向李祥描述彼时她自己的工作状态："每次出去发传单，我都会把自己打扮得漂漂亮亮的；每次朝路人递出传单，我总不忘一次次地提醒自己，务必要朝对方绽放出比天上的太阳还要热烈、还要灿烂的笑容。"

这话李祥相信，因为后来他见识过太多次玫瑰打工时的情形。他深知，这个出生于1980年的上海姑娘，骨子里有股热辣辣的执着劲。虽然做事总笨手笨脚多少显得有些没头脑，可态度却总好得让你不好意思去埋怨什么。尤其是当她朝你微笑，当她把嘴巴抿成细细长长的一条弧线，并随着眼神亮起而朝上猛地一牵，你便会感觉，仿佛突然间有束光自她嘴角流泻出来，映照得这个做事不讨巧的东方女孩只剩下安静、明亮、坦诚和友好，让你不由自主地把刚刚还郁结于心的不快忽略不计，对眼前这个貌不惊人的女孩顿生好感。

可李祥第一次见到的玫瑰，却并非如此。

那天玫瑰的眼睛显然已被泪水浸泡多时，潮红浮肿，眼睑沉重，却依然被她勉为其难地瞪着，并佐以试图呈现微笑的尴尬唇形。李祥从地铁出口刚踏上地面，一抬头先撞上这样一张表情复杂的脸，又接到她递到自己手上的一页小广告，不禁一愣。可人在异乡，连他这样大学毕业已工作两年，来伦敦读研可以住表姐家的人，都有一肚子的苦水无处倾倒，更何况玫瑰这样看上去至多也不过是在读高中的小女生了。

李祥是在已走过玫瑰身边好远，才又回头去望她的——她还站在那儿，弓着腰，朝地铁里探着头。玫瑰本来个子就不高，身材又太过干瘪单薄，加上刚才眼泪汪汪的形象挥之不去，以至于连玫瑰的背影都被他看出了可怜兮兮的味道。犹豫了一会儿，李祥到底还是走了过去，来到玫瑰身后，直接用中文自报起家门。

他一点儿都没料到玫瑰的反应会那么强烈。她一转身就死死地抓住了李祥的手，哇的一声咧嘴大哭："哥，我的钱包丢了，怎么可能啊？这可是在伦敦！"她仰脸向天，哭喊出这几句后，便颓然地蹲下身去。

怎么不可能？李祥又好气又好笑。去年冬天，他在法国转机时就丢了一箱行李；前不久还听同学说，就在自己住处附近的麦当劳，同学丢了新手机。这女孩以为伦敦是天堂，还是以为这世上真的存在纯粹唯美的天堂？然而女孩的手又凉又硬，被她那样抓着，又被周围路人异样的目光瞟着，李祥差点冲口而出的话都不得不咽回去。他俯下身去，耐心地问女孩钱包中可有身份证、信用卡等麻烦的东西。

"没有！没有！"女孩陡然止住哭，瞪着大眼睛，拨浪鼓一般不住地朝李祥摇头，"我新买的钱包呀，除了钱，其他东西都还没来得及往里装。都怪我，只想着那钱包和今天的裙子颜色搭。"

李祥没能成功控制住自己的表情，他笑了，很快他在女孩那双瞪着的大眼睛里，看到了她对自己态度的反应：发愣、困惑、质疑，渐渐全化成了羞涩。后来女孩站起身，推开他递过去的五磅钱："我不用买车票的，我自己有学生月票，让同学拿去用了，一会儿就能还回来，我没事的，谢谢你。"

学生月票不贴照片，上下车司机根本不管，可偶尔会有稽查上车，对照你贴了照片的国际学生卡查你是否违规。李祥知道自己周围不少同学偶尔借别人的月票蹭车，但他胆小，从没尝试过。如今眼见一个被自己判定为弱者的女孩在众目睽睽之下大谈月票出借，李祥当即意识到，自己该知趣地拿出大哥哥的样子走开了。

女孩倒显得有些不好意思，她追过来，要了他的手机号，还一直说着感谢的话。

李祥以为女孩只不过是给他找个台阶下，不想几天后竟接到女孩的电话："是李祥哥哥吗？我是玫瑰呀。"

女孩解释了好半天，李祥才想起她是谁，女孩告诉他，自己打电话是想请他出去吃饭。

"不算感谢，就算是一个有缘在伦敦相识的朋友，约你一起吃个便饭，总可以吧？"女孩的邀请相当执着。

吃便饭的被这女孩称为有缘朋友的人，不仅有李祥，还有一个和玫瑰年龄相仿的卷发女孩。"丽萨，我朋友。"玫瑰指着卷发女孩给李祥介绍，又把李祥介绍给那个叫丽萨的女孩："我表哥，李祥。"说这话时，玫瑰速度很快地瞟了李祥一眼，便低下了头，话的尾音也随之轻轻飘散开来。

他们三个有缘人的相聚地点在唐人街的旺记。之前李祥常去泗和行购物，总会路过那里，每次只见窄窄的门前，国人西仔，熙来攘往。哪知那日进得其中，七曲八拐，大间里又另套许多小间，间间别有洞天。

李祥他们跟定一名黑衫侍者，在桌椅人群的缝隙里游龙般地穿行了好一阵儿，才辗转来到餐馆深处一张靠墙的小方桌前。玫瑰和丽萨一路低声说笑不停，李祥听到她们悄悄讨论这儿的服务生和食客，猜测在这儿打工的薪金、小费以及雇主等情况。

每个女人都有好几张脸，李祥自幼失怙，是母亲独自将他带大的；来伦敦后，他又跟着当年风风火火嫁了老外，如今一张脸堪比家中总冷锅凉灶的厨房的表姐。所以，他对女人的善变，算是有点心得的。

那餐饭，李祥几乎没怎么开腔，主要听两个女孩闲聊——初到伦敦时语言不通闹出的笑话，对中介给安排的语言学校一半都是中国孩子的不满，刚来时住在寄宿家庭跟老外闹的矛盾，后来到处找工打的经验，初找到工作时的成就感，应对老板的盘剥和同事的挤兑的小伎俩……说这些时，两个女孩你一言我一语，抱怨、感慨，有时还小大人一般摇头叹气，互相去抚对方的肩，试图彼此宽慰。而李祥却在其中看到懵懂、活泼的孩子气，羡慕她们不过是把烦恼当花头，来标榜自己的成熟。哪像他周围那些来伦敦超过两年的老江湖，言行举止，时时带着浓郁的世故和冷漠。玫瑰这样的孩子，在国内大多都家境不错，都是娇生惯养长大的独生子女，却在十几岁时被突然连根拔起，送来这异国他乡，独自面对学业、生活及渺茫的未来，这是何等残酷、严峻，而又简省的成长？天晓得她们后来都会遭遇怎样的变故，出落成哪般模样？好在眼前这两个小女孩刚来不久，一切都还刚刚开始。

李祥一直听她们聊，直至丽萨掏了根烟出来，并不点上，只熟练地夹在葱管般白嫩纤长的手指里上下耍弄。"走吧，"她用撒娇的眼神示意玫瑰，"憋不住了，我得出去来根。"

"不要把我表哥吓着呀！"玫瑰嗔怒，伸手推她一把，随即起身喊侍者来结账。

"表哥？得了吧！"丽萨陡然间变了脸，侧坐椅上，眯了眼睛便反手回推。她这一掌可比玫瑰用力得多，把玫瑰连人带椅子都推得偏向了一侧。丽萨也不理，只撇嘴冷笑道："小丫头，装什么装！还骗得了我？我看过多少个表哥，叫着叫着都给叫到床上去了。"

李祥只觉得自己的头嗡的一下，顿时发起窘来。不想玫瑰倒淡定得很，一边抓着桌子把自己连同椅子一起挪回来，一边接过侍者递过来的账单。她甚至还能周到地把几个硬币放到小红碟子里给侍者做小费。"我跟你说呀，"玫瑰手上动作不停，嘴巴也在慢条斯理地说，"我这个表哥可不是坏人。知道吗，丽萨？"她突然停下手上的动作，可怜巴巴地看着丽萨说："我一直以为我们班那个深圳来的盖瑞人很好，可你知道吗，昨天我问他有什么绝招可以让我快速提高英语，你猜他说什么？他说，赶紧找个英语老师当男朋友！"

"这有啥稀奇？"丽萨还在那儿花样百出地耍手上的烟，"就你现在住的那地方，那个朝鲜族二房东，知道她怎么回事吗？她之前的男朋友就是她学语言时的老师，就是那个老师帮她转了运，现在才抖成那样。咱们这种破烂语言学校的英语老师啊，大多不是给人当了男朋友，就是自己找了个女朋友一起住。"

后来和玫瑰在一起，李祥曾问过她："你怎么知道我就是个好人？"

玫瑰认起真来，像跟李祥谈论诸如将来、梦想一类的形而上话题时一样，神情严肃。那天，玫瑰锁紧眉头，眼神专注，很认真、很用力地想了半天，才哑着嗓子道："可能……可能因为你长得像我爸。"

"你爸就是你心中最好的人？"

"也不是，"玫瑰摇头努嘴，眼里开始慢慢泛起困顿，"我妈也总和他吵，嫌他懒啦，没上进心啦，有时候他们俩都能好几天不说一句话。可就是再不说话，他们也会面对面地坐在同一张桌子前吃饭，两个人比赛似的格外对我好。我爸这样的人，也许在外人看来不见得有多好，可再怎么着,对我妈和我来说,也是依靠呀!"那是个沉闷的周末午后,刚下过雨,有丝丝的凉风不时掀起窗帘吹进来,他们俩腻在床上,各自仰脸平躺。玫瑰慢慢讲出这些话来,好半天,才突然翻过身。"依靠。"她意味深长地直视李祥,又加重语气重复了一遍这个词,才又朝他贴过来,甜甜地笑着说,"你也是我的依靠,是不是呀,哥?"

除了无声地咧嘴笑笑,李祥无言以对。他能讲什么呢,只能在心里后悔提到这话题。

从那次在旺记吃饭,到玫瑰搬来与李祥同住,中间只隔了三个月。

在那三个月的时间里,他们开始只是偶尔打电话,大多是玫瑰打来,很客气,总是以请教问题开场,然而李祥哪里是合格的讨教对象,李祥啰里啰唆讲出口的,不过是些婆婆妈妈的叮咛而已。可同玫瑰的联系,于李祥而言,显然有跟周围人相处时全然不同的心境。有一次,他竟对玫瑰说起自己打算搬出表姐家另租房子住的事。话一出口,连他自己都吃惊,尽管这念头已积在心底很久,他却从未想过自己有一天会讲出来,而且,还是对着一个比自己小七岁的高中女生。听得出,话筒那端的玫瑰也是吃惊的,但她角色转变很快,她很快就嘻嘻哈哈地大包大揽了:"小事一桩呀,哥,你等我电话吧。"

几天后,玫瑰果然来了电话,要带李祥去看房子。不过李祥最终没看中玫瑰介绍的房子,后来搬到一个老乡的住处。那是间公寓房,在尤思顿地铁站附近,倒是离玫瑰打工的地方不远,玫瑰便经常去玩,和李祥一起做过几次饭。然后,有次李祥感冒,大白天烧得晕晕沉沉躺在床上,玫瑰突然到访,那天晚上玫瑰没有离开。两周后,玫瑰自己主动提出要搬来与李祥同住。

那年的八月初到十一月中旬,他们一直在一起生活。这三个多月的时光,对他们俩来说应该都非常重要,他们一同完成了各自的成人仪式。虽从未跟玫瑰直说,但李祥的心理压力特大,这或许只是一场情绪失控事故。在李祥看来,无论自己还是玫瑰,都缺少预先该有的计划,可接下来的日子,他们总得拿自己的计划出来。尤其是自己,这个一直被玫瑰唤作哥的人,他该做什么?他该怎么做?

李祥最初纠结的问题是,要不要带玫瑰去见表姐。这件事折磨了他很长时间,有好几次他晚上失眠,被强大的负罪感包围,对着沉溺在睡梦中的玫瑰,他泪流满面地对自己说,哪怕做不了什么,也总得表个态给她。然而他连表态都不能,他只做了夜里的英雄,第二天一早睁眼醒来,重归现实世界,他却总默默缴械投降,悄悄在心里打消那念头——表姐的身后是母亲,是亲戚,是他过去的一切。他一次比一次更强烈地意识到,自己那还算优良的过去,非但不能主动去颠覆,还得小心翼翼去维护,使之不被破坏,使本来就拥有不多的自己,不至于再失去。

非但李祥的表姐,就连李祥的同学,玫瑰都没见过。这当然不是李祥刻意设计——他不是活络的人,和同学间的交往都很浅,玫瑰开始倒是有过抱怨,李祥每每很自然地予以搪塞,便很快平息了。

在李祥周围和他的过去相关的人中,知道他跟玫瑰事的,只有介绍他去住尤思顿那房子的老乡:一个年长他许多,在伦敦读 MBA 的大姐。有段时间,在房子里进进出出,李祥特别怕遇到那大姐。然而,那大姐其实人特别好,偶尔遇见,待他和玫瑰总是非常友善。当然,最好的还是,那大姐从不提及他们的关系,更不开玩笑。

开玩笑的是玫瑰那些同学和朋友,玫瑰常带人来家中做客,还喜欢带李祥去她打工的地方吃饭,甚至一起去参加同学聚会。李祥去过几次,后来不喜欢,便慢慢少下来。玫瑰的朋友称李祥"你男朋友"、"你老公"、"你先生"……

有次玫瑰带了一个胖胖的女孩回来吃饭,她刚介绍说那女孩是李祥的老乡,那女孩就朝李祥走过来了,一边嬉皮笑脸地朝李祥挥手致意,一边说:"哈喽,那我得按咱青岛话叫你玫瑰她老头儿啦。"李祥冷冷一笑,从心里生出强烈的对他那老乡的反感。不过好在后来玫瑰再也没带那老乡来过。在李祥的印象里,玫瑰交朋友似乎一贯如此,她是典型的自来熟,生人初见总显得分外热情,可相处时间一久,便会慢慢冷淡下来,包括曾一起吃过饭的丽萨在内,许多人李祥后来都没再见过。李祥问玫瑰,她的解释是:"我不愿意搭理她们了,她们都不是什么好人。我爸妈从小就教育我,近朱者赤,近墨者黑。"

对玫瑰的家事,李祥从不主动问,但玫瑰话多,自己和自己家的大小事情没少跟李祥唠叨。李祥知道玫瑰父母都在机关工作,收入并不见得有多高,但对玫瑰这个独生女的教育向来都是最舍得花钱的。据玫瑰自己说,中学前她的学习成绩非常好,尤其是语文,作文还获过全国比赛的二等奖,就是现在她也喜欢写点小东西,前不久还给一家留学生杂志投过稿呢。

"你有没有发现我其实是挺不爱笑的人?人家都说那是因为我上小学时总当班干部,太高傲,才养成的习惯!"

她煞有介事地跟李祥重话当年,不过一讲到中学以后,她的情绪总是要低落下来。玫瑰说,自己其实谈不上聪明,中学课业负担重起来之后,她的成绩就差起来。可她在机关工作的母亲,却是非常好面子的人,周围同事的孩子都那么有出息,她的女儿自然也不能甘居人后。虽然起初小小年纪的玫瑰,并不情愿一个人跑这么远来留学,可真的来了,她倒也还算懂事。和李祥在一起时,玫瑰正在读语言学校,只周末出去打一次工,平时都乖乖躲在家里背书,准备考雅思。

"我要争取圣诞节前考过,目标是6.5分,哼哼哈嘿……"每次把书拿出、收起,玫瑰都会如此摩拳擦掌一番,给自己鼓劲。偶尔,她还表达自己对周围人的不屑:"八月份的那次雅思考试,怎么会有那么多人报名?他们怎么可以那么祸害家里的钱呀?难道考试是可以寄希望于运气的?"玫瑰不想碰运气,读书不但努力,还不耻发问,只是李祥常被她问出的问题搞得啼笑皆非,他奇怪如果一直这样用功,玫瑰的语法基础怎么会差成那样?他猜玫瑰应该是那种在国内考不上好高中的孩子。

客观地说,可能是因为心理压力太大,如今李祥不认为自己和玫瑰在一起的日子有多幸福,多快乐。至于玫瑰怎么想,他不能确定。尽管在一起时,玫瑰最常做的事,便是当着他的面,表白自己内心的喜悦:"这么大的世界,能遇见你,是我的幸运。""当然你最好了,我觉得和你在一起最幸福、最快乐。""我们要永远在一起,无论多难,都不放弃,好不好?""无论将来发生了什么,你一定要记得我今天的话,我爱你,一生一世!"

说这些话时,玫瑰总会很热切、很深情地看着李祥,李祥知道,那是玫瑰在期待他的回应,然而李祥并不喜欢听玫瑰说这些,自己更是无法说出口。自始至终,李祥从未对玫瑰说过"爱"这个字。

爱不是说的,爱是你心头的感觉,这感觉有没有,有多深,或许只有你自己才知道。李祥对这个字的最初认知,来自读高中时的亲身经历。

他还记得读高中时,只要机会合适,他总会打开自己的铁壳文具盒,以它为镜,端详自己的同桌。李祥的同桌是个文静的女孩,她长得好成绩好脾气好人缘好,好得几乎让李祥绝望。高二下学期放假前,李祥终于鼓足勇气给女孩写信,写了撕,撕了又写。最后被悄悄塞进女孩书包的那封信,风花雪月地绕了好多圈子,在结尾处李祥终于落笔写下"爱"这个神圣的字眼。

然而,高三开学后,李祥就再也没有见到那女孩了,不久后李祥听说她家移民去了加拿大。上大学期间,李祥曾热衷于回青岛参加同学聚会，甚至当过好几次聚会的召集人。为何如此？只有他自己才清楚，那是因为他非常想知道同桌的消息，可那女孩总是很少被人提及。李祥曾和一个当年与那同桌走得最近的女同学，断断续续交往过一段时间，后来，当他告诉那女同学，说自己要申办自费留学后，那女同学写了封长长的邮件给他，广引博征，洋洋洒洒，中心思想是论证李祥是个十恶不赦的爱情骗子。

同玫瑰的感情，无论是当年在一起，还是后来玫瑰离开，或是多年以后再次回望，李祥总觉得有些难以割舍。当然，他承认错主要在自己，毕竟他比玫瑰年长，然而年龄其实有时也是面目模糊的。玫瑰留给李祥最温暖最美好的记忆，是那次去日内瓦。

又要读书，又要打工，他们的时间实在不多，没条件去排队签证。所以为了给玫瑰过生日，他们最终选择了去无须签证的瑞士，买了最便宜的凌晨出发的机票。

机场太远，又怕晚上公交车班次太少，"要不我们通宵不睡吧，像过中国年那样？"玫瑰欢欣鼓舞地提议。可李祥那段时间在折腾个小论文，自觉精力不济。"没关系，哥，你该怎么睡怎么睡，有我值班的呀！"

那三天的瑞士之行，玫瑰后来念念不忘："哥，我们现在就约定一下吧，再过十年，我们一起再回瑞士来看看，好不好？"

"十年可能会发生很多变化呢。"李祥支吾。他们的未来一片渺茫，他真的无法像玫瑰那般踌躇满志。

"如果我们不在一起了，我就一个人来，来这儿怀念你。你呢，会不会也来怀念我？"玫瑰没心没肺地咯咯笑着，还朝李祥扮鬼脸，嫌他不解风情。

李祥任由她笑，事实上，那次旅行给李祥留下的印象实在不深，他最难以忘怀的场景发生在旅行前，那个玫瑰值班、自己先睡的临行前的晚上。多年以后，想起玫瑰的好，李祥总能想起那个晚上，想起自己迷迷糊糊中被玫瑰叫醒，并在玫瑰的唠叨声中披上她递过来的长外套，一起走出门去的情形。那一刻的玫瑰，让李祥仿佛重返当年，让他想家，想妈妈。李祥记得父亲刚去世时，自己难过，那段时间总找借口不回家，但母亲对此浑然不觉，折腾来折腾去到处找他，找回来后唠唠叨叨讲出口的话，没有一句埋怨，全是细细碎碎的怜惜、担心、惦记。那个晚上让李祥发现，原来自己对小小的玫瑰竟然也有那么深的依恋。

那次从瑞士回来，玫瑰有了唯一一次对李祥的抱怨。她眼泪汪汪地哭了很久，仅仅因为李祥没在给她买的生日礼物上写下"爱"字。搞清楚玫瑰为何难过后，李祥翻出了那块表——在瑞士买的，虽是杂牌子，但对他们来说依旧价格不菲。李祥默默地拖过玫瑰的手，把那表给她戴上，然后在已被撕碎的包装纸上，工工整整地用英文写下"我爱你"。当时，他觉得用这种貌似同义，然而毕竟跟自己心意相隔的文字，是他彼时可以接受的程度。然而时隔多年后再度想起，他的心却开始为此怦怦狂跳不止。他觉得，那表达多么符合自己跟玫瑰那段短暂、似是而非、貌似美好却实则虚妄的关系。

他们分手，是因为玫瑰怀孕。

玫瑰怕极了。很多年以后李祥都记得玫瑰告诉他这消息时，那仿佛遭遇灭顶之灾的表情，以及在那之前，玫瑰好几次在夜里大声哭喊的情形，然而再怕，玫瑰也并没有在第一时间告诉他。

倒是李祥，他早在玫瑰嗜睡、呕吐等表现中，做出过如此猜测。可他，比玫瑰更怕吧？他甚至连问都没敢问。玫瑰在告诉李祥怀孕时，又哭着告诉他，她已到处打听了不少信息：自己签证时间短，没注册NHS；本可以联系GP，但据说很麻烦，注册、预约，需要等很久，而若是错过三个月的最佳堕胎期，很可能会更加麻烦；唐人街倒是有家私人诊所，只要肯花钱就可以做，她已由朋友陪着去看过了，但是太恐怖了，她怕死了，再也不想去第二次……

"这段时间我总梦到我妈，我想家，想我妈，要不，我回家找我妈去？"

玫瑰面对同样一筹莫展的李祥放声大哭。后来，很晚了，李祥以为玫瑰已经睡着了，然而一扭头，却看见玫瑰在黑黑的夜色里瞪着大眼睛。她发现李祥在看自己，便扭头道出自己的打算。

李祥开始只觉得玫瑰在赌气，以为她不过说说而已。可静下心来，从玫瑰的角度去考虑，他又意识到：玫瑰毕竟才十七岁，或许这世界上不会有比她的父母更能好好地保护她，尽量帮她把创伤降至最低的人了。

第二天一早李祥就去买了飞机票。在机场分手时，他告诉玫瑰："如果我能帮上你什么，一定要告诉我。我现在可以想到的只有，千万不能让你爸妈太担心你，你可以编任何故事给他们，也可以随时打我的电话，我都可以帮你证明。"

"哦，既然懂这么多，干吗不直接编个故事帮我去骗他们？"

玫瑰突然语速极快地反驳了一句，这让李祥大为吃惊，他有些猝不及防，那是玫瑰绝无仅有的一次反驳他，他难过极了。然后，他突然在玫瑰眼里看到戏谑的寒光一闪，接着，玫瑰撇了撇嘴，仿佛是想笑一下，却并没有笑出来。很快，玫瑰那本来就红肿得像烂桃子一般的大眼睛里，泪水再次涌出。"别瞎想，哥，没事的呀。"她苦笑着去抚摸李祥的脸，"我没告诉我妈，回上海是找我小阿姨，她就是妇科大夫，会帮我的。我倒是担心你，一个人在这儿，你一定得好好的呀，不要一看书就忘了时间，也别睡太晚，起不来床就没时间吃早饭……"

或许玫瑰只是不愿意流露，在心底，她还是怨李祥的吧？或许还有恨。玫瑰毕竟是今年年初刚离开父母到伦敦来，一年都没到，就出了这种事情，她该如何面对父母？她父母该多担心她啊？

和玫瑰分手的那一幕，李祥后来常想起来。可当年他心情复杂地目送玫瑰瘦瘦小小的身影消失在过安检的人群里时，他真的是一点儿都没想到，那已经是玫瑰最后一次跟他讲话了。

那年圣诞节，李祥跟一起租房的房客聚餐。席间有人问起玫瑰，他刚想说玫瑰回中国休假去了，不料身旁的大姐慢慢悠悠地来了一句："昨天我还看到她了呢，和一个女孩一起，在唐人街买东西。可怜的小姑娘啊，是不是这段时间太用功了，她看上去比在咱们这儿住时瘦多了。"

"她从这儿走了有两个月？我不认为你有资格说胖瘦。李，才有。"李祥隔壁的韩国男生一边用他的蹩脚英文插话，一边举杯朝李祥示意。

李祥也朝韩国男生举举杯，并将杯中酒一饮而尽，但没接话。

"她现在住波门得西。"大姐一脸严肃地看着李祥，见他发愣，又起身去一旁的背包里翻出地图来。大姐朝李祥摊开一本 A-Z 地图册，详细指给他看："喏，就在这儿，萨瑟克这儿，离伦敦桥很近的，你从来都没去过吧？"

李祥本来就是学电影的，一直对摄像感兴趣，平常也总喜欢拿个DV到处乱跑。从那之后，伦敦桥附近便渐渐成为李祥最常去的地方。

开始他还只是在那里的一个小教堂附近转，那儿有一大片绿草坪，特别安静，偶尔会有人经过，或遛狗，或嬉戏。李祥在那儿拍过在冬日枯干的草地里觅食的松鼠、狐狸、知更鸟……有一次，拍着拍着，突然从取景框里看见有片灰白的东西飘过，越来越多，不断飘来。原来是下雪了！李祥抬头朝周围看，雪花一开始似乎还有些犹豫，仿佛有些拿不准主意，怯生生地探头探脑，慢慢地竟不管不顾地狂放起来。等李祥跑到公交车站，雪花已呈现出纯正的洁白色，铺天盖地地热烈飞舞，天和地因此融为一体，恍若一个银装素裹的童话世界——那是李祥第一次在伦敦遇上下雪。

玫瑰就是在雪后不久出现的。她看上去变化不大，就像她身后的伦敦——那存不住雪的城市一样。雪过，恰似梦醒，一切恍若昔日重来，恍若雪根本就没有出现过，这世界也根本就不曾真的被雪彻底彻尾改变过。

突然通过自己的摄像机镜头看到了玫瑰，李祥有些不敢相信自己的眼睛，旋即心底升起一种温暖的怜惜。这怜惜让他百感交集，他甚至晕头涨脑地继续举起镜头去追逐玫瑰，追拍了她好一阵儿，他才反应过来自己的处境，想着该躲起来。然而，还没等他采取任何行动，玫瑰已从他的眼前消失了。

从那以后，玫瑰便成了李祥一有时间就往伦敦桥附近跑的动力，也成了那段时间里李祥镜头中的绝对主角。玫瑰总是出现在李祥的镜头里，有时是一个人，有时则跟别人在一起。那一年，中国年后的一个下午，李祥发现，从那座楼里走出来的玫瑰，身旁又多了一个陌生的女孩。

那是个和玫瑰年龄相仿的女孩，但显然比玫瑰要矮，也胖，但同样都长发飘飘。李祥第一眼看到她，似乎都没经过大脑，就认定她也是中国人。若一定要他找找产生这念头的原因，或许他会意识到，这缘于女孩身上的那件枣红色羽绒服。"判断来自远东国家女孩的国籍，我信赖她们的衣服。"教李祥剪辑的柯林老师在课堂上的这番话，其实一直都被李祥在自己的生活中有意无意地广泛应用。

就在那个微雨的冬日午后，在视野受限的取景器里，李祥看到了不断变幻的景深中颜色的跃动，看到了光的影子迷人地汇集和扩散。以至于后来，他不得不屏息凝神，手动调整，阻止他的小摄像机去追焦，只能任由玫瑰和那个女孩在自己专注的目光里越走越远，直至变成两个让李祥潸然泪下的小小光点。

> 路是灰色的
> 楼是灰色的
> 雨是灰色的
> 在一片死灰中
> 走过两个孩子
> 一个鲜红
> 一个淡绿

无论是眼前的画面，还是因这画面而在脑海中浮现出的顾城的这首诗，都让李祥激动不已。第二天去机房，李祥忍不住把自己拍过的所有关于玫瑰的影像都带过去，把它们编辑成片。

远景、中景、近景、特写……连李祥自己都吃惊，他怎么会在不知不觉间拍了这么多素材？

一个远景先切一个中景，一个内部运动镜头再接一个外部运动镜头……只跟着感觉走，可制作完成后回头看，李祥竟隐隐约约从中觉察到了音乐的流动。是的，大提琴，最近似人声，一点点要展开讲述的大提琴！李祥兴奋得手忙脚乱，赶紧在自己手头的素材里翻找大提琴曲，想插段音乐进去。

"这是什么？"一回头，他竟发现柯林老师站在自己身后，"我不记得曾看过这样的作业。"老师显然站了有一会儿了，现在朝他发问，那双同波斯猫有一拼的碧绿眼睛还盯着监视器，熠熠生辉。

"不是……是我随便拍的……"李祥的心狂跳不止，他紧张急了。

柯林老师不容分说就俯身过去，像警匪电影里抢车歹徒出场必得先夺方向盘一样,老师一把就按住了编辑机的操纵扭,然后幅度很大地逆时针一转,伴随着刺耳的吱吱呀呀的机器叫声,监视器里的玫瑰像木偶似的一颠一颠跳跃着迅速后退,直至停在第一帧画面上——那是李祥正在做的这段片子里唯一一个非偷拍的镜头。那是去年秋天还和李祥住在一起时的玫瑰,她隔着镜头朝李祥笑,笑容越来越深,脸也越来越近地朝镜头贴过来。

"干得不错!"柯林老师站在那儿,双臂交叉放到胸前,把李祥那段刚刚编辑完成的将近六分钟的片子全看完了,然后表情夸张地鼓了几下掌。在英国留学期间,柯林是唯一对李祥赞赏有加的老师,他之所以对李祥产生兴趣,最初便是因为李祥做的这个关于玫瑰的片子。这片子后来被柯林老师拿到了课堂上,让全班近四十个学生一起观摩。

可是,李祥和同学们在课堂上观摩那片子的时候,玫瑰早已从李祥的生活中消失不见了。

那一年从春天小草开始茵茵播撒生机,到秋天烈日下草木渐渐枯黄,李祥依然是一有时间就往伦敦桥那一带跑。然而,在李祥的镜头里,玫瑰再也没有出现过。

后来,直到离开伦敦,李祥都没再见过玫瑰。

2

李祥再看到玫瑰,时光已过了八年,是那年中秋节的前一天,在李祥北京的家中。

"这是什么?"

彼时李祥的妻子嘉文正在家中待产。刚怀孕时曾放言要上班上到临盆的嘉文,预产期已过,在家休了近两周的产假了。非但李祥时刻准备着,他们双方远在青岛的父母也都日夜守着电话,只待嘉文这边一声令下,那边就一同结伴火速来京。可万事俱备,孩子却迟迟没有动静,一下打乱了所有人的计划。嘉文闲着没事,每天在家中东掏西翻,不断折腾李祥可怜的记忆力。这一天,她又举着一盘录像带朝李祥走过来。

李祥那天没课,正心不在焉地窝在家里上网,对嘉文这段时间以来没事找事,早已习惯了。

"资料带吧?你从哪儿倒腾出来的?"李祥瞥了嘉文一眼,又慢悠悠地把目光移回到自己面前的电脑上。

怕受潮损坏,好几年前李祥就把自己想保存的资料带都转成光盘收藏了,他不记得家里还有这么老的录像带,可嘉文一路把那带子举到他的鼻子底下,让他看那上面赫然写着的两行字:"此中有真意,欲辩已忘言。"

这不是李祥的笔迹,李祥一时有些发呆,想不出是谁何时写下这两行字。

把带子塞进带仓,李祥看见了玫瑰,以及她身后的八年前的伦敦。

只在电视前站了一会儿,还没看完,李祥就扭头抓了盒烟想出去抽。带上防盗门前,他听到身后传来嘉文的大喊:"哎,李祥,干吗去?你还没说呢!什么真意?真意在哪儿?"

真意在哪儿?走廊袅袅升腾的烟雾里,李祥忆起多年前伦敦课堂上的自己——躲在人群里,突然听到柯林老师在喊他的名字,不得不站起身,试图按老师的要求阐释自己做的片子,然而彼时的他大脑一片空白,硬着头皮张开嘴说,说出的也是些听起来空洞,连他自己都搞不懂具体意思的言语碎片。更糟糕的是,与此同时,他越来越清楚地意识到,自己周围那些窃窃私语正变得越来越大声,前后左右朝他投射过来的视线正变得越来越多。在不同的声音和视线里,李祥越来越清晰地读出他们传递过来的信息:吃惊、鄙夷、嘲笑。他们看他就像在看个怪物。

　　这诗句是一位台湾同学写的，李祥早已记不清他的名字，却记得他是班上除自己之外唯一的中国人。台湾同学很少跟他讲话，但一讲话却必用中文，必是教训："学习不过就是在交流，你怎么那么不爱发言？不能总让人家瞧不起我们中国人，你懂不懂？"

　　那天也同样如此，李祥的发言一定又深深伤到了台湾同学的心，他在下课后追出来，只为点拨李祥在课堂上的表现。"其实今天这种情况，你完全可以甩两句陶渊明的诗来摆平。"在李祥质疑的目光下，台湾同学恨铁不成钢似的掏出笔来，端端正正一笔一画地在带子封套上写下了那两行诗句。

　　"你没见是繁体字吗？那是我在英国读书时一个台湾同学的作业，谁知道他为什么要写这么两句？他这片子老师都说做得好，我就借来学习一下，可能忘还了吧！"后来，回到房间，李祥对还在纠缠此事的嘉文如此解释。

　　嘉文喜欢纠缠李祥的过去，这当然也是因为她有条件。不错，嘉文就是当年那个李祥为了打听同桌的消息，而主动去接近的高中女同学。他们在李祥回国后的第二年，相遇在李祥单位同事家的客厅里。

　　李祥那会儿真没想到同事提及的老乡竟是她。她怎么也来北京了？记得自己出国前，这女同学在青岛一家音乐电台做节目主持人。那时候，一说起自己的工作，女同学总是滔滔不绝，对工作带给自己的收入、成就感、良好前景毫不讳言。记得那时候女同学最喜欢说的话是："我喜欢自己的工作，就像喜欢青岛这座我自幼成长的城市——空间不大不小，节奏不快不慢，一切都那么舒服，那么恰到好处。"

　　可那次再见面，女同学开口就数落青岛："到底是小地方，来到北京，才让我看清这一点。"她皱眉、撇嘴、摇头，不断地对李祥重复上述内容，而李祥则只能默默地朝她点头，对她的改变表示理解。聪明的女人总习惯为自己的言行找些理由，当然她们更习惯的还有，主要的理由自己并不直接讲出口。那一年，李祥二十九岁了，她是自己的同学，年龄应该差不多。李祥很容易想象一个三十来岁依然待字闺中的女人不得不离开自己故乡的故事，但对这个女人来到北京的故事他就不好想象了，因为接下来，这女人又告诉他："我爸妈帮我付了首付，给我在通州那边买了个小跃层，我自己付月供，快三年了。从去年春天开始，除了在电台上班外，我还在自己那个房子里做了一个'棚'。"

后来吃饭时，从这个女人和周围人聊天时提及的诸如"找名家配音"、"发行渠道"、"有声读物市场"等等不断闪现的关键词中，李祥才慢慢明白她所说的那个"棚"的意思，这也让他为自己的现实处境大为汗颜。出国前，李祥就可以在大学毕业后留校任教，回国后依旧如此，若不是从前一个教过他的老师费心帮忙，可能都进不了高校。如今他依旧是在同一所学校教同一门课，学校对教师规定的各项待遇都按第一学历，所以，工作两年后自掏腰包去留学，非但没改善他的境况，反而耽误了他的收入。

当然，与此同时，李祥也明白自己同事力邀他去参加聚会的良苦用心："来吧，给你介绍个老乡认识。山东人好啊，我老婆就是山东的，能干又顾家，娶到这样的女人有福气！"

同事的说法合情合理，李祥和嘉文的关系也发展得顺风顺水。不久后，李祥就在通州看到了嘉文所谓的"棚"。他哑然失笑，意识到这"棚"其实非常类似于自己的副业——那时李祥也偶尔帮人剪个片子，赚点零碎银两之类的。

但李祥并未因此看轻嘉文，以及嘉文的"棚"。他们都是渺小、浮泛的小人物，生活在生存压力巨大、周围高手如云的京城，谁又比谁厉害多少？好在满三十后，他们选择了牵手，这就意味着会有温暖彼此传递,意味着他们都会在各自的生活中拓展出无限的可能。

在嘉文母亲的强烈建议下,嘉文卖掉了自己在通州的房子,以及后来生意越来越差的"棚"。把这笔钱算在内,再添上李祥母亲掏出的两倍于此的款项,他们在嘉文的单位附近买了一套八十平方米的二手房。那里离火车站很近,房价偏高,环境非常一般,房型可选空间也小,对他们来说,这显然不是上上之选,但李祥母亲却非常中意那儿,她给出的理由是:嘉文常上晚间节目,住那儿方便。这当然仅仅只是说辞,婚前和母亲的一次长谈,让李祥深深感慨"可怜天下父母心"。为了他的婚事,母亲倾尽所有。她想以此表达的,不仅有对自己未来的儿媳嘉文的重视,更希望在他们婚姻之初,就用金钱牢牢巩固李祥在家中的地位。

母亲对李祥小两口显然有些多虑了。事实上李祥和嘉文婚后相处得非常好,至少谁在家中地位高没成为他们之间的问题,至少在朋友圈里,李祥和嘉文是广受赞誉的一对。

这其实也顺理成章,他们来自同一座城市,从小生活环境相近,生活习惯乃至饮食口味都大同小异。在北京,尽管居住条件没法跟青岛老家相比,但同北京他们周围那些境况类似的朋友比,他们算是很不错的了。尽管双方收入都不算高,却都难能可贵地稳定。婚后,李祥忙活着发论文、评职称;嘉文由于当初是社会招考进台,跟频道签的合同,没有正式编制,也需要为编制劳心费神。他们都不是有多么高远志向的人,也懂得万事不可强求,加上双方工作圈子又多有交集,彼此遇到问题好交流。而且,他们两个人的工作都无须坐班,在一起的时间比周围别的朋友显然多出许多,所以,他们婚后的小日子过得是有滋有味。

"过分夸大一个人与另一个人之间的差别是一切不如意产生的根源。"他们常一起去看各类演出,小剧场话剧《恋爱中的犀牛》这部爱情圣经是嘉文的最爱，单李祥陪她去看就不止一回。对剧中的这句台词，嘉文颇有感触，从最初滔滔不绝地斥之太过冷静、冷血，到后来轻轻感叹一句不无道理便默不作声，这中间没隔几年。嘉文是典型的文艺女青年，喜欢与人争辩是非。在那是非里，爱情和情感一直是她的兴趣焦点。

虽然并不反感嘉文如此，但李祥对此极少发言，他不是喜欢争论的人，对嘉文的话唠，只偶尔用她曾讲过的自相矛盾的话来提醒提醒她，算作回应。嘉文倒也丝毫不以为意，虽然动辄上纲上线、高谈阔论，但嘉文的好处是好说且好忘，说过便罢，这也让她在李祥心中，和那些他所讨厌的教研室里的长舌妇们区分开来。当然，嘉文也并非全然口无遮拦，关于自己除李祥之外的恋爱故事，甚至当年写长邮件讨伐李祥的个中因由，嘉文就从未讲过一句。倒是怀孕后不久，嘉文有次突然提起李祥当年喜欢的同桌女生。

"哎，现在我倒觉得，能像吴岚那样过一辈子也不错。"

"吴岚？我一直以为你们的关系并不像看上去那么好呢，我几乎就没听你说起过她。"

"哪儿呀！"嘉文摘了眼镜，苦恼地用双手去揉搓自己怀孕后便渐显蜡黄枯干的脸，"当年一起上学时，我想我是有些嫉妒她；工作后呢，有一阵儿她又让我觉得不屑；现在倒好，她成了我的榜样了。堕落啊，我这是。"她苦笑。

后来，李祥远兜近转，到底调动起了嘉文的畅谈兴致，后来嘉文还打开电脑，翻自己电子邮箱里的照片出来给李祥看。于是，李祥看到了自己当年心中的女神——高中同桌吴岚。

原来吴岚早早就结了婚，婚后一心一意地做家庭主妇，现在是两个男孩和一个女孩的母亲。她先生据说年长她五岁，香港人，不过出生、成长均在加拿大。

抱着小女儿站在郊外，载着大儿子坐在车窗前，男女老少一大家人欢聚中国年，和很多中国人一起在户外聚餐……优渥、安静、闲适，仅在眉宇间还有几分当年神采的吴岚，在李祥看到的那些照片里，呈现出一副标准的居家主妇形象。

李祥的女儿嫚子，就在他和嘉文看那盒录像带的当天出生，那个晚上，嫚子嘹亮的一声哭喊，让李祥直接晋升为父亲。

在这之前，李祥整个人都是惊慌的，用心惊肉跳来描述都不为过。

嘉文是在晚饭前告诉李祥她快要生了的消息的。她慢吞吞地从厕所走出来，对正往餐桌上端饭菜的李祥说："不行了，得去医院了。"

"啊？怎么了？"

"我看见内裤上有血，怕是见红了。"

"那赶紧啊，赶紧。"李祥觉得手指一热，一低头发现自己端汤的手正在发抖。相比之下，嘉文可比他淡定多了："先吃饭吧！"嘉文朝他摆手，"我还没觉得疼呢，来得及，你多吃点儿，一会儿有你忙的。"

上出租车时，嘉文已开始有了反应，给家里的电话不得不由李祥来打。"讲话慢点儿啊，就只说是去医院待产，别让他们着急。"双手按着肚子，疼得直吸气的嘉文不忘叮嘱李祥。

其实从家往外走时，李祥一直在心里埋怨嘉文，双方父母一直都说该早点儿来北京候着，可嘉文固执，总说来得及来得及，以至于到了那样关键的时候，只能由他们俩单独应对。

李祥又惊又慌，心里很不踏实，但他没想到，让他更不踏实的事很快就发生了。

医院例行检查过后，李祥正帮大腹便便的嘉文穿衣服，忽然听到埋头在嘉文的病历上写着什么的医生猛一扭头，朝身后低声呵斥了一句："别乱动，老老实实给我等着。"

李祥和嘉文面面相觑，这时一个怯生生的女孩的声音从医生身后传来："我害怕……"然后她就断断续续地哭了起来，李祥一愣，这才留意到原来这诊室里面还有个套间。"阿拉没跟侬讲过勿要急，勿要急？侬现在知道害怕啦？当初想的啥？"刚才明明讲普通话的医生，这会儿突然一嗓子吼出又尖又快的上海腔，吼得嘉文一激灵，更不要说李祥了。

那一刻，李祥觉得自己简直要傻掉了，嘉文推他，他才反应过来。原来医生已将病历还给了嘉文，自己径直奔里面套间去了。"我知道我不对，别说我了，好不好？小阿姨……"里面的女孩还在哭。

李祥机械地搀着嘉文往外走，却在关上门的一刹那，无法自控地朝套间里望了一眼。他看见一个坐在处置床上的女孩的背影，看到女孩焗成浅黄色、枯干得如一蓬衰草似的长长的卷发。

那当然不可能是玫瑰，但那一刻，李祥却分明感觉到惊慌。他在心里认定，玫瑰选择了要在此刻对他实施报复。

嘉文生产很不顺利，不到七点就换好衣服进了产房，到夜里十一点十一分女儿才出生。李祥目睹了嘉文整个生产的过程。之前嘉文交代过，要李祥不必进去陪产。但临产时，家人只有李祥一个，他便说得跟着，嘉文可能也是因为怕，默默地看了他一眼，没反对。

开始，李祥拉着嘉文的手，坐在产床旁边的一张椅子上，后来他开始坐立不安，在嘉文凄厉的惨叫声中，他好几次想开门逃出去，他背过脸去不敢看嘉文。嘉文虽然疼得满头大汗，但还在不停地跟医生说话，一会儿义正词严，一会儿又可怜巴巴，说不顺产了，要剖宫产之类的。但那个中年女医生丝毫不为嘉文所动，女医生一直在鼓励嘉文自己生，说手术生产对母子双方都不好。她甚至还动员李祥也一起来鼓动嘉文，但李祥除了帮嘉文擦汗，关注机器里宫缩间隔的曲线外，那天在产房里他自始至终一句完整的话都没讲出来。

到后来,嘉文的喊叫已变得越来越凄惨,李祥看到她脸色变得煞白,眼神显得有些迷离恍惚,在那一刻,他心里满是不祥的预感,不仅觉得恐怖,简直都要绝望了——人为什么一定要生孩子?他和嘉文似乎都不是很在意有没有孩子的人。家里的老人们呢?他们催促时,也只是说,趁着我们现在身体还好,可以帮你们带带,赶紧生一个吧。但为什么要生,就因为别人都有孩子?就因为得把自己的日子过得跟大多数人一样?

家中三个老人赶到时,已是第二天上午。那噩梦般的夜晚已然过去,嘉文又恢复了平日里快人快语的正常状态,她从知道怀孕起就没少钻研孕产书籍,有过经验的老人们似乎都没她懂得多。那天,大家不时被躺在床上的嘉文支使得团团转。

李祥直到今天都还记得自己的女儿嫚子刚出生时的样子——全身紫红,额头扁且长,还有白色的黏液状的东西附着其上。嘉文死去活来的生产细节他还历历在目,初见嫚子就很有些亲近不来。可那天在产房,只要发现他的目光飘向嫚子,大家就都朝着他意味深长地笑。"女孩好,女孩跟父母最贴心。"李祥母亲逮着机会就跟亲家如此表态,丈母娘和丈人不仅同意,还进一步说女儿尤其跟爸爸亲,两个人你一句我一句地举例子出来,说他们家嘉文从小就是如此。

"女儿是爸爸前世的情人。"嘉文则是这般说法,还撇嘴朝李祥笑。一屋子的人,只有李祥不在状态,他奇怪生了孩子后,嘉文怎么可以当着家中老人的面这样讲?在他印象中,嘉文当着老人的面跟他讲话,多少还是有些拘谨的。

当晚病房里留下三位伟大的母亲,丈人和李祥被一同驱逐出来。那天阴天,虽是中秋,天上却并不见月亮,他们倒了一班公交车,才折腾到家。到家时都快七点半了,李祥像生了场病一般只觉得浑身无力,本想草草煮包方便面招待丈人，不想丈人依然在兴头上："嘿，今晚清静，好歹过节，要不咱俩弄两杯庆祝庆祝？"

嘉文总说她父亲酒量好。酒量李祥倒从未见识过，却深知他颇有酒瘾。他跟嘉文婚前婚后去丈人家，次次都得陪丈人整两杯。"哪有不爱喝啤酒的青岛人。"丈人每每以此劝酒，可李祥是对酒没感觉的人，每次都不过是应应景。这次，丈人一大早就跟老伴、亲家母结伴来京，大包小包带来不少东西。一进家门，丈人就开始折腾那些包裹，翻一翻，他竟拎出一瓶琅琊台酒，眉眼都笑开了花的丈人，朝李祥得意地举了举那瓶酒。

平时话不多的丈人，见了酒话匣子就打开了，他打着祝贺李祥当上父亲的旗号，频频举杯劝酒。不过话说回来，结婚三年多了，他们翁婿倒是头一次单独对酒闲话，且又是高度白酒。李祥不胜酒力，丈人便渐渐不再劝了，自顾自品咂不止。那天丈人说了很多话，翻来覆去都是围绕着嘉文，说嘉文心眼实，尤其是对感情，从小就这样，拿得起放不下。当然这也不是缺点，或者说，不是嘉文的缺点，是天底下女孩多多少少都有的小毛病。"现在，你们有了孩子，这个小家就算彻底稳定下来了，这样，我这闺女就让我彻底放心了。"这话丈人绕来绕去念叨了好几回。李祥头一次听，多少有些奇怪，嘉文和自己婚后感情一直很好，丈人应该不会不知道。但那天听丈人不断念叨，李祥便想起陪产时自己感慨的为何一定要生孩子的事，想到自己从今往后也要开始给一个女孩，一个或许也像丈人说的那样有些小毛病的女孩做父亲了，心里便有些不是滋味。

那天李祥喝多了，不过，喝得再多，李祥也记得自己出门去做了一件事。

他回到家后，第一眼就发现那盒录像带还放在自己的电脑桌前。喝酒前后，它都在李祥脑子里晃来晃去。丈人酒后进了卫生间洗澡，一等水声响起，李祥就奔向了它，把它的磁条扯出来，仔细损毁后，才出了门，把它扔进了垃圾箱。

他不该扔掉它的。那时，他还不会想到，自己在后来的日子里，会特别特别想找回它，会无数次在脑海中反复重温其中的画面。可现在，那段记忆已随那盒录像带的消失变得模糊不清，也越发让李祥难以把握了。

后来，每次想起那盒录像带已经不在了，李祥都会将之归咎于那次醉酒。

3

李祥从没想到，自己会在四十岁时，有机会去看吴岚，带着自己的老婆孩子，一起漂洋过海去看吴岚。

这当然是嘉文的提议，说服李祥的理由，则是嘉文所谓的为明天打算。

"人总得为明天打算。"这话如今已成为嘉文的口头禅。此刻回头细想，李祥第一次听嘉文如此讲，还是在她产假期间。

记得那是在夜里，被孩子的哭喊惊醒后，他们爬起来，一个抱孩子，一个赶紧去冲配方奶。好不容易等孩子吃过又睡了，李祥却见嘉文依旧眼神空洞地呆坐床前，似乎毫无睡意，于是，他便试图跟她聊天。他聊天其实是带着指责的，虽指责得分外小心，嘉文依旧还是恼了。她愤然地一把抓过被子躺下，又扭头冷冷地把后背甩向他，过了一会儿，李祥听见了嘉文带着浓浓的鼻音说出来的要为将来打算的话。

李祥记得当时自己什么都没说，嘉文也没再说什么。但再躺下来，李祥却睡不着了，只觉得黑夜里的卧室被挤得满满的，到处都是喊喊喳喳的争吵声，让人心烦。可他更知道嘉文的烦，而且，他们俩也都清楚，再烦也不该烦到那会儿都还住在他们小家里的三位老人。

李祥的母亲是最早离开的。她在一个下午，悄悄尾随李祥进了卫生间，倚着关得分外严实的门，压着嗓子告诉李祥说她要走："不是要找月嫂吗？孩子有月嫂帮忙，嘉文也有她父母在，我帮不上什么忙了。"

李祥知道那段时间自己的母亲心里不好受，所以并未挽留。母亲很快折回他们的卧室，将这番话一字不动地当着嘉文父母的面讲给嘉文，并掏出一万块钱，说是给嫚子的，是她这做奶奶的一点儿心意："妈身体不好，可别病在你们这儿，反倒给你们添了麻烦，还是先回去，等你们过阵子有需要，随时叫我，好不好？"

李祥那好面子好了一辈子的母亲像个演员似的，当着众人的面，用忧郁的眼神望着李祥，等着他把刚才已同意她离开的话再讲一遍。李祥低着头，心事重重地配合着母亲，心底却比谁都清楚，母亲做出自己要走，之前并未跟儿子商量过的样子，只是为了向亲家和儿媳表示尊重。

"那一万块钱，我准备的时候，一心想的可是孙子。"

母亲后来在火车站对去送行的李祥说出这么一句，李祥低着头，不敢看她。好在母亲见他如此，便叹口气，没再继续说什么，可母亲不说，李祥也知道，母亲那段时间的不满，绝不仅仅这点。

丈人和丈母娘也是不满的，他们在一个月后也离开了。离开时，家里的气氛早已没有李祥母亲离开时那么一团和气了。李祥不是天天在家，却也遭遇过好几场嘉文父母对她的大喊大叫："我还不比你明白？连你都是我带大的！""嘉文，小心我抽你！你怎么跟你妈说话呢？"

嘉文嘴巴厉害些，心其实是软的，这李祥知道，因为嘉文每次惹父母生气，都会变得更加烦躁。李祥对嘉文和她父母间的口角一直不介入，不仅因为知道自己是外人，还因为他发现，那段时间只要是为了嫚子，嘉文对他们所有人的话都油盐不进。嘉文只教条地按照书本、按那个不被她父母待见的月嫂的经验，尽力地为嫚子做着一切：选择奶粉、衣物、洗涤剂、哺乳工具，以及喂养、清洁、消毒。

嘉文的固执最终导致了她父母的离开。后来，在嫚子可以被抱出门后，嘉文总会理直气壮地跟别人说："这孩子是我自己一个人拉扯大的。"

"没生孩子前，我不是还跟你说过吗？到时可以让我爸妈把孩子带回青岛去养。可生了之后才知道，这哪行，根本就不舍得。你不是女人，没这个体会。女人是见了孩子，开始相处后才萌生的母爱，这是天性。"心情好时，一起回望从前，嘉文会对李祥如此解释她自己当年的心境。

好在父母毕竟是父母，嘉文特殊时期跟老人闹的矛盾，如今早已如划在水上的刀痕，被日常生活的大潮潜流冲击得荡然无存。嫚子三岁时发生的毒奶粉事件似乎有力地证明了嘉文当年坚持的正确，那年春节返乡，丈人喝酒时甚至还特意为此在他们面前感慨了好半天自己老了，教训老伴凡事该多听年轻人的。

然而更滑稽的是，后来雅培奶粉又身陷质量门丑闻，被媒体频频曝光。李祥递手机过去，想让嘉文看看那新闻："你看，这就是你当年最信赖的，说什么借钱也要让孩子一直吃下去的奶粉。"嘉文看过之后脸上晃过一瞬间的惊讶，但她很快就把手机还给了李祥："知道还不如不知道呢，知道得越多，心里越没底，好在我们现在已经过了吃奶粉这一关。"嘉文叹着气，讲话的声音越来越轻，似乎整个人都软下去了。可没过一会儿，她便仿佛重获斗志，再开口，风格已恢复如常："李祥，人总得为明天打算，咱俩如今最紧迫、最关键的问题是嫚子的教育问题！"

这话嘉文已不止一次讲了，他们的嫚子今年七岁，刚上小学，而嘉文差不多从嫚子上幼儿园开始，就把自己的全部心思放在了这上面。

"当初你不是已经去英国了吗，怎么没想办法留下？"

"嘉文，别总跟在别人后面跑，以我们的经济实力，是没资格琢磨移民的。"

"我还不是为了嫚子？其实无论现在上私立学校，还是将来送孩子出去留学，哪样不得多花钱？"

嘉文有嘉文的逻辑，她单位里一个她平日瞧不上的同事去年申办澳大利亚移民成功了，越发激发了她的斗志。那年刚一入冬，有天下班，嘉文便拿回一份旅游公司的文件给李祥看："喏，加拿大五日游，看看怎么样？嫚子一放假，咱就出发吧？"

"你疯了？这么贵，我们一家三口来回跑一趟怎么也得五万！"

"关键是意义重大，咱这是去前期考察，连我爸妈都支持，还肯出钱赞助呢。"

父母在，不远游。可如今的父母已通达至此，让李祥也无法再多说什么，何况嘉文还在一旁大谈这旅行社和她台里一个同事的关系如何好，这次他们可少去些景点，对方还能给多打些折扣之类的。

"我特意选了这个往返都在多伦多的团，这样我们就可以去找吴岚，或许可以直接住在吴岚家里，连住宿费都省掉呢。"嘉文出发前兴致很高。

事实上，住宿费他们并没有省下，尽管嘉文为此准备了不少价格不菲的礼物，尽管行前她跟吴岚通过长途电话，尽管历经了十几个小时的飞行后，他们在凌晨时分接机的人群中第一眼就看到了吴岚，可后来，他们还是放弃了借宿吴岚家的念头。

吴岚应该是想让他们住她家的吧？在机场时，李祥一直都跟在嘉文身后，看着和嘉文寒暄的已人到中年的吴岚，他心里还觉得有些不自然。可当嘉文忙着去跟地接导游啰唆，李祥正琢磨着该如何打招呼时，吴岚已一把抱起嫚子，坦然、淡定地向李祥指着停车位置，操心起一会儿如何把他们的行李搬进她车里的问题。

吴岚是一个人来接机的，开着一辆小型的克莱斯勒轿车。她带李祥他们一路走出机场大厅，把他们一家三口及行李全安置在了自己车上，然后，载他们直接去了她家。

那一路，李祥的心里暖融融的，嘉文想必更是如此，她激动的心情溢于言表："吴岚，我们怎么这么快就老了，你不知道，我现在有时都觉得自己陌生，嫌弃自己的一身赘肉，我从三十五岁后就不爱照镜子了，不是不想，是不敢……"嘉文的确是话多的人，但在国内时李祥从来不曾听她同周围朋友如此讲话，李祥想，一定是温暖的旧日友情让嘉文彻底放松和感伤起来。

"不要太敏感，嘉文，那样活着多累。我记得我妈刚来多伦多时，就是咱们现在这个年龄，那时她常跟我说，四十来岁的女人会比较难过，是因为你心里还不服老，慢慢到了五十就好了。这话我当时听着还没感觉，现在却常常想起来。"吴岚话倒不多，但不时低声附和，宽慰嘉文。这让嘉文越发忘情，话题也越扯越远。

李祥抱着上车没一会儿就睡着的嫚子坐在车后座，看着前面两个女人的背影，脑子里满是一起读书时吴岚的样子，吴岚还跟从前一样话少、脾气好。只是如今，岁月除了像吹气球一样把她整个人都吹大了一圈外，也让她的言行举止，平添了一份自得和从容，这让李祥感觉温暖，因此心里倒并不像嘉文那么感伤。

吴岚家住渥克维尔，是那种半独立屋，类似于我们国内双拼别墅的房子，大约有二百坪，地上两层，还带地下室、前后院。厅和厨房都在一楼，他们进去时都还兴奋着。把嫚子抱到楼上让她继续睡后，三个人坐在门厅里喝了会儿咖啡，客客气气地东拉西扯闲聊了一阵儿，嘉文就开始帮吴岚忙活开早饭了。李祥则出去在房子四周转转，回来后进厨房好几次，让吴岚不要弄太多，后见嘉文直朝自己使眼色，方才不再多嘴。

没一会儿，不时有人下楼来，早饭竟分了好几拨吃，嘉文悄悄告诉李祥这儿还住着两家租房的客人，李祥这才恍然大悟，并很快认出其中一位——自己刚才散步时曾遇到，还聊过几句，知道他是带着老婆孩子一家四口人刚从大连移民过来，暂时在这儿落脚的。那房客也很快发现了李祥，咋咋呼呼地站起身来同李祥握手，一边大赞吴岚是好房东，大家初来乍到，得到她不少帮助。大连房客吃完饭也不走，乐呵呵地依旧同李祥聊，但其实所聊内容已与李祥无关，房客像个导游似的站在李祥身边，不时同吃饭的人搭讪，并东指西点替李祥介绍：谁跟谁是一家人，哪儿来的，现在在忙活什么之类的。

吴岚的三个孩子也混在人群里吃了早饭，不等吴岚介绍，李祥便发现她两个儿子不会讲中文，那两个个头均已高过李祥的大小伙子，吃饭时凑在一起讲英文，当然，吴岚给他们介绍时，他们也用英文问候李祥夫妇。吴岚女儿下来得晚，先进厨房找妈妈，吴岚介绍她时，女孩有些害羞，但待客很得体、乖巧，当然也是讲英文。李祥发现这女孩眉宇间，尤其是眼睛颇有几分吴岚当年的影子。

"他们不会讲中文吗？"李祥听到嘉文在厨房里问吴岚。

"听得懂，但讲不好。"吴岚低声答着话，眼神却一直远远地、软软地绕着自己正在低头吃早点的女儿。"就是讲中文，他们的粤语也比国语讲得好些。"她含笑说道。

李祥这才记起吴岚的先生，便问了一句，吴岚说他做销售，常出差，这两天刚好不在。

众人饭后各自散去，吴岚赶紧招呼李祥夫妻吃早饭。收拾停当之后，吴岚又提议出去转转。早跑到楼下来凑热闹的嫚子人来疯，立即欢呼雀跃，并在吴岚提出的瀑布、公园、动物园、博物馆中，首先选了动

第二章 李祥 | 67

物园。倒是嘉文心疼吴岚："你不用歇歇吗？"嘉文突然又压低嗓音，提醒吴岚，"家里还有外来的房客，咱们就这么甩手出去安全吗？"

"有房客才方便呢。这儿不是所有中学都有校车，从前老大和老二都是我自己驾车去送，现在有了房客，他们都搭别人的车，我才方便多了。出去当然没关系，我们跟地下室住的温蒂说声就行，她很少出门，一般都在家。"吴岚这样一讲，嘉文倒不好意思起来。

动物园面积不小，动物也多，就是天气实在太冷。不过嫚子玩得倒很开心，她快活地跑来跑去，很快就对吴岚亲近起来，总是黏着吴岚问这问那。嘉文却显得心事重重，从礼品店出来有旋转木马，嫚子跑过去坐。李祥听见嘉文对在一旁举着相机给嫚子拍照的吴岚说明天要走，吴岚挽留说楼上有空房，已替他们收拾好，完全可以住她那里之类的。但嘉文以好不容易来一次，还想跟团出去走走为由谢绝了。

"你不是为考察而来吗？吴岚家就有不少新移民，多好的条件，她又是诚心留我们，干吗非得走？"李祥逮着机会悄悄问嘉文。

"我哪想到吴岚现在过的是这样的日子，真是一刻都待不下去了，就是跟她说话，我都不忍心看她的眼睛。"嘉文显然情绪很不好，跟李祥说话时很烦躁。

从动物园回来后，吴岚又带他们去了 CN 塔，并在那儿吃了晚饭，然后把他们送到了旅行团所住的小旅馆。分手时，他们约好返程前一定早点联系，吴岚好再来接他们去她家做客。"阿俊很开心我能有老同学来家里做客，他后天就该回来了。"李祥看出吴岚对他们的离去有些遗憾，但她显然不是喜欢勉强别人的人，吴岚没再继续挽留他们。

他们第二天上午就随团去了渥太华，由此开始处处走马观花的旅行生活，大人孩子都跟着下车拍照，上车睡觉，搞得很是奔波劳累，尤其嘉文，她还沉浸在对吴岚的痛惜当中，一路上情绪都很低落。断断续续地，嘉文给李祥讲了不少吴岚的事，原来吴岚父母移民前都在报社工作，到了加拿大后，母亲很顺利，半年内就找到了一份办公室工作，可父亲英文口语太差，开始一直闷在家里，后来去餐馆、鸡肉厂打工，很辛苦，在咖啡馆打工时还让高温咖啡烫伤过手。吴岚还有个哥哥，来后不久就读了大学，而吴岚自己却只念了所大专，还是按母亲的建议，读的她不喜欢的财会专业。那时她家里父母常冷战，气氛很不好，尤其是母亲，一天到晚胆战心惊，就怕吴岚将来毕业找不到工作。可吴岚读好找工作的财会专业读得非常没感觉，毕业没多久就早早嫁了年长自己五岁的老公，从此开始了主妇生活。而吴岚的父母，也在分居三年后离了婚，现在她父母均已再婚，母亲带着哥哥远走美国。当初因为父母间的纠纷，吴岚和哥哥一度关系非常紧张，这两年才又渐渐有了联系。

　　嘉文很替吴岚不值，她不断列举从前的旧事，仿佛李祥对吴岚曾经的优秀全无印象。女人就是心细，嘉文还告诉李祥她自己的观察所得，以及吴岚自己讲述的现状：作为主妇，吴岚不但每天要忙活一日三餐，洒扫庭除，关照三个孩子、两家房客，很多事情还得自己动手。家里的窗帘、被罩，以及她自己和孩子们的裙子、内衣不少是她自己裁制的，厨房里那么多的点心、泡菜、腊肉腊肠也是她亲手做的，此外还要修理院子里的地面、花坛、狗舍。"她从小就是那么聪明的人，谁曾想到，长大后她要把自己的聪明才智都用到那些地方。"嘉文不住地摇头，一副痛心疾首的样子。

　　"你不能这么看，每个人对生活的要求不同，或许吴岚她自己就喜欢、享受这些呢？至少她给我的是这样的感觉，不像你这些年，总那么烦躁。在国外生活人工贵，自己动手做力所能及的事很普遍，而且攀比、虚荣毫无意义。"李祥想以此来纾解嘉文的不良情绪，但嘉文只撇嘴冷笑，并不理他。

李祥他们离开加拿大前，在吴岚家里见到了吴岚的父亲、继母，以及吴岚的先生谢家俊。

吴岚跟继母在厨房里忙活，吴父和吴岚的先生不时进进出出帮忙，翁婿二人都是魁梧的高个子，都有点谢顶，且都穿着一样款式据说是吴岚手工织的毛线背心，从背后看去简直像兄弟俩。尤其是吴岚的父亲，精气神儿十足地讲着自己跟女婿昨天去结冰的湖面冬钓的情形，让李祥感觉到他们翁婿间的和睦和亲近。当然，那天一起聚餐的还有吴岚家的房客，大连来的那位先生据说出去访友了，只有一个住地下室的女人在，吴岚叫她温蒂。吴岚很高兴地告诉李祥夫妻俩，温蒂的先生刚找到了一份满意的办公室工作。"我料到会如此，温蒂夫妻俩英文都很好，尤其温蒂，她当年曾在英国留学。对了，"吴岚笑着告诉温蒂，"李祥也在英国读过书的，也是在伦敦。"

李祥朝温蒂笑笑，礼貌地招呼了她一声，但温蒂只安静地看了他一眼，没有任何表示。李祥有些疑惑，茫然地打量起她来，倒是嘉文反应快："我认识你，你是从台湾来的吧？"

"不是啊，我是上海人，从没去过台湾。"温蒂很不友好地朝嘉文瞪大眼睛。

"哦，不好意思，可能我认错了，"嘉文赶紧解释，"我第一天见到你，就觉得你有些眼熟。我们家有盒录像带，是我老公的一个台湾同学拍的，那里面有个人长得跟你很像。是不是啊，李祥？"

李祥只好朝温蒂点点头，说："是。"这回温蒂也笑了，她不置可否地抬头朝李祥笑，眼里显然大有深意。李祥自此再不敢抬头看温蒂，因为他已经想起这个女人是谁。

她是玫瑰的那个女伴！李祥脑子里开始出现那幅画面，是十几年前他自己拍到的画面，眼前这女人曾穿件枣红色的羽绒服，跟穿青绿色呢子大衣的玫瑰一起走在伦敦冬日午后的阳光里。拍到那场景曾让李祥非常感动，后来剪片子，他便用了其中一段最得意的长镜头做了结尾。要是没记错的话，嘉文只看过一次那片子，可她怎么会有如此非凡的记忆力？

许是发现有些冷场，吴岚招呼她先生带李祥上楼去坐。"阿俊是电影迷，很崇拜你这个专业人士呢。"吴岚夸张地笑着替他们俩做介绍。

谢先生不讲国语，事实上英文他也不大讲，他也是话少的人。然而，在他的房间里，李祥却看到了他澎湃的内心。

这家伙收藏了不少老电影，尤其是邵氏经典电影，被他按上映时间整齐有序地排放在书柜里。李祥细细看去，觉得他们学校资料室都没谢先生收集得这么全、保管得这么好。

"家里太小了，我早想换房子了，可这儿有很好的学区，新移民多，岚喜欢，"谢先生用英文告诉李祥，"开始我不习惯家里来这么多房客，但岚喜欢，她说照顾人有成就感。男人这个年龄正是最该忙的时候，无法多陪太太，就只能尽力帮太太按她自己喜欢的方式生活，让她开心。"谢先生耸耸肩，又给李祥展示他的老摄像机，"你学摄像时，就已经开始用 DV 了吧？"

"不，我也用过 BETACAM。"李祥抚弄着谢先生的磁带、老摄像机，颇感亲切。谢先生告诉李祥，那是他自己年轻时代的最爱，谢先生说他读书时曾组织过学生电影社团。"是摄像机帮我认识了岚，"他微微一笑，"一直到现在，岚都是我镜头里唯一的女主角。"

谢先生翻自己做的片子出来给李祥看，李祥找了盒标注时间最早的开始看起。

无缘见到自己太太少年时光的谢先生，做这个片子，用的全是太太的旧照片。不过他剪辑得很好，还做了叠化、淡入、淡出等特技，画面、色彩、节奏都很讲究。昔日重来，李祥沉浸其中，心底渐渐泛起苦涩——他也曾有过痴迷电影的时光，甚至为此不管不顾地出国求学。可能是因为天资不够，或者是因为懒惰，虽然现在他依然以此为生，教这个专业，可对电影的感情却渐渐被岁月的潮水冲刷得衰老、迟钝起来。

李祥看得动情，加上片子还铺垫有音乐，以至于身后有人进来他都没听见，眼睛一直盯在眼前的画面上——年少的吴岚、她的家人、同学……后来竟出现了嘉文的面孔，嘉文和一个男孩亲密地站在海边合影。这时，有人走过来关了电视。"不许多想啊！"是嘉文，她一边冲李祥笑着，一边不好意思地摆手。

"李祥才不是那么小心眼的人呢，"吴岚也站在他们身后，也在笑，"刚才那男孩是我哥哥，嘉文是我哥哥的偶像。如今我哥哥偶尔提起来，还要感慨命运呢，都是多少年前的事了，早过去了。"说到这儿，吴岚顿了顿，又笑道，"我刚来这里时，也把李祥悄悄塞到我书包里的那封信，当成《圣经》来读呢。"

"就是，就是。"嘉文过来搂着吴岚的肩，"我们俩是从幼儿园时就在一起的好朋友，我们之间从来就没有秘密。"嘉文说完笑着朝李祥挤了挤眼睛，"饺子下锅了，赶紧下楼去吃吧！"

李祥和谢先生便也乐呵呵地跟在嘉文她们身后下楼，但李祥笑不出来。一拐下楼梯，他就遭遇到温蒂那充满敌意的目光，吃饭时更是如此，这样他心里越发七上八下了。

"我知道你是玫瑰的男朋友。"饭后出去抽烟，李祥在院子里遇到了也在抽烟的温蒂，她在黑暗中突然开口讲话，吓了李祥一跳。然而她接下来讲的话却更让李祥心惊："我和玫瑰小时候就在同一所小学读过书。后来，我上高中时，有次跟妈妈出国旅游，竟然又遇到了玫瑰，就是那次她带我去了她住的地方，给我看了你的照片，她跟我说，你不是坏人，只是她已答应父母不会再见你了。我们进去的时候，她就告诉我,你正躲在路旁偷拍,她说她早就知道你在偷拍,但她不想见你,就只能装作不知道。她还嘱咐我下楼时,要是发现你还在,也要装成不知道。"

"已经过去十多年了。"李祥压低嗓音,求饶般扭头去看温蒂。

"十五年。"温蒂的声音也低下来,沉默了一会儿,她又轻声说,"玫瑰去世都快三年了。"

"什么?"李祥一惊,差点儿让烟头烫到手,"你跟玫瑰一直在一起?"

"没有,"温蒂仰起头,哼了一声,"玫瑰的事儿,我知道的也不多。我是2004年去的英国,那时候玫瑰应该是在读大学,我没记错的话,她似乎读的是阿伯丁大学。她的事情很多都是在她死后,我从报纸上看到的。不过,2008年夏天我去瑞士玩,曾遇到过她。那时她已经不读书了,好像是在当导游,那次我们聊得多些,我那时很佩服她,觉得她出落得那么独立,那么成熟。后来,2010年元旦我临回国前,得知玫瑰自杀的消息,还被叫去警察局认尸体。玫瑰是自杀的,原因我也不知道。"

李祥傻在那儿,直到温蒂不再讲话。

"你们那么小,一个人到国外去,很不容易。"李祥知道自己必须得说点什么,可他能说什么呢?沉默了好久,他才说了这句话出来。

但这句话还是惹恼了温蒂,温蒂冷冷地、语速很快地回应他:"你不用假惺惺地装好人,我可没那么小就去,我去伦敦时都二十三了,跟你去时的年龄差不多吧?"她的声音哽咽起来,"只是玫瑰可怜,她去时才十七岁,最可怕的是遇到像你这样的坏男人。你还挺会撒谎的嘛,怎么想着编出来个台湾同学?"

"我爸爸不是坏男人!"李祥一惊,糟糕,是嫚子跑出来了。刚才吃饭时,嫚子为大家清唱了一曲《春天在哪里》,赢得了满堂彩。这会儿嫚子还沉浸在兴奋中,喊话字正腔圆。"你才是个坏阿姨!"嫚子大叫着去推温蒂。

"嘿,小姑娘,别吵,阿姨是跟你爸爸开玩笑呢。外面这么冷,你怎么连大衣都不穿就跑出来了?我们回屋子里去,好不好?"

温蒂俯下身去哄嫚子,李祥奇怪温蒂态度怎么会变得那么快?她不怕自己难堪吗?当然更奇怪的是,李祥发现,自己的女儿嫚子竟然肯听温蒂的话,嫚子很快就乖乖地被温蒂牵着走了。走到他身边时,温蒂突然停下脚步:"你难道不想去看看玫瑰吗?她后来被葬在什么地方,我知道的。"

"我就这样给温蒂留下了自己的联系方式,"李祥告诉我,"温蒂只联系过我一次。去年我从加拿大回国前,接到她的电话,她告诉我玫瑰在上海的墓地的地址。从那之后,就再没有任何消息了。这次你来找我,你说是温蒂推荐你来的?"

"是啊,我在网上发帖子,想寻找知道玫瑰故事的人,温蒂主动联系了我。"

"哦?"李祥很有些吃惊,但他很快就释然了,"这样啊,不过我可是从来都没想过去联系她。我感觉,温蒂应该不是个喜欢讲自己故事的人。"

"是的,她比较有戒心。不过我在几天前刚见过她,她回上海了,可能是休假。"

我的话没能讲下去,因为李祥在朝我摇头。"不说了,"他说,"温蒂一定不喜欢我们谈论她吧?"

"是的。"我点头,满心惭愧。"得保证,彼此只在对方的生活中出现这么一个下午。"温蒂的话再次在我耳边响起,让我越发为自己的大嘴巴懊悔。于是,我赶紧郑重地向李祥承诺:"请你务必放心,从今往后,就跟对温蒂一样,我不会再来打扰你。等将来,要是我真写出了玫瑰和你的故事,那我也一定会使用化名。"

"随便你。"李祥好脾气地朝我笑笑。

我和李祥,后来再没见过,也再没联系过。

第三章　阿平

阿平是跟我见面后，一直到现在都还保持着密切联系的人。

"你的资料收集得怎么样了？你关于玫瑰的故事写得怎么样了？"阿平一定很忙，可她经常会通过聊天工具写下这样一句半句的问讯给我。对我来说，阿平的联系是督促，更是鼓励，我知道自己一定不可以辜负那么多人的信任，关于玫瑰的故事，务必要好好收集材料，再好好把它写出来。

"相信别人是一种美德。"

这是阿平对我讲出的第一句话，她说，正因为相信，她才愿意给我讲自己和玫瑰的故事。而且，要说起来，这话阿平当年还是从玫瑰那里学来的，而那个时候，正是阿平此生最为艰难的阶段。阿平说，这句话让她受益匪浅，从某种程度上来说，她认为，正是这种相信别人的信念，帮她走出了那段人生的低谷。

阿平是1999年秋天去伦敦的，在那之前，她在广州一家银行工作。因为跟相恋八年的男友分手，她情绪糟透了，所以心血来潮，远远地跑到英国攻读国际精算师资格。

玫瑰是阿平在伦敦认识的第一个朋友，她们曾一起合租宿舍，有将近半年的时间她们形影不离，彼此以姐妹相称。但是后来，两个人之间发生了误会，玫瑰离开阿平，自己搬出去住了。

玫瑰走后再也没联系过阿平，而阿平直到自己三年后离开伦敦回国，也没再见到过玫瑰。

可在心里，阿平却一直都惦记着玫瑰，她曾跟不少人打听过玫瑰。阿平后来得到的最确切的消息是：玫瑰在搬离她那里后不久，就离开伦敦，去了苏格兰读大学。

阿平如今依旧生活在广州，目前跟朋友合伙开会计师事务所。她总是很忙，经常出差。"不喜欢在网上聊也可以，正好这两天我要去趟北京。"她很爽快地就跟我约好了见面的时间和地点。

出生在1970年的阿平，看上去没有一点儿年过四十的感觉。她个头适中，身材不胖不瘦，焗成暗紫色的中长发披散在肩头，发梢处有精心打理出来的弧度自然的大波浪卷儿。而一身浅灰色的呢子套装，和脖子上斜搭的那条鹅黄色羊毛围巾，则让她更显职业风采。她风风火火地进到包间，刚把手上一个硕大的黑色公文包在我面前放下来，手上的电话就铃声不断。后来，她把手机音量调至最小，朝我抱歉地笑笑，说："真不好意思，年底我的事情格外多些，可手机是不敢关的，一会儿我们可能还会受到些干扰。"

说起已过去那么多年的故事，阿平显然直到现在，还对当年自己跟玫瑰间的那场争吵耿耿于怀。

后来，整理阿平的录音，我便决定，讲述阿平和玫瑰的故事，就从那场争吵开始。

1

1999年圣诞节后的一天晚上,在伦敦自己租住的寓所里,阿平整理房间时发现了一摞信。

那间寓所之前是阿平和玫瑰一起合租的。可当阿平发现那摞信的时候,玫瑰已经在一周前跟她大吵一通后搬走了。

那次大吵,时隔这么多年,阿平都还清清楚楚地记得。

那是个下午,阿平刚从学校匆匆赶回宿舍,一推开自己跟玫瑰一起合租的那间屋子的门,她便愣住了。

在阿平的眼前,整个房间像被洗劫了一般给翻了个底朝天。她还没反应过来,平时在阿平印象里一向绵软瘦弱,像猫咪一样的小女孩玫瑰,就在那一片狼藉中朝她扭过头来。玫瑰恶狠狠地盯着阿平,停止了一直都在进行的翻找。

阿平还没回过神来,小猫咪玫瑰便突然翻了脸——她目露凶光,朝阿平举起了双爪,厚厚圆圆的肉垫子向后隐去,弯曲尖锐的利爪晃动出闪闪寒光。蹭蹭蹭,小猫咪玫瑰弓着腰,踩踏着胡乱甩了一地的衣物、书籍,叫嚣着朝阿平蹿过来。"我受够了!我受够了!我告诉你,我早就受够你了!当初我怎么就那么不长眼睛,要跟你住到一起!"

愣在门口,任由玫瑰大喊大叫,阿平一动都没动,可那不过是她一时没反应过来而已。她这个人,平时不主动惹事,但事若真来了,她可是真不怕!

那会儿,阿平和玫瑰在那房子里已合住将近半年。阿平比玫瑰大整整十岁,之前一直以姐妹相称,一直都是甜甜腻腻地笑脸相向,但彼此间还有许多张面孔对方无缘看到。那会儿的玫瑰还不知道阿平的厉害,还不知道阿平这个人是多么善于吵架。

是啊，阿平她最不怕的就是吵架。

来英国前，阿平刚刚和相恋八年的男友分手。一个多事的闺蜜悄悄跑来告诉她："你知道他怎么跟我说你？怎么说他最终能下决心和你分手？他说，你们读大学时就开始恋爱，八年时光一同走过，有太多美好的往事让他无法放下。平心而论，他也并不觉得你们之间那些鸡毛蒜皮的小摩擦有什么大不了的。你真正让他寒心的，是吵架时的态度。他说，你这个人吵架时的嘴脸太恐怖了，只要他一想起你吵架时那清醒、冷静的反应和表情，他就不寒而栗。他说，他不敢想象，自己如何能跟你这样一个女人吃喝拉撒，日日相对，共度一生。"

初听闺蜜讲那番话时，阿平还有些震惊。天哪，难道我真的那么能吵架？难道我一吵起架来，真的像男友描述的那么恐怖？但想归想，或许评价也是一种有效的心理暗示，阿平在跟男友分手后，又经历了几次争吵——卖房子时跟房产中介，辞职时跟单位的政工科长，甚至签证时，她都用半生不熟的英文跟怀疑她有移民倾向的签证官吵过。每一次，不管开始时局势对她如何不利，她都能以不变应万变，最终力挽狂澜，把事情摆平。

那个下午，阿平站在玫瑰面前不动声色。玫瑰不会知道，那其实是阿平吵架时最经典的表情。阿平还记得自己当时只觉得玫瑰可笑，觉得玫瑰毫无缘由地朝她乱发无名火，嚷嚷只能说明她心虚，说明她没本事控制自己的情绪。后来，冷冷地瞪视着玫瑰，阿平却听见自己心平气和的声音慢慢响起："玫瑰，不会才这么几天，你就忘了吧？难道是我先提出要和你住在一起的？如果不是你提出来要跟我合租，我现在应该还住在二楼那个单间里呢。你不会不清楚吧？对我来说，那里才更方便。"

毫无疑问，阿平说的是实话，而实话是最有力量的。这有力量的实话，稳稳准准地击中了玫瑰的软肋，一下子就把玫瑰打击哭了。一屁股坐到地毯上的玫瑰又重新恢复自己柔弱可怜的小猫咪形象，开始呜呜咽咽地哭鼻子抹眼泪。

跟玫瑰一起合租，说起来，实在是非常非常偶然的。

阿平第一次见到玫瑰，是在来伦敦的国航航班上。那十几个小时一直跟随太阳飞行，被许多留英学子称为"阳光之旅"的旅程，最初给阿平带来的感受是总犯困，却总给阳光晃得无法入睡。所以，开始的几个小时，阿平几乎都是靠着椅背闭着眼睛装迷糊的。而玫瑰，则成了她最终睁开眼睛的原因。

开始时，阿平让玫瑰给吓了一跳。因为一睁眼，她发现临座一个缩在椅子里猫咪一样瘦小的女孩正在朝自己甜美地微笑。于是阿平也赶紧点头笑了笑。女孩便精神抖擞地坐直身子，开始跟她低语闲话。跟这样的女孩聊天，让阿平觉得很愉快，因为这女孩显然不是个多话的人，讲话得体，却也非常坦率热情。尤其是当阿平得知这女孩已经在英国生活两年多，不免要问她些生活细节，女孩很认真，每问必答，且事无巨细都给阿平解释得非常详尽。

阿平还知道了这女孩的英文名叫玫瑰，家是上海的，比自己整整小了十岁。可就是这么个比她小十岁的女孩，快到目的地时，又把阿平给吓了一跳。

"姐姐，"玫瑰突然从自己的大旅行包里掏出方方正正的一个纸包，一边迅速塞给阿平，一边请求她，"帮我个忙好吗？一会儿入境的时候，把这个放在你那个包里。"

阿平满腹狐疑地顺着玫瑰的目光看过去，原来玫瑰指的是她放在脚下的那个纸袋。那原本是阿平放随身风衣的，机舱里冷气开得太足，她就把风衣披到了身上。难道这女孩早就发现了她有个可以替别人放东西的空纸袋？她有个空纸袋，是这个女孩如此主动、热情跟她搭讪的原因？阿平颇感不爽。

"可以。"阿平放低声音，笑着把手按在女孩手上，"不过你得告诉我这是什么东西。"

"是烟！哈哈！"女孩到底年龄小，刚才还小大人似的言谈举止，这会儿因大笑瞬间消失得荡然无存。女孩的笑说起来倒也的确可爱，有感染力，但阿平却笑不出来，阿平依然表情严肃地瞪着女孩，听这女孩边笑边跟她解释："姐姐呀，我这是香烟，可不是大麻或海洛因。香烟是合法的，可以带。不过海关限制数量，我带的多了，所以才分给你些。要是查出来，你就说是你带的，一点儿问题都不会有的。"

阿平这才勉强朝女孩笑笑，由着女孩把烟放进自己的空纸袋，然而她心里却对这女孩有了不好的看法。后来，阿平便继续佯装打盹，再没有跟女孩聊天的兴致。

下了飞机，阿平和女孩一前一后地走进候机厅，心里很有些为自己提在手上的纸包忐忑。然而，她最终连解释的机会都没有，因为根本就没人查问。

在机场出口，阿平看到了来接她的女友，便转身同女孩告别。女友见她们两个满面春风地又是拥抱又是挥手，便问阿平那女孩是谁。阿平解释说，是她路上偶遇的小朋友，然后又淡淡地说起女孩让她帮忙捎带香烟的事，问女友怎么看。女友笑道："现在这些小留学生厉害着呢，我可不知道她到底是要干吗，可能是她自己吸烟，或同居男友吸烟，也可能是偷偷带过来想赚钱的吧。英国烟草含重税，价格太贵了，不是留学生们能消费得起的，听说有人跑去唐人街偷偷倒卖黑烟，很发财的。"

阿平便也笑了，对女孩的关注就此打住。当时她想当然地认为，自己和这个路上偶遇的小猫咪一样瘦弱的女孩，可能就此擦肩而过了。

2

然而,一个月后,阿平去中国城,在龙凤行购物时,有人从身后悄悄蒙住了她的眼睛。当她转过身来再次面对那个偶遇的上海女孩时,她连人家的名字都不记得了,但她却由衷地感受到了重逢的喜悦。

阿平兴奋地再次跟女孩紧紧拥抱。在同女孩分手后的半个多月里,阿平那个女友对她的关照不过是点到为止。阿平自己去学校报到,去银行开账户,去社区办身份注册等等。准备材料时,不少细节她都是通过回忆那女孩当初在飞机上对她的谆谆教诲完成的。可真的去办手续,阿平的听力和口语都不行,越紧张越麻烦,她屡屡碰壁。这让她颇受打击,那会儿她已经把自己定位成一个不被这个多雨阴郁的城市接纳的可怜虫,甚至还曾怨天尤人地琢磨过,自己当初的决定是否正确,是否该考虑回国。

可突然之间,又遇见玫瑰这个比自己小那么多,也有着黄皮肤黑眼睛,还有过旅途中愉快交谈的旧相识,阿平被这旧相识如花的笑靥再次感染,顿觉自己这半个多月来恼人的沉寂和郁闷一扫而空。往昔日子里的酸甜苦辣顿时开始活色生香,热辣辣地袭来。这半个月来,阿平总在想念曾经的日子,可从前的就真的全是美好的吗?为什么要回去?回去后亲朋好友会如何看她?尽管她来伦敦有被男友甩了的心理在作祟,不见得怎么深思熟虑,可毕竟开弓没有回头箭。眼见这么个弱小的女孩都能在这里生存下来,她阿平凭什么就不能?

于是,当阿平发现这女孩放到购物篮子里的全是些成品食物时,便断定这女孩不会做饭,继而盛情相邀,请她去家里吃饭。吃饭时听说女孩租的房子要到期了,正在四处找房,她便告诉女孩,自己楼上的大房间一周后就要空出来,因走得急,一时还没找到合适的人,租金不可能太高。当女孩提议她们两个可以合租那个大房间，房租分摊，小房间再找房客时，阿平便顺水推舟答应了。

"阿平姐，百年修得同船渡，千年修得共枕眠啊。"这是第一晚睡在那房间里的大床上时，玫瑰对阿平讲出的话。讲这句话的玫瑰非常可爱，刚洗完澡，黑黑湿湿的长发被她一把甩到头顶，身体蜷缩着窝在被子里，眯着蒙眬的睡眼，玫瑰以小猫咪般慵懒的表情，朝阿平甜甜软软地笑着。

然而，其实那一晚阿平感觉很不自在。她磨磨蹭蹭一趟又一趟地去阳台晾晒自己随手洗的内衣、内裤，不肯上床去睡。那是三层小楼最顶上的一个房间，也是最大的一间房，她从没奢望自己可以租到这一间。来伦敦前，阿平的一个朋友帮她租好房子，租的是二楼那个不足六平方米的单人间。从小到大，阿平就没住过那么小的房子，只觉逼仄、压抑，晚上做梦她都梦见处处是墙。玫瑰刚提出合租的主意，阿平便觉得不错，两个人合租，费用均摊，和住小房间也差不多，可真正实施起来才觉出有诸多不便。本来跟许多异国他乡的男女合用卫生间、厨房就够不习惯的了，偏偏这个大房间里只有一张双人床，她还得跟别人同床共枕。

不过阿平很快就适应了那环境，阿平直到今天都珍存着自己跟玫瑰在那房间里生活时的许多温暖、甜蜜的记忆。在一个陌生的城市里安顿下来，让日子渐渐充实、有序，玫瑰对阿平帮助不少。当然，阿平知道，自己对玫瑰同样如此。

有时天晚了，阿平在厨房做饭，会心神不宁地不断朝门口张望，惦记玫瑰，巴望她能早点儿出现。而话不多，嘴巴更谈不上多甜的玫瑰，经常也有让阿平感动的表现和言辞。阿平最难忘的是，有时候她早起要去赶火车上课，正轻手轻脚整理行装，就会听到身后传来玫瑰带着睡意的呢喃:"别忘了带伞啊,姐姐。"这样的时候,阿平总能感觉到自己的心,软软地飘飘地充盈鼓胀起来。她知道,那是感动,是真心实意的感动。

就在吵架前的一天晚上,玫瑰还跟阿平一起计划她们这个小家即将迎来的第一个重大节日。"下周就是圣诞节了,"玫瑰说,"到时候,商场全都会关门,连公共交通都要停掉。到那个时候,每个家庭里都是自己的家庭成员聚在一起,因为对家庭来说,圣诞节就应该是安静温暖的。"阿平和玫瑰也早早开始了准备,布置房间,采买东西,她们要在这个小家里营造属于她们自己的安静和温暖。为此憧憬、准备的时候,阿平的心里总是满满地涌动着感激,她感激命运让她跟玫瑰相遇,在异国他乡有一个彼此惦记、关照、相依为命的朋友,这是多么幸运的呀!

可好好的,玫瑰怎么突然就翻脸了?那会儿,阿平无论如何也想不通,玫瑰凭什么在她不在的情况下乱翻她的东西?乱翻她的东西也就罢了,凭什么说后悔跟她住在一起的话?人难道都是这种令人寒心的动物?一件事情不满意了,所有曾经的好就都可以忽略不计?

"我的东西不见了,我翻了一遍都没找到。"

这是她们吵架后,阿平能想起来的玫瑰说过的唯一跟她翻脸有关的话。除此之外,无非就是玫瑰怒气冲冲,阿平冷风飕飕而已。当然,阿平跟玫瑰吵架时的差异不过都是表面,实质内容其实完全一致。可这不就是吵架吗?吵架不就是挖空心思表白自己的委屈,指责对方的过失吗?吵架不就是在你来我往中,找到对方的弱点,然后一路猛攻,去争占上风吗?吵架不就是要去伤害对方,谁把对方伤害得越精准、越有力,谁就距离胜利越近吗?

毫无疑问,那个下午发生在阿平和玫瑰间的争吵,阿平是赢家。玫瑰后来哭得连嘴都闭不上,更说不出话来,以至于不得不摔摔打打径自离去。

晚上，阿平一个人躺在空空的大床上，心里慢慢开始泛起自责，开始担心玫瑰的去向。可这担心很快就烟消云散了。因为第二天下午，阿平刚上课回来，房东就尾随而至，表情严肃地告诉她："玫瑰回来收拾行李，彻底搬走了。玫瑰说你们商量过了，这个月除已提前付过的房租外，水、电、电视、宽带等一切费用，全由你自己承担。"

阿平愣在那儿，好半天才点了下头，把房东打发走了。

她知道，自己和玫瑰从前好得跟一个人似的，这一切大家都是看在眼里的。尽管那个下午发生在这房间里的短暂战事无一名观众，但很有可能，很多人，甚至包括房东都躲在自己的房间里悄悄听了个大概。阿平可是绝对没有脸面跟房东啰唆她们吵架的事，更没本事不缴水电费。阿平想，或许正是因为玫瑰深知她的这一弱点，才在最后如此反戈一击吧？那么，现在来看这场争吵，她和玫瑰到底是谁赢了？或者说，吵架这种事，到底还有输赢吗？

和玫瑰吵架一周以后，阿平也决定搬离那个大房间。玫瑰一走，她就开始四处找房子，但没合适的。恰巧现在住在她原来那个小房间里的泰国女孩主动来找她，说她男朋友下个月要搬来，问阿平是否愿意跟她调换一下房间。阿平当即喜出望外地跟人家约定好月底调房，并很快着手清理房间。阿平每天爬上爬下，里外折腾，翻出许多旧物，当然最令她想不到的是，她翻出了那摞信。

3

开始，阿平并不知道那是玫瑰的秘密。

她原本以为那是自己的文件。因为是放在自己的皮箱夹层里，用的也是自己买的信封。由于不少作业需要用信封邮寄给老师，阿平那时总习惯隔上一段时间就去超市买些信封回来。可当阿平打开那些信封时，她发现原来其中有些信件并不属于自己。她隐约想起，前些天想贴张圣诞宣传画到墙上，她在衣柜顶上看到了这摞信，便想当然地以为是自己的，随手塞进了皮箱夹层。

原来是自己错了，误把玫瑰要找的东西当成自己的给收了起来。阿平心里有些愧疚，可转念一想，责任也不全在自己，还得怨玫瑰马大哈，玫瑰做事情从来没计划，总在需要用信封的时候，才发现自己的用完了，转而向阿平讨要。

意识到那是玫瑰的信，阿平只略翻了翻，发现那是些打印出来的一个名字叫乔的人用中文写给玫瑰的电子邮件。一边翻，阿平还一边琢磨自己该如何处理这些邮件。然而阿平显然低估了那些邮件的魔力，她没想到，一打开，那些邮件竟让她再也无法放下。

后来，阿平索性坐了下来，把那些邮件按时间顺序一封封排好，仔细读了起来。

发件人：joezhang@hotmail.com

收件人：rosesu@hotmail.com

主题：Rose 别哭

日期：Sun, 9 May 1999

Rose:

别哭，你哭得我心都乱了。你不知道，你泪流满面的样子多让人心疼，我不得不下线。可在这屋子里无助地走来走去，我脑子里依然全是你……

现在，我又回来了，回来给你写这邮件。想告诉你，如果我刚才的那些话，让你感到为难或不开心，就当我什么也没说，好吗？你原本就该是你，那么好，那么阳光灿烂、无忧无虑，都是我不好，我应该把这感情埋在心底，永远不讲出来。

求你，别哭！

Joe

发件人：joezhang@ hotmail. com

收件人：rosesu@ hotmail. com

主题：我爱你

日期：Mon，10 May 1999

Rose：

你昨天把我吓坏了。我不敢奢望能再收到来自你的任何讯息。昨天晚上彻底失眠，把仅剩的那点儿从国内带来的烟全抽光了。不想，今早一上来就收到了你的邮件。我真幸福，幸福得都有点儿不敢相信。

我得赶紧收拾收拾上课去，下午就回来，回来在线等你。

我爱你！

Joe

发件人：joezhang@ hotmail. com

收件人：rosesu@ hotmail. com

主题：想你

日期：Fri，14 May 1999

Rose：

想你。我其实和你是一样的啊，每天打开电脑，第一件事也是要看你是否在线。要是在，就又可以看到你，听到你的声音了。要是不在，那也好，因为还有你的邮件来。文字里的你也让我喜欢，它比出现在视频里的你更安静、乖巧，也更让我从容。你的每封邮件，我都翻来覆去看过好几遍。每一次打开它们，那些文字都会暖暖地漫溢过来，瞬间就把我淹没。

你总是那么好，真的，你自己说的那些缺点，像不爱笑，总表情严肃，不够独立，总想依赖别人，自制力又不强，总爱订计划却不能执行下去等等。我可没觉得，我觉得你可能是对自己太过严苛。在我眼里，你是个有主见、善解人意的女孩。当然了，相对你的年龄，你的表情的确有些严肃，但你知道吗，你严肃起来的样子好可爱啊，呵呵。并且，对我来说，可爱的你还总是与我同在，一直都是，无处不在。地理的距离根本就无法隔开我们。

对了，无论视频里，还是邮件里，你似乎都特别喜欢提及距离这个词。为什么呢？我想来想去，觉得你指的应该是我们的年龄，对不对？

是的，我承认，十二年太过漫长，毕竟我们每个人这一辈子里的十二年屈指可数。

可 Rose，你也经常像我这样想象吗？那一年冬天，在古城西安，我十二岁生日过完之后半个月，在遥远的上海，你正呱呱坠地。当我们相隔千里，各自沉湎在各自的日子里时，我们如何会知道，有一天，我们能孤零零地在这异国他乡的街头偶遇。有一天，相爱让我们懂得，原来我们在各自生活里迈出来的每一步，都命中注定地在朝彼此靠拢。

Rose，相信我，这就是命运！命运让走在各自旅途中的我们终于相遇。难道你不觉得吗？命运多神奇！当我们终于相遇，小小的你竟却做了我的师长。我一直都记得，去年八月刚来到爱丁堡的我，在自己即将要开始新生活的城市里迷了路，而你呢，你这个途经这里的小小旅行者，却按图索骥，帮我找到了自己的家。所以，Rose 你看，连年龄这个距离我都要否认，它其实并不真正存在，因为它的不同仅仅在表面，它无法代表强大、自信。在爱的国度里，每个人都是孩子，我和你没什么不同，我们是一样的。

我爱你！

Joe

发件人：joezhang@hotmail.com

收件人：rosesu@hotmail.com

主题：相信爱

日期：Sun，16 May 1999

Rose：

你生病了，当然心情会不好。你心情不好时讲的话我怎么能当真呢？在我的爱里，你是自在的。嬉笑，哭泣，朝我发脾气，种种样子的Rose都是好的，我都喜欢，都懂得。不好，也是因为我，是我总让你担心。

这几天我的确很忙，可我不想跟你解释，因为我知道，无论我如何解释，都无法消除你的担心。

我当然知道你不是喜欢无中生有的人，刚才你反复地讲来讲去，我已经能够明白，你是有所指的，这也正是我下线后，还要静下心来给你写这封邮件的原因。

Rose，我觉得我是懂的。真的，我知道你所有的担心都是因为爱我的缘故。可我还是要说，你担心，一定也因为你缺少对我的信任，对吗？

相信别人是一种美德。Rose，大千世界芸芸众生，每个人来到对方面前，都是个未知数，如果没有相信，那他人无疑都是地狱。而相信，是一种有生命的感觉。它不仅仅局限于男女之爱，它是宏大神圣的，它说明你对生活真的有热情，它是人和人之间能感受到幸福的基础。

你还记得吗？Rose，当我们最初开始在线聊天，说起我们偶然的相遇，我曾以此对你赞美。真的，其实在我们相遇的那天，跟在你身后行走在街头的我，脑海里就一直萦绕着"相信别人是一种美德"这句话。那是我最初感受到的来自你的美好。它让我不由自主地审视自己曾经习惯的知人论事的态度、方法，你的举动让我自惭形秽。可是为什么呢？Rose，为什么你从前能对一个偶遇的、素昧平生的男子都如此相信，而对一个你爱的人却不能了呢？难道爱成为一个人变得狭隘的理由？这是大错特错的，是对爱的亵渎！

相信我，相信爱，也相信你自己，好吗？

爱你的 Joe

发件人：joezhang@hotmail.com

收件人：rosesu@hotmail.com

主题：相信亲情

日期：Fri, 11 Jun 1999

Rose：

我最喜欢过周末了，因为明天又可以晚起，好好睡个懒觉了。现在还没过十二点，夜很静，今天要做的功课都做完了，我还一点儿不困呢。想起下午在线时，你说起过的你父母的事，就又上来给你写邮件了。

Rose，大人的事情，你不要挂心太多，好吗？他们既然已分开一个多月都没告诉你，甚至还能在你们上次视频通话的时候，勉为其难地重聚在一起，应该就是怕伤害到你，让你尽可能地不知晓他们的状况，便是他们所希望的。所以，我觉得，你应该如他们所愿，装成什么也不知道，换得他们的安心，让他们能更理智地面对自己的问题。

在我看来，婚姻或者说爱情，这种事情谁都无法也不应该论及对错。在这个世界上，每个人都是在独自面对自己的命运，每个人都是不完整的。爱是每个人一生的追寻，可就像每个人都有自己爱或不爱的权利一样，每个人也都有属于自己的责任和义务，不忍和两难。此中滋味，冷暖自知。任何人，哪怕是他们的亲人，都没有权利去做道德审判官，更没权利去指责。你爱自己的父母，就不要让自己成为他们的负担，不要让他们因为你的存在而使他们自己的疼痛雪上加霜。Rose，你是个好女孩，要相信父母对你的爱，也更应该尊重他们对自己生活做出的选择。

另外，这件事，如果非要说对错的话，我觉得，最该埋怨的是你国内那个同学，她嘴太碎，太多事，你该尽量少跟她讨论这类事。如果自欺欺人可以让自己挚爱的亲人减少伤害，那自欺欺人也没什么不好。

晚安！

又及：附件给你发了一首歌《you raise me up》，这段时间我一直在听，特别喜欢。推荐给你听。上网搜了下歌词，有一段我很喜欢，可惜没找到神秘园的原唱，而西城男孩乐队翻唱的这版，把这段歌词删掉了，真是遗憾。我把它翻译过来，送给你：

There is no life-no life without its hunger;

Each restless heart beats so imperfectly;

But when you come and I am filled with wonder,

Sometimes, I think I glimpse eternity.

You raise me up, so I can stand on mountains;

You raise me up, to walk on stormy seas;

I am strong, when I am on your shoulders;

You raise me up... to more than I can be.

没有一个生命是没有渴求的,

每颗驿动的心都跳动得不那么完美,

但当你来临,我心中充满了惊奇,

有时候,我会觉得我看到了永恒。

你鼓舞了我,所以我能站在群山之巅。

你鼓舞了我,让我能走过狂风暴雨的海。

当我靠在你的肩上时,我是坚强的。

你鼓舞了我,让我能超越自己。

Joe

发件人:joezhang@hotmail.com

收件人:rosesu@hotmail.com

主题:别笑我

日期:Fri, 2 Jul 1999

Rose:

这段时间功课开始紧了,心力交瘁。你在线的留言和邮件我都看到了,却一直没回,你别不高兴好吗?等我们将来见面,你怎么罚我都可以。

我当然不是不盼着见面,但还是觉得你不应该到我这儿来。刚知道了你父母的事,又难得赶上这么个长暑假,你还是按原计划回国吧，多陪陪他们。以后，我一定会找机会去看你的，真的，我保证！

其实从我们在爱丁堡初相遇时，我就盼望着，将来有一天，我对这儿都熟了，一定要利用假期去伦敦找你。那时我还不知道我们的故事会有后来的进展。可现在呢？现在，我安顿下来了，时间也不是没有，出行也很方便，可我却发现，自己竟失去了跑去见你的勇气。

我爱你！别笑我！

Joe

发件人：joezhang@hotmail.com

收件人：rosesu@hotmail.com

主题：想着，信着，祝福着

日期：Fri, 6 Aug 1999

Rose：

知道你已顺利到家，我就放心了。你才这么小，就孤零零一个人漂洋过海到海外求学，安全返家就像小船终于靠港，好好地享受你的暑期时光吧。不必联系我，否则被你父母发现了我们的事情，他们会担心的。

让我们彼此远远地想着，信着，祝福着。不在一起，不联系，不等于我们不相爱，对吗？

爱丁堡的八月又来了，今年的艺术节正进行得如火如荼。这两天，到处都是来旅游的远行客，到处可见各类演出的海报，演出场所天天灯光闪烁，而大街上也随处可见盛装登场的来自世界各地的街头艺术家们，表演杂耍，演奏乐曲，或展演自己剧目中的一段华彩，为即将到来的正式演出做宣传。整个爱丁堡都沸腾了,仿佛是个巨大的嘉年华狂欢场,夜夜笙歌,通宵达旦。昨天我跟一个同学特意跑到王子街和皇家大道那一带转了转,拍了不少照片。置身在这狂欢的人流中,我是那么想念你,我现在眼前还总是浮现出去年八月我们在王子街的初相遇。

爱你,保重!

你的 Joe

那天晚上,那些邮件阿平只看到这里。

深夜,坐在地毯上捧读那些邮件的阿平不会知道,以后她将无数次面对这个问题,面对这个问题带给她的折磨——为什么她偏要看那些邮件呢?那是玫瑰的,玫瑰都因为找不到而跟她大吵,为什么她找到了,却还要偷看呢?

仅仅是因为猎奇心理吗?这成分当然一定是有的,至少开始时是这样。跟玫瑰一同生活了将近半年,阿平却没想到,这个平日在她印象中口无遮拦的小姑娘,竟然能把自己的秘密隐藏得这么好。原来这个小姑娘在恋爱,有个在苏格兰读书的名字叫乔的年长她十二岁的男友,原来两个人去年八月只在爱丁堡见过一面,后来就仅靠在线聊天和电子邮件联络。那些邮件的确让阿平一阵阵心惊,大跌眼镜。

除此之外,那些邮件让阿平着迷,让她在后来的日子里总会想起来,还有个更为重要的原因:那是情书。是的,情书,阿平曾幻想过情书,在她的整个少女时代。

大学时,阿平读的是文科,和自己同龄的很多文科生一样,那时阿平最喜欢的文学作品是《约翰·克利斯朵夫》。在那英雄之所以能成长为英雄的漫长生理、心理的次次历练中,阿平最着迷于英雄的爱情,而在英雄周围那些走马灯般变幻的女人中,阿平最喜欢的是那个早夭的法国女教师,那个让克利斯朵夫见识到什么才是真正的法兰西精神的安多纳德。不错,在阿平看来,安多纳德跟克利斯朵夫之间的爱情才是真正的爱情,是只有英雄或者说只有天才才配领受的灵魂之爱!克利斯朵夫和安多纳德仅在包厢里看过一场戏,他们甚至都没有握过一次手,自始至终只隔着车窗和马路远远地见过一面,便永远失之交臂、天地两隔。但那又何妨?真正的爱情就该如此,该悲剧性地被思念和寂寞填满,也因思念和寂寞使之走向纯粹,使之摒弃世俗的琐碎或混沌而永世熠熠生辉!

那时喜欢这部作品,喜欢这爱情的不仅有阿平,还有一个住在阿平上铺的女生。那女生后来成为阿平在毕业各奔东西之后还总惦记总联系的老朋友。读书时,阿平曾对这女生描画过自己理想中的爱情生活:恋爱,结婚,两个人并不生活在一起,彼此从对方琐碎纷杂的生活现场里撤离,于千山万水之外,冷静地靠鸿雁传书去传递关爱及温暖。

然而毕业后不久,阿平那女友就随男朋友去了加拿大,没过多久又成了两个男孩的母亲。而阿平的恋爱道路却漫长曲折:她的男朋友是她读大学时同一个专业,却高她一届的校友,男友毕业一年后就去了美国。读大学时,他们的关系充其量不过是关系略显暧昧的老乡,不过是总一同做伴回广州而已。他们正式确定恋爱关系,是在男友去大洋彼岸之后。阿平跟男友的恋爱谈得异常辛苦,总发生争吵,分分合合。她曾反思,自己当年终于有了心动的感觉,热火朝天地和他谈起恋爱来的原因——是否跟不在一起仅靠鸿雁传书有关?

只可惜,最有可能跟阿平一起研讨这问题的女友,如今张口闭口全是孩子、老公,早没了跟她提及此类问题的兴致,而阿平自己呢,男友主动提出分手这个事实,仿佛一记闷棍,早劈头盖脸把她打击得心灰意冷。

可那个夜晚,那一封一封的邮件温软地唤起了阿平久远的情感,让阿平看得都有些贪婪。一页一页地翻看下去，慢慢地，她竟投入了感情进去，她跟随着那些文字的引领，几乎都忘记自己是在偷看了。

偶一抬头，发现时钟竟然已指向了一点半，阿平才惊得一下跳起来。明天还得上课呢，无论如何她也不该再看下去了！阿平站在那儿匆匆忙忙地把那摞邮件又往后翻了翻，才知道自己已不知不觉读了大半，心里竟涌起不舍。但她最终还是克制住自己的不舍，将那些邮件放进抽屉，然后手忙脚乱地把自己翻了满地的书本、衣物归拢一下，就飞快地跑出去洗漱了。

但洗漱完毕，熄了灯躺到床上，阿平却又翻来覆去睡不着了。黑漆漆的夜里，那些打印的邮件又一篇篇展开在阿平的眼前，文字一行行跳来跳去，让阿平无法入睡。

阿平初到伦敦，失眠时有发生。不过她发现，自己出国后的失眠跟在国内时倒是明显不同。在国内时，阿平失眠是因为全心全意为自己和周围的人而抛洒喜乐悲欢。可远远地跑到异国他乡之后，阿平觉得自己简直变得像个要写回忆录的老人，开始喜欢在往事里纠缠。每每让阿平彻夜难眠的，已是从前的早已不相干的人和事。

那晚在寂静的夜里，已逝的鸡毛蒜皮的往事，再次像一幕幕电影分镜头脚本，毫无章法铺天盖地地向阿平袭来。困顿在那些往事的细节、气息里，阿平冷眼看到的全是自己，自己跌跌撞撞地一路走来——她曾是个很快乐的人呀，或者说，是个很容易感受到快乐的人。可后来是怎么了？她什么时候变成今天这个样子？如此冷静，如此冷漠，到底怎么了？

"相信别人是一种美德。"乔在邮件中提及的"相信"，在那个夜晚，彻底点燃了阿平的心。

是"相信"这个词语，让阿平终于找到了自己问题的症结。是的，阿平发现自己变了，因为她不再相信别人。她无法轻易地相信别人，也因此，跟玫瑰走近又走远，跟男友会那样大吵以致最终分手。阿平困惑自己是从什么时候开始不再相信人和人之间情感的神圣的呢？

应该是她离开校园步入职场之后吧？阿平想起来了，不错，她其实是一点点地慢慢地不再相信的。

爱，缘分，上天眷顾……这些玄妙的闪着光带着电的字眼，当她还是个女文青时，最习惯以此来解释自己和周围世界的关系的。可后来，这些神圣的字眼不见了，她的口中再也没有这些了。她变了，在这整个的变化过程中，能有多少是她自己心甘情愿的呢？她想起自己最初也是别扭过的，可别扭有什么用？她先是打出"尽快融入社会，学会自我保护"的旗号，渐渐习以为常后，她又为之冠以成长之名。她就这么成长起来了吗？削足适履，自以为是？

阿平还记得自己最初解决问题用的方式是非常简单的，她只用心感受，靠直觉。可后来呢？她开始动用大脑了，靠的是算计、权衡、称斤论两。

可这就是成长吗？这岂不是正应了"聪明反被聪明误"这话吗？自己如今的处境不就最有说服力吗？自己现在越算计越复杂，越过越累，快乐和幸福也越来越远，这一切难道不是跟自己最初对生活的理解南辕北辙吗？

4

第二天上午，阿平不得不继续经受这思考的折磨。那天是周五，要上阿平最犯难的金融经济学课。讲课的老师是个波兰移民，英文发音很怪，每次听这门课阿平都格外费劲，那天精力又不行，就更跟不上了。越跟不上她越着急越自责，这一科她今年可是已报了名要参加考试的，这个样子可怎么行？这一堂课下来，阿平不但没什么收获，还胡思乱想，身心俱疲。课间休息时，几乎在她打开手机的同时，一个电话就打了进来。这个电话，当即把阿平从现实的困境中解脱了出来。

电话是一个陌生人打来的，英文讲得很悦耳。对方在确认阿平的身份后，又问她是否知道苏媛媛。阿平起初没反应过来，说了半天，才反应过来对方说的应该是玫瑰。可玫瑰的事，怎么找到阿平这里来？阿平说出自己的疑惑，对方便越发语速放缓，一字一顿地告诉她："是紧急联系人啊，因为苏媛媛在表格上填了你的信息，把你作为她的紧急联系人。"

阿平恍然大悟，记得自己入境不久填表时，曾问过玫瑰什么叫紧急联系人。玫瑰说："我们是外国人啊，在这儿万一要是突发意外事故什么的，别人就可以通过你的紧急联系人尽快联络到你远方的家人。我在这儿这么多年了，填过我的老师、同学什么的，却从来没用上过。可我还是觉得这条信息挺人性化的，在一个陌生的地方，紧急联系人便是一个跟你最亲近的家人。"

阿平听后也有些感动，不单那张表，以后填任何表格，只要有紧急联系人这一项，她都填写玫瑰的信息。玫瑰不止一次看到阿平这样填过，都没说什么。如今看来，显然玫瑰也已闷声不响地更改了自己从前填过的信息，把阿平改作自己的紧急联系人了。阿平的心不由得一热，她赶紧追问玫瑰怎么了。

原来玫瑰在地铁里晕倒了，已被送到医院。阿平确认了医院的地址，说自己尽快赶过去。然后，她去和老师告假，一阵风似的跑出来。一路上，又是地铁又是巴士地折腾，但她心里却比刚才在课堂上轻松了许多，她挺直腰板，步伐坚定，脑子里只被一个念头填满：玫瑰病了，而自己是玫瑰在这个城市里唯一的亲人，是遇到紧急情况时玫瑰第一个要联系的人，是病中的玫瑰正苦苦等待的依靠。

她没料到自己一走进医院大厅，一眼就看到了坐在接待处对面椅子上的玫瑰，更没料到，猛然见到玫瑰，自己竟然会那么尴尬。原来，她心里还是存有芥蒂的啊。阿平不由自主地把头低了下去，她极力想回避玫瑰的双眼。可低头有什么用呢？低下头，阿平脑子里晃来晃去的倒成了她更不愿意面对的画面：那天下午跟她翻脸时胡搅蛮缠的玫瑰。

不过，玫瑰可不像阿平那么小气。玫瑰站起身，上前一把抓住阿平的手，热情地向她靠过来。"阿平姐姐呀，"玫瑰委屈地抽抽噎噎，"带我回家去吧，好不好？"

"傻孩子！"玫瑰的话扯拽出来阿平眼里已蓄积多时的泪水，尴尬顿时烟消云散。阿平一把抱住了玫瑰，让自己心底的话冲口而出。

透过蒙眬的泪眼，阿平看见接待处后面站起来个脖子上挂着听诊器的大夫，踩着高跟鞋，噼里啪啦地向她们走过来，边走边哇啦哇啦飞快地讲着话。阿平张着嘴巴，听得朦朦胧胧，只知道医生在解释病情，具体内容却是越急越听不清，直到后来医生说了句："谢天谢地，玫瑰现在已经没什么事了。"

陷入语言迷雾的感觉越发加重了阿平的伶仃之感，她把自己怀里的玫瑰搂得更紧了。她带玫瑰离开了医院，彼此间什么都没说，却都毫不迟疑地一同踏上了回家的路。默默地同行一路，她们的手始终都紧紧地拉着，一刻都不肯松开。

阿平的亢奋在推开家门的那一刻降临。

推开那扇虚掩着的一楼入室门，她就推散了自己一路上温暖缭绕的冥想，思绪变得活跃起来。她抻着脖子到处东张西望，希望看到有人在家。对，人越多越好，最好都在。她盼着所有的人都看到这情形——和她吵翻了的玫瑰回来了，是她阿平自己把玫瑰给领回来的，因为玫瑰病了，阿平责无旁贷地要照顾她。

可惜一楼大厅空无一人。入室门没锁，应该有人在才对啊？果然，二楼有声音，有人在房里看电视，但那声音显然不是出自泰国女孩那房间。泰国女孩的房门紧闭，门口也没摆鞋子，显然主人外出不在家，这让阿平多少有些沮丧。阿平知道自己无法如路上所幻想的那样，直接带玫瑰进门去，跟泰国女孩道歉，说情况有变，玫瑰回来了，并说她们还是最好的朋友，还是要住在一起，不能调换房间了。

阿平牵着玫瑰的手，继续拾阶而上，她能感觉到自己刚进门时的亢奋正如热气球一样在慢慢撒气、瘪掉，等来到她们屋门口时，阿平的情绪已跌至谷底。她木木地无精打采地推开门，突然打了个激灵，紧张一下子攫住了阿平的心，她的心开始怦怦狂跳不止，简直都透不过气来了。不错，这会儿她才想起那些邮件。天哪！她当时为什么随手放到抽屉里啊？

玫瑰当然不知道这一切，从进门来就非常兴奋，她不停地说着话，夹杂着大量夸张的语气词，抒发自己对这个家的依恋和重返故地的激动。她光着脚，小猫咪一样轻手轻脚地在房里跳来跳去，东看看，西瞅瞅，偶尔还随性地停下来胡乱翻弄一下。阿平则很紧张，心神不定地跟在玫瑰身后，一步也不敢离开。

谢天谢地，玫瑰终于要去上厕所了。站在那儿，看着门在玫瑰身后合上，阿平迅速弹了起来，她扑向桌子，翻出装有那些邮件的信封，略一想，就把它们放进了自己随身的挎包里。

"阿平姐姐，在医院时医生都给你解释了，你没留神听？我只是体质不好，低血糖，以前也晕过，但都是好多年前的事了，来英国后就没再犯过。这次我觉得是因为……因为我心情不好……"

"心情不好？怎么了，玫瑰？我一直很羡慕你呢，小小年纪，那么独立，心态那么好。你知道吗，在我印象里你总是很阳光。"

"没有啦，阿平姐姐。姐姐，你说要是一个人彻底地相信了另外一个人，是不是很蠢？相信会让一个人没了智商，没了智商就会看不清很多东西，对不对？而且，当你对别人偏听偏信，就会连尊严都不顾，会很白痴很恶心，对不对？"

"你怎么了，玫瑰？你说的是什么呀？相信怎么会等同于偏听偏信呢？"

"可是，难道你就能准确地区分相信和偏听偏信吗，姐姐？我现在想明白了，很多时候是因为感情，人才会偏听偏信，才会受到更深的伤害。"

"怎么了，玫瑰？你哭什么？有什么事发生吗？"

"没有，阿平姐姐。还是我父母的事情。"

"这样啊，你以前跟我说过你父母的事，记得吗？当时我还羡慕你有主见呢。你说，你要尊重他们的选择，而且，为了不伤害他们，你会装作根本不知道他们离婚的事。"

"是的，阿平姐姐。可道理说起来简单，做起来就难了，尤其是你要真正面对的时候。"

"你在说什么啊，玫瑰？你又回国了吗？不是你父母有什么事吧？"

"不是，怨也只能怨我自己。刚才我不是跟你说了吗，阿平姐姐。离开这里后，我把行李放到我同学那里了，这一个多礼拜，我的行李就没打开过。因为我一直没在伦敦，我晕倒，是晕倒在回市区的地铁上。"

"啊？玫瑰，这个圣诞假期，你又回国了？你怎么可以这样呢？这么匆匆忙忙跑来跑去的，你爸妈会担心你的啊！"

"可是，姐姐，我觉得我快要发疯了，我觉得我特别可怜，特别孤单，我想家，想我爸爸妈妈。"

那天下午，阿平和玫瑰之间的谈话，最后以玫瑰情绪失控，号啕大哭而结束。

阿平知道，自己不该多问下去。她安慰了一会儿玫瑰，想让玫瑰一个人在房间里休息一下，自己出去买菜、做饭。但玫瑰说什么也不肯，玫瑰像个小尾巴似的跟着她，出去买菜，又回来做饭、吃饭。当然，阿平其实也喜欢这样，这让她觉得仿佛昔日重来。而且，如她所愿，住在这栋房子里的大部分房客，都目睹了她跟玫瑰昔日重来的美好。最让阿平满意的当然是那个泰国女孩，泰国女孩一进门，就朝正在一楼大厅里吃饭的阿平和玫瑰瞪起了眼睛："玫瑰，是你吗？你又回来住了？"

阿平和玫瑰几乎同时站了起来，朝那泰国女孩微笑。但泰国女孩笑不出来，她用比哭还难看的表情和腔调说："我的上帝，你们一定不会同意再跟我调房间了，是吗？看来我还得出去找房子。"

然而，昔日真的重来了吗？

那个下午，阿平在玫瑰朝自己看过来的和从前无异的眼神中频频走神。她当然能感觉到玫瑰那一刻的艰难、无助以及对她的信任和依恋，但她更清楚的是，玫瑰显然不打算跟她分享导致自己心情不好的实质原因。凭直觉，阿平确信玫瑰是在撒谎，而且更确信的是，玫瑰的坏心情一定跟那个乔、跟他们之间的恋爱有关。

阿平想起，自己曾跟玫瑰讨论过爱情这个话题的。

那是个周末的夜晚，她和玫瑰一起从电影院出来，虽然路并不近，但她们依然还是放弃了乘车，选择手拉着手慢慢散步回家。正是初秋宜人的季节，微风轻缓地在她们周围蹿来蹿去，把她们的裙裾吹得不断蓬起又瘪下。玫瑰扬着脸，心里的兴奋也如鼓胀的风，她在喋喋不休地复述着电影里的细节，为男女主人公后来的咫尺天涯而做各种假设。后来，玫瑰把话题展开，变成了对阿平的发问。

在那之前，阿平已轻描淡写地同玫瑰讲过自己失恋的事，所以，平日闲聊，她们对此话题总是绕着走。可那个晚上，是那场风花雪月的唯美电影触动的吧，阿平也很自然地接过了玫瑰的提问，讲起自己的观点。而阿平彼时的看法，正是她读书时抄在小本子上，后来也在现实生活中无数次想起来的加缪的那句名言:"爱可燃烧,或可耐久,但二者不可共存。"

这说法无疑有些冰冷悲观,不适合大姐姐讲给小妹妹听,及至阿平反应过来,转头去看玫瑰,却遭遇了玫瑰直视前方的大眼睛里几欲夺眶而出的闪亮泪花。阿平大为惊骇,当下心里越发不忍。

后来,玫瑰到底开了口,她给阿平讲自己父母的故事——经人介绍相识,家境、教育背景、工作环境都相似,很快就结了婚,结婚一年后女儿出生,三口之家,公务员家庭,稳定轻松地过日子,一点点积攒昂贵的学费,把宝贝女儿送出国读书,终于可以松一口气了,可他们的婚姻却走到了尽头。

记得当时,凭借玫瑰那个周末夜晚言说爱情的态度,以及自己平日对玫瑰的了解,阿平想当然地认为玫瑰那时对爱情仅停留在纸上谈兵的臆想阶段。然而现在,因为看了玫瑰的那些邮件,阿平想,玫瑰和乔相遇是在去年夏天,彼此真正表明心迹则在今年春天,那么,那个初秋的夜晚,玫瑰正在自己的爱情里经历着什么?她同乔的爱情故事,后来到底怎么样了?玫瑰现在为什么这么伤心?阿平知道,这一切玫瑰是不可能同她说了。但她相信自己很快就能知道,因为,她还有那些邮件没有看完。

第二天一早阿平就起来了,因为说好了要跟玫瑰一起去同学那儿取寄存的行李,她早早地就开始准备早饭。

周末的清晨,公用厨房里静悄悄的,空无一人,所有的厨具也都兀自空着。于是阿平从容地烤了吐司,煎了培根,煮了红茶,还开了一盒从超市买的番茄豆子,以及一盒桃子罐头。都说英国人最不擅烹饪,但跟玫瑰一样,阿平对英式早餐情有独钟。一个人的时候,她总凑合,常常是站在桌前喝杯冰奶,啃几片剩面包了事。现在一盘子一盘子地把早餐摆上餐桌,她觉得心里暖洋洋的。

更让阿平觉得温暖的还是玫瑰,睡眼惺忪的玫瑰为早餐发出了夸张的感叹。坐下来之后,玫瑰面对着早餐低下了头,她很动情地说:"阿平姐姐,我昨天就想和你说,可是我不好意思。上次吵架是我不对,我这人马大哈,经常丢东西。我当时是太着急了,心情又不好,可是再着急,也不应该迁怒别人的。阿平姐姐,你别跟我一般见识,别生我的气,好不好?"

阿平让玫瑰说得很惭愧,没好意思搭腔。她低头一边忙活着往红茶里倒鲜奶,一边催促玫瑰快去洗漱,吃了早饭,好早些去取行李。但玫瑰却说,她刚接到寄存行李的同学的电话,说今天她宿舍里另外一个女孩过生日,邀她一起去唐人街吃饭,吃饭过后再一同帮她把行李送回来。

"这样拖延的时间就长了,要不,阿平姐姐,我自己一个人去,你看好吗?"

阿平当然同意。站在阳台上,阿平朝玫瑰挥手,目送她离开:"早点儿回来。开着手机,有事打电话。"连阿平自己都觉得唠叨了,才赶紧打住。但越走越远的玫瑰却依然频频回头,朝阿平微笑、挥手。

目送玫瑰远去,阿平立即奔向自己的挎包,掏出了那些邮件。

5

发件人:joezhang@hotmail.com

收件人:rosesu@hotmail.com

主题:你回来了真好!

日期:Fri,10 Sep 1999

Rose:

刚才没好意思跟你说，这个暑假你回国期间，我去伦敦了。

是临时起意，可一有了想法，就再没法子抑制。买好火车票，我一个人出发了。

在那儿一共停留了不到四天，去看了西敏寺、大本钟、格林尼治、塔桥等景点。第一天到达的那个下午，在牛津街，我特意找到了那班你经常提到的137路公交车，乘着它跑了两个来回，每次车驶过古老的切尔西桥，我总是情不自禁地四处张望。真遗憾，每次都没能遇上一个能让我寄托思念的，匆匆行进在那路途中的东方女孩。那天的天气还非常不好，阴沉沉的，一阵一阵地总在飘雨，我的心也是。真想你，Rose！你回来了真好！

我爱你！

你的Joe

发件人：joezhang@ hotmail. com

收件人：rosesu@ hotmail. com

主题：神通广大

日期：Sun, 17 Oct 1999

Rose：

特意写此邮件是想告诉你，我承认你的确如自己所说的那样神通广大。你给我的意外惊喜，我今天收到了。

就像我不知道你是如何神通广大地从国内帮我带那么多烟来一样，我也不知道你是如何神通广大地找到那个连我都不认识的在这儿读书的国内校友，把那些烟从伦敦捎来爱丁堡的。可Rose，我还是想说句心里话：我的确喜欢那些烟，可我不喜欢你的神通广大。

这两天忙，没有上网，留言都看到了。知道你已找到房子，且有个投缘的姐姐做伴。我很宽心。

晚安！

Joe

发件人：joezhang@ hotmail. com

收件人：rosesu@ hotmail. com

主题：爱不是儿戏

日期：Fri, 29 oct 1999

Rose：

一直没在线，因为最近忙。你回国那么久，终于回来，我当然也盼着视频。可目前我真没时间。那些留言我都看到了，你想得太复杂了。Rose，就像爱不能轻易说出口一样，不爱也不能如此儿戏。不过，相信我，Rose，我是懂你的。你这么说，只是赌气，在发小脾气，对不对？

上封邮件是我不好。我能理解你所谓的寒心。可我说的也是实话，只是现在看来方式可能不大合适。对不起，别生我的气好吗？我很同意你留言中的一句话，是的，Rose，没有人可以神通广大，是因为爱让你勇敢。

我爱你！

Joe

发件人：joezhang@ hotmail. com

收件人：rosesu@ hotmail. com

主题：简单的爱

日期：Sun，21 Nov 1999

Rose：

你已经不是第一次这样发脾气了。那些决绝的、刻薄的文字，还有文字背后那些我完全可以想象到的忧虑、困顿、怨天尤人，它们像刀子一样扎在我心上。

这不是我的本意。Rose，相信一定也不是你的。这是以爱为名义的伤害。如果我的爱带给你的是这些，那我情愿我们之间没有爱。

爱是什么呢？Rose，在这个人际关系日趋功利化、表面化的时代，我们的爱情是什么？它何处安放？

我们活着，在这个世界上，每个人都渺小如尘芥，生命只是时光长河里的一瞬，是一场结尾注定为死亡的旅途。我们每个人都是俗人，活着是一场不断经历委屈和忧虑，不断对自身审视和怀疑，不断忘记自己、改变自己、向周围妥协的过程。每个人每一天都在为实实在在的生计和缥缥缈缈的理想打拼，林林总总的负面情绪总会挥之不去，如影随形。这一点何止你我，谁不如此？

好在我们还有信任，有爱，是爱让我们两个原本陌生的人相遇相知，让我们彼此感受到来自对方的温暖、支撑和慰藉。在我看来，爱，或者说情感，它应该是我们灵魂的庇护所，是烦恼人生里最温暖的出口。

你会笑我吗，Rose？可我所理解的爱就是如此纯粹简单，没有过多的奢求。

我爱你，玫瑰！很简单，没有变，也不会变。

Joe

发件人：joezhang@hotmail.com

收件人：rosesu@hotmail.com

主题：我很好

日期：Fri, 26 Nov 1999

Rose:

最近开始写论文，有些忙乱无序。留言我都看到了。我很好，请宽心。

一个人多保重。

Joe

发件人：joezhang@hotmail.com

收件人：rosesu@hotmail.com

主题：就这些

日期：Fri, 19 Dec 1999

Rose:

我早就说过，你是神通广大的人。对这一点，你应该有自信，你何必一定要把那些你已通过别人打听到的信息，再来向我本人核实？

你不必总用那些伤人的推论来激我，我一直以来的沉默难道不是表态？现在看来，这种表态方式或许更合适，至少它符合我一贯的心思。真的，Rose，我已经说过很多次了，我不想伤害你，从一开始就是这样。

你能如此想出一些我一直没勇气去找你，以及不同意你来找我的原因，我很宽慰。

还有，以下这几个问题，我认为是跟你无关的事，或者说，仅仅跟我有关，是需要我自己去面对和解决的事，所以我拒绝跟你讨论，请你不要再提。

1. 我长达七年的婚姻。

2. 我上幼儿园的女儿。

3. 我妻子和女儿在申办陪读签证的事，以及她们是否年底就来，等等。

另外，我的手机打不通，是因为我来时用的是一个学成回国的朋友留下的手机号，现在合同到期，就又重签了份合同，换了新号。这份合同不好，费用比较贵，所以手机我很少开，联系并不方便，就没告诉你。至于我一直不上线是因为我的摄像头坏了，但我们还是可以通过MSN留言或写邮件的方式保持联络，如果你愿意的话。

就这些。

Joe

发件人：joezhang@hotmail.com

收件人：rosesu@hotmail.com

主题：请体谅我些好吗

日期：Mon, 20 Dec 1999

Rose：

我从来也没有说过我们之间完了，倒是你说过不止一次。

这段时间，论文折腾得我焦头烂额，请体谅我些好吗？你能不能过一段时间再找我算账？

Joe

就这么完了吗？阿平觉得自己的很多疑问都还没解开，而新的疑问又产生了不少，可邮件到此就没有了啊。坐在地毯上，阿平哗啦哗啦地把那些邮件翻来翻去，真的是没有了。

那么，这一年从五月初到十二月中旬，半年多的时间，这场浪漫的形而上的灵魂之爱就这么完结了吗？尽管看到玫瑰的现状，阿平已想到曲终人散的结局，但在心理上，她还是无法接受给玫瑰写过那么多情书的乔是个情感骗子这一简单论断。是啊，阿平觉得自己的想象力太贫乏了，她真是没有想到，这故事竟是这样一个让她说不清道不明的结局。

可她不知道更无法想象的局面马上就会发生。抬起头，阿平愣住了，一时没能反应过来，因为她看到玫瑰正站在自己面前。

"在路上我又接到我那同学的电话，说聚餐推迟到下午了，所以，我想下午再去，就又回来了。"玫瑰喃喃地解释着，慌乱得都不敢去看阿平的眼睛。

阿平比玫瑰还慌乱，可她空张着嘴，却急得不知该从何解释。这时，玫瑰又开始讲话："我知道我不对，我不该跟你撒谎。这个圣诞假期，我其实没有回国，我是去苏格兰了。我就是想找乔当面说清楚。"

阿平想拉玫瑰坐下来，却有些心虚，只向前探着手，不敢去触碰玫瑰，可玫瑰还是软软地跟阿平一样坐到了地毯上。玫瑰并不看阿平，而是把头转向窗外，哽咽着继续说："可你知道吗？我在爱丁堡待了一个多礼拜，却没跟他说上一句话，因为我看到他妻子和女儿都来了。有一次，远远地，我看见他和他妻子在超市里吵架，他女儿就尖着嗓子在一旁跺脚哭。我觉得，他女儿长大了就是我，我不能只想着自己，我就哭着回来了。"

阿平站起身来，她拿了条毛巾，递给已哭得一塌糊涂的玫瑰。

可接过阿平递来的毛巾，玫瑰却把脸转向了阿平，飘忽的目光终于变得锐利起来。"阿平姐姐，"她皱着眉头问，"那你呢？你为什么要撒谎？从一开始你就想骗我，是吗？你把我的信藏起来，是想把我的痛苦当笑料来消遣，是不是？"

"玫瑰！不许你胡说！"阿平被她激怒了，尖利地喊叫起来。是的，她这个人最不怕的就是吵架。可是，眼前的这场争吵，她却实在有些力不从心，她没办法控制自己的情绪了，她觉得自己思路纷乱。过了好一会儿，她才听见自己轻声说："让我们都学着相信别人好吗？相信这世界上没有一个人，从一开始就想做恶人，相信我们每个人的心底，都有难以言说的艰难。"

　　是的，阿平记得很清楚，这是她对玫瑰说出的最后一句话。

　　阿平后来再也没有见到过玫瑰。得知玫瑰的死讯，还是因为她在网上看到了我四处张贴的想探究玫瑰故事的帖子。

第四章 宁宁

宁宁是我在网上发出帖子后,遇到的第一个主动联系我的人。

跟阿平一样,宁宁也不知道玫瑰的死讯,她跟我核实了很多细节,才又给我留了言,说:"你提到的这个叫玫瑰的人,我认识,我愿意给你讲讲我跟她的故事。"

在所有给我讲述玫瑰故事的人中,宁宁是唯一一个通过网络视频跟我聊的。因为她目前生活在英国中部一个叫考文垂的小城,两个月前,刚刚做了母亲。

那天晚上,我们如约开聊,我这边已是深夜,万籁寂静,她那边却还是上午,阳光正好。网络有时会卡;有时我们俩一同开了口,却都没听清对方讲话,不得不回头重来;有时她的宝贝儿子醒了,好几次我根本就没听到任何声响,却见宁宁如一根弹簧般直直地弹起,很快在视频镜头前消失。

出生在1986年的宁宁,眉眼清秀,可能是因为正在坐月子的缘故,她整个人显得白白胖胖、富态懒散,头发剪得很短,衣服肥肥大大。不过,一开口讲话倒是非常自信,非常言简意赅,思路也非常清晰。

宁宁告诉我,她也是17岁去英国读的语言,后来读预科、读大学,最后读硕士。因为读书时就在一家超市打工,恰巧硕士毕业前,那家超市人事部门内部招聘,她所学专业对她颇有帮助,使得她在所有应聘者中最终胜出。再后来她也跳过槽,不过一直以来都是做人事工作。

宁宁结婚时就跟老公一起申办成功了在英国的永居。她老公也来自中国大陆,大学毕业后去英国读硕士,如今博士在读,学汽车专业,正是为了老公的学业,夫妻俩才把家安在了考文垂。

宁宁是在2003年夏天见到玫瑰的。她说那时自己刚来英国半年,是在伦敦。

"不会吧?"我有些迷糊,"2003年,玫瑰应该不在伦敦吧?"

"不会错的,"宁宁很肯定,"她在那里打暑期工。你该知道的,暑期是伦敦旅游的高峰,相比别的城市,工作机会多,收入也高。所以不少学生会选择在那时去伦敦打工,干上一个暑假,能赚不少钱。我知道玫瑰那时候是在阿伯丁读大学,店里有人跟我讲过。"

"哦,"我反应过来,"在哪儿?打什么工?"

"伦敦桥附近的一家中餐馆。"

"啊?"我愣了,又是伦敦桥吗?那儿,是温蒂读高中时随母亲旅游偶遇玫瑰的地方;也是李祥拿着他的DV在周边大拍特拍的地方;而按照阿平的回忆,1999年之后,玫瑰就应该离开伦敦了;现在宁宁说2003年暑期回来打工的玫瑰,竟然还在伦敦桥周围生活。

在宁宁的讲述中,她多次提及伦敦桥。她告诉我,年幼时关于那座桥,她就曾有过困惑。后来,她还把这困惑讲给一起打工的玫瑰,而玫瑰说她小时候也同样困惑。

1

第一次听说伦敦桥,宁宁七岁,上小学一年级。

那个时候她学钢琴,小汤教材,第二册书刚买回来不久,她就开始惦记那首叫《伦敦桥要倒了》的曲子。只因在爬了一行又一行的黑白蝌蚪里,她第一次发现有了歌词。虽是英文,却可以去问妈妈。妈妈举了书,一句一句磕磕绊绊地翻译给她听:"伦敦桥要倒了,要倒了,要倒了,伦敦桥要倒了,我美丽的淑女……"

是什么意思呢?妈妈不知道,只对宁宁说不要急,等学到那里了,自然可以去问老师。

真轮到学那首曲子了,陪宁宁上钢琴课的妈妈问得相当有技巧。"应该用什么情绪来弹这首《伦敦桥要倒了》呢,李老师?"妈妈轻声问,既客气,又随意。

李老师是个满头华发、气质高贵的老奶奶,对学生她从来都是不笑不讲话的。"当然是欢快的情绪了,"李老师边笑边伸出手去轻抚宁宁的头,"这可是一首流传很广、很著名的童谣呢。"

可是,怎么会?妈妈说过的,伦敦桥是位于英国首都伦敦泰晤士河上的一条很古老的桥。那么,一个小孩子要兴高采烈地去诅咒这座桥倒塌?桥要倒了,和美丽的淑女又有什么关系?宁宁瞪着大眼睛去看妈妈,却发现妈妈的眼睛也在亮亮的眼镜片后面困惑着。然而,妈妈是大人,大人是无须什么都懂得,就可以理直气壮去教训小孩子的。妈妈伸出手拍拍宁宁的肩膀,用目光示意她别瞎想了,开始上课了,不能走神。

是的，不能走神，要心无旁骛。无须真正懂得，只需遵循乐谱本身的情绪和节奏，面部要呈现出规定的表情，手要弓成规定的形状，立起手指，指关节抬起，掌关节落下，掌关节抬起，指关节落下，一节、一段、一章，一板一眼，有模有样，宁宁得把她的琴叮叮当当一路弹下来。那高高扬起的旋律是给别人听的，而背着妈妈偷偷留起的长指甲在琴键上击打出来的可爱的咔咔声，却是只有她自己才听得到的。当然，弹着弹着，自己的声音跟乐曲的声音就混在一起了，就分不清了，但也还是要不歇气地往下弹。

这场景其实就是宁宁整个年少时代的缩影——总是被老师领着，被家长催着，被远远近近认识不认识的小孩子比照着。表现好，有时会有那么几声赞许；表现不好，则一定躲不过训斥；时不时地还得被冤枉上那么几回。可是，不管怎样，宁宁都得接受，都得自己消化，时光可是不等人的，宁宁可不能老大徒伤悲，她得早点儿长成大人们所希望的模样。前方不断会有新的难点，但也总会有更好的榜样，像随着琴课的深入，自己的弹琴技巧在不断攀升一样，宁宁也在似懂非懂、跟头把式地跟着父母老师的耳提面命，努力地一步一个脚印地向前、向前。

十七岁时一个夏天的上午，宁宁竟然真的站到伦敦桥上来了。当然，那时的宁宁，早就忘记自己年幼时的困惑了。

宁宁十七岁那年，春节刚过，她就做了小留学生，孤零零地被父母送到海阻山隔的伦敦来，一切都变了，用天翻地覆来形容都毫不为过。

想当初，在首都机场，在父母的挥泪相送中，宁宁一边抹着眼泪拖着比自己体重都要重的大行李箱低头前行，一边在心里眺望自己的未来之路时，她心底其实还是隐隐升腾着兴奋的。因为，她知道自己从此刻开始，即将变成传说中的国际自由人了。

自由？宁宁这个一直以来都循规蹈矩按照教材走路的人，难道可以抛弃谱子肆意乱弹吗？

当然不是。站在伦敦桥上的那一天，宁宁成为所谓的国际自由人刚满半年。对于自由，她却已有了自己切实的观点，在那时的她看来，自由最惯常的面目，并不是她从小就憧憬的惬意、舒适、不逾矩，相反倒显得更艰辛、琐碎、牵牵绊绊。那是因为，周围一切指手画脚消失，意味着替她遮风挡雨的人消失，不止风雨，四面八方的疑问也蜂拥而至，它们就如同宁宁那正值青春期的身体一样，旺盛、蓬勃、纠结缠绕，让她理不清辨不明，心里越发没底。

这是 2003 年的 8 月，一个普普通通的周末，对宁宁来说这一天非常重要，因为，拜自由所赐，走下伦敦桥后，她即将开始一段自己前所未有的经历。

2

"作为学生，你们都懂得开放和自由是大学的精神，懂得在学校里要调整心态，让自己多理解和接纳不同，可为什么一离开校园，就全都忘了呢？"

说这番话的人叫 Joseph Ho。十来分钟后，宁宁在伦敦桥边的一家快餐店里见到了他。

Ho 先生便是这家店的老板。说这番话，他用的是英文，作为老板在对员工们训话。

所谓员工，其实不过是三个女孩。除宁宁外，另有安吉拉和玫瑰，她们看起来比宁宁大不了多少。

去那里之前，宁宁打电话同老板 Ho 先生约定好见面时间，电话里实在听不清对方的姓名，老板就很认真地告诉宁宁这两个单词的具体拼写。所以那天，宁宁找到店里，怕自己发音不准，一边解释自己已提前预约，一边向询问者递上那张写有 Joseph Ho 名字的纸条。

站在收银台后面的安吉拉接过纸条，抬起头，用英文问宁宁的名字。彼时刚过下午三点，店里沉闷冷清，一个客人都没有，两个女孩都恹恹的，无所事事。宁宁刚对安吉拉轻声讲出一句："你可以叫我宁。"站在一旁的玫瑰便冷着脸远远地插了句话："你是中国人吧？刚来的？"

宁宁晓得这个中国女孩是在笑自己没有英文名字，这让她的好心情一落千丈，却又不好意思直接去驳人家，只能努力挺直脖子，目不斜视，装作没听见玫瑰的问话，只继续直视着安吉拉，听安吉拉用英文介绍自己和玫瑰。

末了，安吉拉告诉宁宁，Ho先生已交代过了，说宁宁今天会来，而Ho先生本人应该很快就会到。

事实上Ho先生那天在店里，只是没露面。他的店面展现在初来乍到的宁宁眼前的，无非是长长的一条摆放餐点的玻璃柜台，柜台后闲闲地站着两个女孩，还有柜台外几排餐桌、餐椅而已。但其实店里别有洞天，宁宁初到的这一天，Ho先生便躲在收银台后面那个堆满货物的小套间里盘点货物。三个女孩初次见面的对话，一定是有让他不满意的内容，Ho先生后来放下手中的活计，一边抑扬顿挫地高声用英文讲着理解、接纳之类的话，一边掀开过道处的布门帘，快步走出来。

宁宁抻脖瞪眼，一边努力判断这段声音到底来自何处，一边让大脑快速运转，尽力去理解那段语速极快的英文。与此同时，宁宁眼前出现了一个四十岁左右的东方男子。

男子皮肤黑黄，精瘦，双目炯炯有神。他看都没看宁宁一眼，就一路步履轻快地绕过柜台，径自去了用餐区。他拖了一把餐椅出来，脊背直直地坐下来，又把手臂高高举起，招呼柜台后的安吉拉，让她给宁宁和自己各倒一杯咖啡过来。

他是中国人吗？

宁宁满腹狐疑地走过去，在男子对面坐下来，听这老板兴致勃勃地高谈阔论。其实,宁宁只知道他在继续刚才的话题,具体的意思她根本就听不懂。她的英文水平不高是一方面,最主要的还是因为她的兴趣很难集中到男子的言辞上。

来这儿找工作,宁宁是接受了宿舍里一位学姐的建议,学姐途经这儿时替宁宁抄了用工信息。因学姐说这儿卖的是中餐,宁宁想当然地就认为老板该是中国人。可现在看来,除了玫瑰,另外两个人似乎都不大像,长得倒是难以下定论,主要是他们的态度和做派不像。

"记得以后不必叫我 Ho 先生,和大家一样,叫我约瑟夫。"老板吩咐。

宁宁赶紧点头,约瑟夫这个单词她当然是认得的,那么 Ho 这个姓,他是华人还是东南亚人?宁宁安静地坐在那儿,却兀自走神,直至 Ho 先生冗长的借题发挥终于结束。现在,Ho 先生开始低头翻阅宁宁刚递过去的那些护照、工作申请表等资料。

他把那些资料翻得噼里啪啦的,比他滔滔不绝的讲话语速还快,宁宁真担心他能否看清楚。可当他再抬起头时,窗外明媚的阳光已穿透棉絮般的云层,宁宁的好心情也终于再次回归,因为 Ho 先生接下来呼呼呼一条一条讲出的信息都在表明:她已通过面试,被录用了!

Ho 先生讲出的信息包括:

一、开工时间:明天是周日,就从明天开始吧。以后都是每周工作一天,周六或周日,每天十个小时,上午 10 点到晚上 8 点。具体哪天上班,每周一排好班,会提前通知。

二、薪酬:每小时 4 磅。当天下班前以现金形式支付。

三、休息时间:一次,半小时,时间在下午四点左右,店里清闲的时候,可直接向领班申请。休息时可任选一道套餐作为免费的工作餐。

四、工装:白衬衣、黑色的小围裙,和安吉拉她们一样。

这些信息在宁宁那些事先准备好的问题未出口前就来临了,这让宁宁很兴奋，但并不踏实。"我从没干过餐馆的，约瑟夫，你们会提供培训吗？"她在 Ho 先生起身离开时，怯生生地问出了这一句。

"嗯？"Ho 先生的眉头又皱起来了，似乎很惊讶，却依然反应迅速。他继续前行，边走边吩咐安吉拉拿份工作清单给宁宁："不必担心，宁，工作很简单，不过要是愿意，提前学习一下也无妨。"

宁宁没来得及回答，一张塑封的印满英文的白纸已被递到她手上。这卡片显然已被很多人奉若宝典地学习过，看上去脏倒不脏，可表面磨损的划痕着实不少。

"你是这个 C，主要看看这儿。"安吉拉递给宁宁时，讲了句英文，算是捎带她做了重点导读。

这宝典共分两部分，上部分以 A、B、C 为标志，标出了三类不同工种；下部分则列了些工作中常用的单词，并附有英文详细注解。

被着重指出的 C，名称是助手。内容有三项：1. 开店前推餐车去厨房取餐，然后视具体情况随时添加。2. 开闭店前清扫用餐区卫生。3. 辅助 B 卖餐。

而 B 和 A 的名称分别为销售和领班，工作都只有两项。销售：接受客人指令卖餐，开闭店前清扫柜台区域内卫生。领班：收款，开闭店前准备现金、当日薪水发放及收入结算统计。

宁宁在地铁上就迫不及待开始学习了，回到家，又拿着它敲开了隔壁学姐的房门。学姐正看书呢，见了她，扔下书，捧过宁宁的宝典，边看边和她展开热烈讨论。

"这老板倒精明，"学姐边看边点头，"这么一写，工作内容一目了然。省了新老员工间的传帮带，估计员工彼此间的关系也能单纯些。打工嘛，就是为了赚钱，就该这样省心。按点去，到点走，相逢开口笑，过后不思量。大家不喜欢去中餐馆打工，烦的不就是处理人际关系吗？像这样多轻松！"

第 四 章 宁 宁

"可我觉得,他们中有两个好像都不是中国人,至少不是我们中国大陆人。"宁宁细细描述当日餐馆里的情形给学姐听。

"那倒未必,"学姐没等她说完就下了定论,"你以为只有打工的人怕心累,老板就不怕了吗?估计都是在有意疏远。"

"疏远",这就是宁宁来伦敦后产生全新认识的词语之一,帮她扫盲的便是这位学姐。学姐曾无数次地用尊重、包容来解释这词。甚至有一次,学姐还声情并茂地在宿舍里模仿了半天国际大片中那些西方女子的言行举止,以此来具体剖析那些魅力女子身上的高贵、典雅气质到底出自何处。

"尤其是英国,记住,宁宁,魅力就在这儿。你有没有留神细看他们的举止?他们讲英文时的睿智、克制,还有冷幽默?真的,这一切我都特别喜欢,觉得特别有魅力!当然也常以此检讨自己还有自己的同胞,太多的人对别人太热情,那热情太廉价,太不靠谱。你细想想,过度热情,过度把心里的情绪流露到脸上,多么容易转化成对别人的干涉,那岂不是对别人最大的不尊重?"

据学姐说,这是她在来英国没多久后即生发的心得,她还数次暗下决心:自己一定要努力在待人接物时做到这种含蓄得近乎冷淡的疏远,即便别人暂时不能领会,也不改初衷!即便她现在还达不到,也会一直心向往之!

现在,拿着宁宁的宝典,学姐的思路再次被"疏远"这个词拓展开来,她又以此来联系切身实际:"刚才我妈又来电话了,问我暑假是否回国。"学姐没头苍蝇一般在她的斗室里走来走去,声声抱怨:"宁宁,你说说,你说我来伦敦这都第五年了,我还不懂留下来不容易,耗在这儿可能前途渺茫吗?可我就是不舍得抛弃这难得的自由。回家,切……"学姐像老外一样,失神地瞪着眼睛,高耸肩膀,摊开自己细细长长麻秆一样的手和脚。"闹腾死了,闹腾死了,想想国内那些无聊饭局吧。想想你深陷其中,和喜欢不喜欢的人团团围坐,维持安静祥和大好局面的尴尬吧。那种虚伪的大团圆背后,有多少只可意会不可言传的规矩啊,一杯酒推来推去的,每推一次都能推出一大堆隔心老远的虚话、套话。看似局面大好,其实人前人后都在那儿各怀心机地敷衍,不动声色地交锋过招,笑面虎一样地软刀子伤人,哑巴一样地吃着黄连。这都图什么啊?我想想都觉得累,人活着当然需要朋友,可真正的朋友何至如此?比如我和你……"

做学姐的朋友其实是不容易的。你必须懂得适时闭上嘴巴,继而主动道别离开。那天晚上,低头慢吞吞回自己宿舍去的宁宁,初次找到工作的喜悦心情已消失殆尽,紧张和不安满满地占据了她的心。

3

然而下次去开工,出现在餐馆里的宁宁感受到的人与人之间的感情可并非疏远。

"没事。谁生来就会打工?谁不是从什么都不懂开始的?再说大家都是中国人,本来就应该互相帮助!"这话是玫瑰说给宁宁的。

那天,宁宁不到九点半就到了餐馆,一本正经地穿着工装站在店门口,把一双眼睛都快望穿了,才看见穿着工装的玫瑰晃晃悠悠地从店旁一条小路走出来。

玫瑰拿着钥匙,显然是来开门的,发现宁宁已在等,她脸上便显出歉意。她跟宁宁客套了几句,问她多大,家在哪里之类的,问过之后,玫瑰越发显得亲近:"宁宁呀,记得以后不必来太早,店不开,站在外面多尴尬呀。而且,你又不像我们,就住店里,干吗还要穿工装来上班?一路上被那么多人看到,多难堪呀。以后记得带个包,来店里换工装啊。"

听着玫瑰热情的建议,宁宁觉得自己的心里也热乎乎的,她感激地向玫瑰道谢,又惹出玫瑰那一番大家都是中国人的话来。

"真的?"宁宁的眼睛瞪圆了,"安吉拉和老板也是中国人?"

"你以为他们是哪儿人?"本来讲起话来表情显得严肃的玫瑰,这下都被宁宁说笑了。玫瑰一笑起来,眼睛亮晶晶的,真是可爱多了。"我跟你说呀,"玫瑰道,"咱们这店里全是中国人,连港澳台的都没有,全是中国大陆的。你看,你西安的,我上海的,安吉拉哈尔滨的,约瑟夫广州的。你看,东南西北我们全齐了。"

"我一来可就给他们看了护照,明明都是同胞,他们怎么不像你一样跟我说中文?"宁宁噘着嘴,话出口后倒有些后悔了,因为她心里就有现成的答案:学姐所说的"疏远"。

"咳,你呀,"玫瑰嗔怪地去推她,"熟了就好啦!"

果然,没一会儿安吉拉到了,三个女孩一边打扫、清点,一边海侃神聊,越聊越热闹,大家你一言我一语,一会儿工夫就把年龄给排出来了。原来她们三个,年龄降序排列,各差三岁,其中最大的是玫瑰,二十三岁,然后安吉拉二十岁,宁宁十七岁。更有趣的是,她们来英国的时间长短排序也同样如此,玫瑰六年多,安吉拉三年多,宁宁才刚半年。除玫瑰外,安吉拉和宁宁来这家店打工,都是自己的第一份工作。

十一点要准时开店,因宁宁第一天上班,玫瑰便主动提出带她去取餐。

她们的店位于一个小型商业中心的一层,除中餐馆外,还有咖啡馆和烤鸡店等等。玫瑰带着宁宁,推着辆比她俩都要高出许多的餐车去厨房。宁宁看什么都新鲜,就不停地问,玫瑰都一一给了回答。一路上宁宁收获的信息不少,知道哪家店的面包好吃、哪家店的烤鸡太辣之类的,当然更重要的还是玫瑰告诉她的:"别看它们的店面如此亮丽光鲜,厨房可都集中在一处,拥挤不堪。"

乘电梯到地下，她们又走了一会儿，才推开一扇用英文标着中国餐馆的门。

门刚拉开，一股闷闷的燥热便扑面而来。这厨房实在不大，灶具、柜子、操作台和穿白衣戴白帽的师傅们已把它挤得满满当当。细长的灯管正在蓝汪汪地亮着，身边灶台里不时还会蹿出熊熊的火光来。呼呼呼灶火蹿来蹿去的声音，哗啦哗啦热油入锅的爆响声，叮叮当当铁勺子击打锅底的敲打声，都在纷繁杂乱地此起彼伏。只是，在这片喧嚣中，你听不到任何人的声响，所有的人都在闷头做事，一言不发。

宁宁跟玫瑰进去，在门口一个高个子师傅的操作台前停了下来。那师傅一眼看去虎背熊腰，走到面前才发现竟长着张孩子脸，年龄看上去应该比她们大不了多少。见了她们，男孩眉开眼笑，龇着白白亮亮的牙齿不住地点头。他面前的操作台上摆满了一盒盒热气腾腾的汤、菜、面、饭。男孩子拿出一张油迹斑斑的菜单，逐项清点，一一打着对钩。末了，纸上一道菜品空着，男孩也不讲话，只转身朝远处一个师傅举了举菜单，那师傅竟及时看到了，远远地朝他点下头，拍了拍一个正低头烧菜的大胖子师傅的肩膀，没一会儿就又招手示意男孩过去。

玫瑰跟着那男孩，宁宁跟着玫瑰，三个人列成一队，穿过窄窄的过道走过去，路过很多师傅，但人家都各忙各的，对他们视而不见。走到大胖子师傅那里，又有两大盒盛好的菜，男孩和玫瑰各端起一盒，宁宁只能空着手跟在后面，但却只顾看周围环境，落下了一大截，等发现了，赶紧跑步去追，正好看到那男孩把纸菜单递给玫瑰，玫瑰塞了菜单到自己小围裙的兜里，两个人便开始端菜。

宁宁想他们一定是往停放在厨房外面刚才无法推进来的大餐车那儿端，便也赶紧撸起袖子伸手端。这一端才发现原来那个深深的长方形餐盒很是烫手，她咬牙逞强端起来，到底还是不行，脚步慌乱得像赶着要去救火。好在走在前面的男孩及时回头搭了把手，把那餐盒向上一举，就挂到了餐车上。宁宁这才注意到,原来那餐车里都是空架子,而每个餐盒都有凹槽,把餐盒放上去,一推,正好能严丝合缝地卡住。

"先挑凉的,汤最热,尽量放到最后。"一盒一盒地把餐车摆满,关上餐车门的时候,玫瑰懒洋洋地对宁宁讲了这么一句,然后打道回府。估计是累了,两人推车往回走的时候,都无精打采再没有讲话的兴致。

回到店里,已有客人进店。一对白人青年男女,像是观光客,叽里呱啦讲的不知是哪国语言,他们拉着手,在那儿对坐,饶有兴趣地看玫瑰和宁宁在柜台里布菜。与此同时,看着她们忙活的还有约瑟夫先生,他显然已来了一会儿了,对着面前的一杯咖啡一言不发地坐着,目光不时朝这边飘过来。有那么一瞬,宁宁的目光跟他撞上,她分明感觉到,那目光里满满地都是冰冷。

这冰冷让宁宁不安,有些手足无措。好在后来客人越来越多,一忙起来,也就都忘了。打餐馆的工也没想象中的那么困难,客人吃完就走,你只要麻利周到,给他们多提供方便就是了。虽是独生女,但宁宁的父母从小没怎么娇惯她,在同龄的孩子里她一直算得上是有眼色、手脚麻利的,加上自幼嘴巴甜,在忙碌中,宁宁已能感觉到无论自己还是自己服务的客人,大家都还算满意。

这期间,宁宁一个人去取了两回餐,因为只取需填充的已售完菜品,餐车里的东西没开店时那么多,所以她自己就能应付得了,只是推车的时候有点紧张,那餐车似乎有个轮子不大好用,总不肯走直路。她一路耸肩弓腰,又是推,又是拖,总算有惊无险。后来直到安吉拉过来问她,是否需要申请工间休息,宁宁还没有出现任何差错。

学着玫瑰和安吉拉的样子,宁宁脱去工装,像客人一样,端着餐盘走到柜台前,请玫瑰帮自己盛一份叉烧肉套餐,又端到一个空餐桌那里去吃。那美味的叉烧肉，从厨房端出来时她就盯了好久了。想来真是辛酸，宁宁来伦敦半年，除了刚来不久学姐带她去吃了次中国城，她又回请了一次外，她已经很久很久没吃到中餐了。

可这一餐宁宁却没能尽兴。因为刚坐下来，她就看见 Ho 先生不知从哪儿晃出来了。

匆忙站起身，带着劳动换来的愉悦和对菜品的满意，宁宁竟响亮地讲了句中文："您好，Ho 先生！"

"昨天说过了，叫我约瑟夫。"

Ho 先生依旧是冷峻的，在各色食客中，他悠扬婉转地低声讲着英文，显然比宁宁要沉稳周正，也与周围的环境谐调。"感觉怎么样？"他在宁宁对面坐下来，低声发问。

宁宁的热情还僵在脸上，她企图在自己的英文词汇中找出一个既礼貌又不张扬，也不至于埋没自己表现的单词来回 Ho 先生的话。可是，掂量来掂量去，她最后也不过说出了一句："不太坏。"

"你很像从前在这儿干的苏珊，人机灵，动作也麻利。在我看来，能不能干好餐厅服务员，一上手就能看出来，这是天性，后天练习作用也不大。"约瑟夫脸上露出了难得的微笑，"宁，我认为你完全可以胜任 B，下次上班你跟玫瑰换一下。"说完，他便起身离开了。

苏珊是谁？

直到闭店打扫完卫生，又跟玫瑰一起走在空荡荡的走廊里，憋在宁宁心里许久的疑问才终于有了答案。

这次宁宁和玫瑰推的是辆平板车，不沉，上面堆着两大袋垃圾，那是她们在闭店后清理出来的，以厨房用纸居多，没什么重量。因为要收工了，两个人情绪都很高，再次哇啦哇啦口无遮拦。宁宁问，玫瑰答，好不热闹。

"那些厨房里的人就是传说中的偷渡黑工吧？"

"是啊，虽然不见得都是偷渡来的，但大多数是在这里没有合法签证的，连银行账户都开不出来呢。他们背井离乡，撇家舍业地跑来伦敦，每天蹲监狱一样吃住在店里，不分白天黑夜地在地下室拼命干，却因为不会讲英文，每个小时赚的钱少得可怜。如今哪个老板不盘剥黑工呢？反正他们都是敢怒不敢言的。"说起这些，玫瑰也小大人似的苦着一张脸。

"好像很多中餐馆都这样吧？"

"是啊，中餐馆这种情况最普遍。其实我们也是在受盘剥啊，你不要以为他们每天收工时直接给我们发现金只是对我们方便，其实正规的店都是通过银行发薪水的。你想想我们打零工赚那点儿钱，能有多少税，还不是因为老板因此偷税更多。"

"厨房里帮我们端菜的那个男孩好像懂英文啊？"

"那当然了。他叫托尼，他可不是黑工，他跟我们一样都是学生，读的还是名校帝国理工呢，有时他也会到上面做楼面的。不过，他打工是违法的。"

"违法？"

"按法律规定，学生每周打工不能超过二十个小时，他早超了。"

"玫瑰姐姐，你好厉害，懂这么多！"

"懂这些有什么用啊？"玫瑰对宁宁的佩服颇为不屑，"在我们这个餐馆打工算不了什么的，这是典型的快餐，客人来去匆忙，都不怎么讲话，简单好干。你不知道，我刚来伦敦时，第一次打工是在一家粤菜馆，得接受客人点菜，偶尔还得解释、推荐菜品什么的，那个时候我英文不好，就感觉特别难。可真要说起来，打餐馆的工，有趣的不是客人，而是厨房里的大师傅。你知道的，厨房里的师傅们基本上都不懂英文的，有的更惨，连汉字也不识几个。所以我们做楼面的在餐厅记客人点的菜时,就要尽量往简单里写,甚至有的就干脆画符号,笔画越简单越好,字越少越好。比如这个,"玫瑰伸手在空中先画了一个椭圆形的圈,再写个茶几的"几"字,然后笑着问宁宁,"考考你,这代表什么菜?"

宁宁不明所以,只好朝玫瑰瞪眼睛。

玫瑰便越发得意,她一字一顿地拖着长腔慢慢揭开谜底:"柠檬鸡!"

"哇!画个圈就代表柠檬?我看更像鸡蛋。"宁宁直咋舌,继而也笑了。玫瑰笑过之后却又开始叹气:"所以说嘛,混在这样的人堆里,慢慢地自己就跟文盲差不多了。"

"刚才安吉拉总说她爸爸妈妈什么的,她家在这儿吗?"宁宁转移话题。

"是啊,她有福气。咱们这些人里呀,经济上最有实力的就是安吉拉,她爸妈虽然来英国也没几年,可人家是国企高管,来这儿赚的是英镑,他们才不在乎女儿打零工赚的那几个小钱呢。可人家安吉拉没来多久就拿这店里的最高薪了。你不知道吧?大堂里A、B、C的活,劳动强度和收入成反比的。A比C每小时要高出三磅钱呢。安吉拉能干A,可不是因为她能干,主要是因为她家跟约瑟夫家很熟。约瑟夫嘛,其实也有点儿怕她,确切地说,安吉拉是老板太太安插到店里的小密探!约瑟夫当年也是穷学生出身,20世纪90年代末才来的,后来能开起店来,还不是因为娶了二代移民的太太!你别看平时都是约瑟夫在这店里忙活,其实他不露面的太太才是真正的幕后指挥呢!我估计前几天苏珊被开,一定就是他太太的主意!约瑟夫本人嘛,倒是蛮欣赏苏珊的。"

"不是说苏珊特别能干吗?"

"那当然,苏珊年龄比我们大多了,只是来英国的时间不长而已。人家是在国内结了婚,到这儿来给她丈夫陪读的,不过好像听说她丈夫马上要回国了，搞不清她为什么还要留在这儿。反正她就是到处打工赚钱，很能干。好像她在约瑟夫这店里也就干了大半年吧，但人家干起活来，比我们要强得多！你看我们今天干了一天才得多少小费，要是人家苏珊在这儿干一天呀，肯定比我们三个人干三天都多！不过我们这儿是快餐，客人给小费的概率太小，就是有小费，老板也不让个人拿，都放到柜上，下班时大家再平分，这对苏珊来说就不公平嘛！所以苏珊离开对她自己来说是好事。我听人说，苏珊现在在一家大型中餐馆做，自己跟老板谈的，工资都不要，只赚小费，收入比在咱们这儿强多了。哎，宁，你听谁说苏珊的？"

"记不清了，好像是约瑟夫。"宁宁暗自后悔自己多嘴，只能支支吾吾地搪塞，刚才玫瑰一路叽里呱啦说下来，很多信息都让宁宁吃惊，心里也越发紧张。不过现在看来，她一直纠结于心的，老板让她从C调到B的事，看来玫瑰还不知道。这让她多少有些轻松下来——其实干活并不觉得累，干C也没什么不好。可老板偏让只干了一天的她，和熟手玫瑰换工种，那样玫瑰会不会不高兴？宁宁心里无法不为此担心。

见宁宁说起苏珊来支支吾吾，玫瑰的表情又严肃起来，瞪着大眼睛白了宁宁一眼，便再也不开口说话了。

4

下个周末再去开工，宁宁记住了玫瑰的话，不去太早，路上不穿工装。可其实她记得最清楚的还是今天自己得跟玫瑰调换工种。

谢天谢地，她到店里时，玫瑰还没来。她换好工装就开始打扫卫生，却听见不时看腕表的安吉拉一直在念叨玫瑰怎么还不来。结果没一会儿，安吉拉就把玫瑰的电话给念叨来了。安吉拉放下电话便打给厨房，调厨房的托尼上来帮忙。

"玫瑰又来不了啦?"托尼乐颠颠地跑过来,弓着腰,扬手敬礼,"救火部队前来报到!"托尼这个人块头大,一讲起话来,嗓子哑哑的,像个正处于变声期的小男孩,憨态可掬。

安吉拉也笑,直催他:"别贫,赶紧,今天你干C。"

"C?"托尼一愣,但很快又笑容满脸,"是!愿意为两位小姐效劳!"

"你穿这件衣服比穿厨房里的衣服精神多了!"面对托尼灿烂的微笑,宁宁也笑着跟他打招呼。

"那是啊,"大块头的托尼自得其乐地晃荡着大脑袋,"阶层标志嘛。这个是干楼面,那个就是出苦力。"托尼虽高却有点驼背,低着头,猫着腰,跑来跑去忙活上一阵,就跳着脚跑去跟安吉拉说:"我去取餐了。"说着就径自走了。正擦拭菜单的宁宁听见了,赶紧跑过去:"我也去,跟你一起。"她一边喊着,一边追了过去。

可托尼早跑远了,听宁宁喊,他停住脚步,一边倒退着走,一边远远地举起右臂,折过来向下一压,然后马步一蹲,就摆成了个标准的肌肉男造型。"客气啥,"他压着嗓子,人猿泰山般挥舞着手臂低吼,"我身强力壮,轻车熟路!"

"玫瑰病了?"回到店里,宁宁问安吉拉。

"不是,是有事。"安吉拉正把一袋一袋的硬币往收款机里放,声音很轻,一副不想多谈的样子。

宁宁有些尴尬,只好没事找事继续擦那已无须再擦的菜单。可没一会儿安吉拉就过来跟她聊天了:"那天我听你跟约瑟夫说这是你第一次打工,那上次就是你第一次拿薪水了?有没有给家里买礼物?"

"没有。"宁宁如实回答,"我没跟父母说要打工。你知道,隔那么远,凡事都得解释一番,还不见得都能理解,没准父母更担心。出来打工是我自己的主意，课余时间这么多，我也想多长长见识。"

"哦，"安吉拉点头，"这就是父母不在身边的好处了，那么自由。"她长长地叹上口气，"我第一次拿薪水时忘了给家里买礼物，我妈到现在说起来还耿耿于怀呢。"

"你妈那么认真啊？就一天的薪水，又没几个钱，能买什么礼物啊？"

"我是周 pay 的。"

"什么？"

"就是每周通过银行发薪水，不像你跟玫瑰这样每天都发现金。"

"哦，"宁宁这才反应过来，安吉拉说的"配"是英文单词 pay。原来安吉拉就是玫瑰所谓的通过银行领工资，不偷税的那一类人。可是玫瑰怎么 pay？"你一周干几天？"宁宁又问。

"跟你一样，就每周周末一天。"安吉拉轻描淡写地应了她一句，又自顾自沉浸到对自己母亲的抱怨中去了，"我觉得我妈倒也不见得在乎什么礼物，她就是对我紧张，这几年越来越紧张，丁点儿的小事她都能引申很远。她一直想要塑造我，可估计连她自己都说不清到底希望把我弄成什么样？刚来这里的时候，我妈怕我上学跟不上，在家里一句中文都不让我说。可现在呢，她又天天念叨不能忘记中文，现在在家里又一句英文都不许我说了。吃东西也这样，交朋友也这样。从前，估计她是希望我能快点儿长成一个跟周围的白人孩子没什么区别的人，现在呢，她好像又刻意让我时时记着自己是跟白人不一样的人。"

"那当然不同了，你不就是传说中的香蕉人吗？皮肤是黄的，可里面的心呢，马上变成白的了。"说话的是托尼，推着大餐车，兴高采烈的样子。

"胡说！我才不是香蕉人呢！我爸妈来这儿都还不到五年呢。"安吉拉无限委屈，跺着脚去反驳他。

"好，好，我错啦，错啦。你哪是香蕉人啊，你是杧果人，里外都黄、表里如一的真正的中国人，行不?"托尼举着手，笑呵呵地告饶。可安吉拉没理他，只无精打采地向他们两个做预告:"我妈今天可能会来店里，要是有冒犯的地方，你们两位不要见怪，多担待啊!"

这天的客人似乎比上次要多，但宁宁却觉得自己比上次要轻松许多。想来一是因为自己已上手，神经不再绷得紧紧的，另外她也感觉到，托尼的确比玫瑰能干，跟托尼一起搭班，的确省力不少。

要闭店清扫的时候，一位女士走了进来。宁宁看她第一眼就觉得她一定是中国人，因为全身上下都散发着一股宁宁熟悉的气息。这熟悉当然不是因为她的形象有多家常。女人头发一丝不乱，很正式地穿着职业套装，提着个同色系的小坤包，还化着淡妆。

"老周没跟你一起来?"

正在就餐区埋头打算盘的约瑟夫站了起来。他招呼那女人的方式让宁宁有些发愣，那是宁宁第一次听到约瑟夫讲中文——音量偏低，腔调温和，夹杂着淡淡的南方口音，和他讲英文时的高亢婉转相比，风格实在相差太大。

"我们老周，"女人撇着两片薄薄的嘴唇，"人家早饭后就报到去了，都是麻将搭子给催的。老林这个人，你还不知道?找什么要给去剑桥读书的儿子送行这种借口，谁不知道他是想凑搭子打麻将过瘾?"女人边讲话边拖了把餐椅，在约瑟夫对面坐下来。"怎么你还用算盘?"她的眼睛瞪得圆圆的，很吃惊。

"说起来不怕你笑话，在国内时我根本就不会用算盘，是来英国闲着没事了，才跟人学的。这东西好啊，耐琢磨，奥妙无穷，当然，噼里啪啦地打起来也实在过瘾，不次于你们家老周的麻将。"约瑟夫说得兴起，甚至还露出难得一见的微笑，这让他在宁宁眼里越发判若两人。

"你们这些人啊，都是空怀了一身好武艺。"女人叹着气感慨，"我听老周说，你这个工科博士，现在已经开始研读国学经典啦？"

"哪里哪里。"约瑟夫摆摆手，赶紧转移了话题，"上次我听老周说，你们家下周也要请客？"

"什么请客啊，"女人急起来，声音也高了，"我倒是想地地道道地炒上几个拿手菜，请大伙聚聚。可你知道的，我们家那院子小，餐具、灶具什么的也不凑手。都是老林瞎起哄，想凑在一起打麻将不直说，偏编出个给我们家安吉拉庆祝生日这种花头。"

果然是安吉拉的妈妈！边干活边支棱着耳朵听闲话的宁宁，把女人和约瑟夫的谈话一句不落全听了进去，并且，她还注意到，安吉拉在妈妈进门时就看到她了，却一直低头理账，没有抬头。

"一会儿一起走吧？我今天开了车来的。"约瑟夫说。

"你不是都乘地铁吗？"女人的眼睛又圆了，"小方也在店里？"

"没有啦，"约瑟夫说，"丹尼斯今天没上日托，她在家陪孩子。我今天去荣业行进货才开的车。安吉拉就快好了，一会儿我们一起走好啦，正好半路再接上小方和丹尼斯。"约瑟夫边说边起身朝柜台这边走过来。"安吉拉好了没？"他又表情冷峻地开始讲英文了。

"不急，不急，别催她。"女人也笑眯眯地跟过来了，还是本色地讲着中文。她没走向自己的女儿，倒是朝宁宁他们这边走了过来："托尼，你怎么这么能出汗？有没有觉得发虚？不是最近书念得太辛苦吧？"她走过去，扬起手，啪的一下在托尼腰间打上一记。"挺起胸来！"她笑眯眯地严厉命令着，"你妈妈要是看到你现在这样子，该多伤心！你们这些孩子啊，正是长身体的时候，却总是冷一口热一口地胡乱对付。下周日一定要去我家做客啊，阿姨给你做好吃的补一补。"

"好啊，好啊，"托尼举起双手，哑着嗓子欢呼，"阿姨，你知道我最喜欢吃你做的锅包肉了。"

"你是新来的？从哪儿来的？多大了？叫什么名字？在哪儿读书？"

宁宁的手被女人热情地拉住，女人一边不停地问她的情况，一边摩挲她的肩膀和后背。抬起头，宁宁撞上了女人的目光，是那么温柔、那么体贴。

她也用自己的目光绵绵软软地黏住了女人，一句一句认真地回答着女人的提问，并且也慢慢明白过来，自己刚才为什么觉得这女人如此熟悉。是的，这就是她印象中最典型也最可亲的中国妈妈形象。这形象让宁宁的鼻子阵阵发酸，更让她情不自禁地想家，想妈妈。多奇怪啊，她想，为什么安吉拉对自己的妈妈有那么多抱怨？这是个多好的妈妈啊，她简直就是这屋子里所有孩子的妈妈！

放下宁宁的手，女人继续在屋子里慢慢踱步，继续履行妈妈的职责。"怎么今天玫瑰没来？"她瞪着圆圆的眼睛问大家，但没人搭腔。

可怜的妈妈就用目光在一张一张的脸上探询着，最后只好自己说出答案来："是不是她男朋友来了？叫什么乔？不是他们俩又吵架了吧？"她的声音很轻，最后一句疑问像风一样游移着晃动着渐渐飘远。

"妈！"安吉拉喊了一声，可喊过之后似乎也没什么话要讲。

然而妈妈的道理永远都足够多，也足够站得住脚。"你们这些孩子呀，这么小就离开父母，没人管束，由着性子瞎闹。尤其玫瑰，一个女孩，男朋友比她大那么多，将来还不得吃亏！"她痛心疾首地感叹着，到底说不下去了，只是无助地看着大家，看着自己的道理在现实面前被打击得苍白无力、没有着落。

约瑟夫埋头打算盘，安吉拉敲打计算器，好在托尼浑然不觉，依然嬉皮笑脸的，他扔了笤帚，向女人那儿走过去。"阿姨，"他急切地摆手表态，"不用担心玫瑰，也许不是男朋友来了呢。你看，明天给她排的全天的班。"高大健壮的托尼从制服口袋里掏出个小本子，拿给安吉拉的妈妈看，低头安慰她。

可他的安慰显然没能触及问题的关键,女人失望地朝他摇头苦笑:"玫瑰要像你一样是个男孩子,我就不担心了,可她是个女孩啊!"

"你见过玫瑰的男朋友吗?刚才安吉拉的妈妈说叫乔的那个人,他们吵过架?"约瑟夫带着安吉拉母女走了,留下托尼和宁宁闭店,宁宁好奇地问托尼。

"我也就是听他们说过,从来都没见过。这些人里,貌似只有苏珊见过,反正玫瑰的很多事我都是听苏珊说的。你知道吧,玫瑰在阿伯丁读大学,她来这儿是打暑期工赚钱,据说她男朋友在爱丁堡做访问学者,反正都是在苏格兰。至于吵不吵架,那是人家两口子自己的事,外人能说得清吗?要问你得问玫瑰本人,嘿嘿。"

正挥汗如雨卖力擦地的托尼,似乎也乐得聊上几句闲天来调剂一下。挂着拖把站定,托尼又把话题深入下去:"玫瑰打工有时一周七天连轴转地打,苏珊曾跟我说过,玫瑰这么辛苦,可不是因为她自己家条件不好,而是因为她男朋友家条件太一般。咳,怎么说玫瑰都算是个不错的女朋友啊。你不知道,我有个老乡,跟同居了三年的女友据说为了点儿钱闹翻了,分手时架都懒得吵,挑了个两个人都方便的日子,收拾收拾行李,各自搬家,一拍两散!"

"两口子"、"同居女友",这些词都太刺耳。不过这对于来伦敦已半年的宁宁来说也并不新鲜,不仅风闻,她现在跟别人合租的房子里住的也都是中国留学生,顶楼就住着那么一对二十出头的小夫妻,每天进进出出抬头不见低头见的。玫瑰已经二十三了,有年龄大些的男朋友也并不稀奇,干吗安吉拉的妈妈那么忧心忡忡?

不喜欢听托尼讲这些,宁宁就只能装作没听见,继续埋头擦拭柜台,擦了一会儿,又转移话题问:"刚才安吉拉走时,只给我发了薪水,是不是你也跟她一样,都是周 pay?"

"和工作服一样,这也是阶层的标志,"托尼笑呵呵地解释,"刚来时我也跟你一样发现金呢,满一个月才改的周 pay。呵呵,打零工就是这样。写字楼里的白领们还月 pay 呢。等将来我毕业了,哼……"

"哦,这么说,这儿只有我在享受最低阶层的日 pay 喽?"宁宁不等托尼说完就低头自嘲。

"啥呀,"托尼哑着嗓子大声道,"玫瑰也是日 pay 的!"

"为什么?她没超过一个月吗?她跟我说她都干了一个多月了。"宁宁很吃惊。

"玫瑰就住店里,跟苏珊她们一天到晚在一起,总有矛盾,老板就不喜欢她们呗。谁知道呢,我又不是老板。"托尼犹犹豫豫地说着。突然,他的眼睛重新又明亮了起来,声音也一下子蹿高了:"我刚才瞎说的,你就当没听见啊。玫瑰估计是跟我一样,还是喜欢发现金。你想啊,我们每周打工都超过了法律规定的时间,就是老板愿意通过银行账户给我们付薪水,我们自己还不愿意呢。将来签证续签的时候,要是让内政部看到我们银行账户上那么多打工记录,可不是啥好事!"

5

下个周末正好赶上复活节假期,满大街都是兴高采烈的游行队伍,宁宁没经验,路上耽搁时间久,到店里就有些晚了,果然玫瑰和安吉拉都已经到了。宁宁热情地招呼她们,她们反应都很平淡,安吉拉点头一笑,玫瑰只咧了咧嘴。

宁宁心里敲着小鼓,小心翼翼地进小套间换工装,再回来时,却觉得一个客人都没有看起来空荡荡的餐馆狭小、逼仄。虽然离开工还有几分钟,玫瑰还坐在那儿慢悠悠地吃早餐,但宁宁却觉得自己只有干点儿活才能安心一些。

略一迟疑,她还是按照 C 的要求拿起拖把清扫起了餐厅,然而安吉拉很快就朝她走过来,低声通知她:"宁,约瑟夫说要你俩调调,以后你干 B。"

宁宁点点头,没说什么,手下的拖把却也并没有因此停下来,她到底还是把大厅里的地板全都给拖完了。玫瑰吃完早饭也无言地投入工作,开始闷头擦拭起餐桌餐椅。两个人就这么一言不发地一起做着开店前的清扫工作,不说话,也不抬头。玫瑰忙完之后要去推餐车取餐时,宁宁虽还在手忙脚乱地做柜台清扫,却依然喊出了一句:"我陪你去!"这是那天除了进门的招呼外,她讲出的第一句话,有些突然,吓了玫瑰一跳。不过玫瑰朝宁宁看了一眼,就摆手拒绝了。"赶紧干好你自己的吧。"玫瑰冷冷地说了一句。

宁宁不安地站在那儿犹豫着,心里七上八下地跟自己做着斗争,脚却像被钉在那儿似的,不肯去追玫瑰,她清楚自己是软弱的,清楚自己没胆量此刻独自去面对玫瑰。

玫瑰,甚至安吉拉也都同样忐忑。那天的工,实在辛苦。当然并不是因为客人多,客人多或许就好了,想想前两次开工,没有任何心理负担地干体力活,那是多么幸福的事啊!约瑟夫今天也没到店里来,他也害怕面对这尴尬吗?可这是他自己制造出的尴尬。宁宁在心里叹着气,满脑子全是学姐说的"心累"。

快五点的时候,宁宁才跟安吉拉申请休息。她其实早饿了,因为那天早晨起床就晚了,偏偏宿舍里那个老旧的微波炉又罢工了,所以早餐她只喝了杯冰奶。即便这样,她依然挨到了玫瑰和安吉拉都休息后,才去申请休息。

换好衣服出来,她端着餐盘到柜台前,向玫瑰点自己最喜欢的叉烧肉套餐。

"祝你就餐愉快!"她竟然听到玫瑰浸满笑意的英文,抬起头,玫瑰果然在微笑，从眼睛一直延伸到嘴角的微笑。

宁宁坐到餐桌前低头开吃，这才发现，原来除了自己点的套餐外，那盘白米饭底下，玫瑰还悄悄给她多放了两块诱人的炸肋排。

那两块排骨锐利地刺痛了宁宁，她的眼泪唰的一下就流下来了。坐在那儿，宁宁无法自控地哽咽起来。

是的，这么多天了，差不多从约瑟夫说要给她们调换工种开始，宁宁就觉得自己心里有了阴影。打工为什么就不能仅仅是干体力活呢？怎么有这么多学姐所谓的"心累"呢？

背对着玫瑰和安吉拉，宁宁无声地抹起了眼泪。或许玫瑰她们会看见吧？可宁宁才不想管她们呢！她们看见就看见好了，只希望她们不要以为自己此刻流泪是因为感激。是的，有什么好感激的？那两块排骨有什么了不起的？宁宁哭，是因为觉得委屈，自己又没做错什么，干吗要背负那么大的压力？

"我今天过生日，二十岁生日，家里请了不少客人，你们也去吧？不需要跟约瑟夫请假的，家里现在就有不少客人在，我们收工以后一起走，好不好？"

快闭店时，安吉拉突然来问她们，问得很客气，很小心翼翼。安吉拉平时虽然矜持得像个小大人，但说话很少如此小心翼翼。不过这态度倒也跟她们三人那天和平共处的大好局面相符。宁宁点点头，一旁的玫瑰却瞪起了眼睛："安吉拉，你怎么可以这样？给你过生日，客人早早到了你却不在，不合适吧？不怕你妈妈又生你气吗？"

"我跟我妈妈商量过了，她同意的。"安吉拉晃荡着脑袋，"好像我妈妈也不太愿意张罗这种事，不过没办法。呵呵，中国人嘛！"安吉拉耸耸肩，做了个鬼脸。

"我倒是非常想去，就怕你妈又要唠叨我跟乔的事，"玫瑰愁眉苦脸地过去搂住安吉拉的肩膀,"可是我超级想念你妈妈做的红烧蹄膀,哎呀,你帮我提前扫平障碍好不好?"

"主要是你自己的心理障碍吧?我妈要问,我能有什么办法?再说她问是关心你,你完全可以不往心里去。你这么怕我妈问,是不是你和乔要分……"安吉拉停下话头,只朝玫瑰坏笑。

"瞎说!"玫瑰勃然大怒,恶狠狠地吼出一句,猛一闪身,把自己攀在安吉拉肩上的手臂甩了下来。她气呼呼地站在那儿,看了安吉拉和宁宁好一会儿,才凶神恶煞地发布自己的宣言:"我告诉你们,以后谁都不许拿乔的事跟我开玩笑!"

安吉拉脸上挂不住了,但她到底还是镇静的,面无表情地站了一会儿,又硬着口气道:"对不起,我不该说那话。"

"和乔吵架,是因为你们彼此都太在乎对方了,对不对?"

这话是宁宁说的。当这番话脱口而出,她看见玫瑰朝自己转过头来,愣在那儿,呆呆地看着自己,凌厉的目光渐渐软下来,慢慢地,玫瑰的大眼睛变得盈润闪亮。

"你们是不是都觉得自己特别牛?觉得自己足够聪明,足够理智,足够成熟?可你们知道吗?我不羡慕你们这样的人,因为你们这些聪明人因噎废食让人恶心,你们只值得可怜,不值得羡慕!哪怕以后我会跌得鼻青脸肿,我也绝不羡慕你们!你们知道吗?乔是上天赐给我的礼物,我的 Mr. Right,这一点我从来就没怀疑过。有的只是感激,感激上天让我遇到乔,让我喜欢他,他也喜欢我!我们现在吵架,那是因为我们还不够好,还没资格享受这礼物的好,可凡事有好就有坏,该是我的,我就心甘情愿地照单全收!现在不好,不代表将来不好!"

这是气话吗,还是玫瑰在情绪失控后胡诌出的逻辑混乱的蠢话?在玫瑰含泪慷慨陈词时发呆的宁宁,那会儿只觉得自己的脸发烧,她在替玫瑰尴尬,觉得她的表白有些弱智。可那时的她不会知道,在以后的岁月里,当她困顿在自己的情感里无法自拔时,她将无数次想起那天的玫瑰,想起玫瑰的这番话。越是年长,宁宁就越发现自己羡慕当年可以如此讲话的玫瑰,羡慕玫瑰对感情的那种愿赌服输的笃定。

6

人世间的折磨,莫过于"易舍处舍,难舍处亦得舍"。爱人、亲朋、乡土、故园……从小到大,每个人一路走来,到底会跟多少美好的人和事失之交臂?

那晚,在安吉拉家,宁宁看到了一大群人,差不多有三四十个吧。他们是安吉拉一家人的同学、朋友以及同学的同学、朋友的朋友。正如安吉拉妈妈抱怨的那样,这样的聚会,安吉拉的生日不过只是个由头。大家分散各处,自得其乐。安吉拉家的院子当中摆了一桌麻将,客厅里又摆了一桌麻将,除此之外还拼起了两条长长的桌子,摆满水果、食物、酒水,到处都是进进出出帮忙煎炒烹炸或胡诌瞎侃的人们。

宁宁跟着安吉拉、玫瑰、托尼等人一起到场,主角的到场只引发了几声欢呼,很快便有人出来张罗让安吉拉切蛋糕,并挨个分送给屋内屋外的客人。有些估计是安吉拉的同学、朋友之类的年轻人,应该是早算好了安吉拉到家的时间,没一会儿安吉拉就被他们拖走了。玫瑰和托尼显然也不是第一次参加这样的聚会,不久也在人群中消失了,只剩下宁宁自己落了单。

酒精对有些人来说是催泪弹,而对另一些人来说则如同点了他们的笑穴。那晚聚会的嘉宾年纪最长的看上去六七十岁,年轻的则如宁宁一般大,但清一色都是素有安土重迁传统的中国人。他们在不同的年代背井离乡,甚至有些至今妻儿老小或男女朋友还在国内留守,正处于千里相思或相忘于江湖的阶段。可在这样的聚会上,他们有的在滔滔不绝地抨击时政、愤世嫉俗；有的在表情生动地向新朋友演绎自己的旧传奇，引得阵阵唏嘘或嬉笑不断；有的则三五成群、勾肩搭背地凑帮灌酒；当然也有如宁宁一样，东张西望到处乱窜找不准自己阵营的后来者。

物以类聚，人以群分，在人群里窜来窜去的宁宁，不一会儿就觉出了端倪。原来，屋外已渐渐演变成年轻一族的笑闹场，屋内则成了年长者的小据点。宁宁拖了把椅子去屋子里坐，想听听这些沧桑长者的故事和观点。

"有许多植物的名字非常有意趣，浮萍、思乡草，还有更绝的，落地生根。我最迷恋这样的名字，真是会让人浮想联翩。"

说这话的是约瑟夫，原来他的兴趣还包括植物的名字。此刻，他含着笑，头随着高高举起的手，缓缓地一荡又一荡。在他的身后，是幅山水画，黑山白水、飞瀑凝泉，这会儿在明晃晃的节能灯映照下褪去了本身的昏黄，变得光线散乱，越发衬得讲中文讲得口音浓重的约瑟夫恍若古风浩荡的天外来客。

这古风后来吹跑了宁宁，她追随同龄人来到院子里，不想却在那里遇到了一个她后来总要想起的长者。

长者叫安妮，大约五十来岁。虽然本人看上去年轻得多，但因为她是安吉拉母亲的姐姐，因此她的年龄不难推算。

"你刚到伦敦不久，对吗？"

其实在安妮跟自己说话前，宁宁就注意到了她。玫瑰告诉宁宁："那是安吉拉的姨妈安妮，是个过了气的芭蕾舞演员。安吉拉常说她姨妈讲话不经大脑，是大家公认的长不大的宝贝。"

"你怎么知道的，阿姨？"大家都三五成群，安妮虽然刚才也在人群中帮忙到处招呼，可现在却一个人守着一堆CD坐着。玫瑰刚进来时跟她打招呼，她也只远远地站起来，笑说自己今天的任务是放音乐。高挑白皙的安妮，挺着她又白又长的脖子在那儿枯坐，倒也风姿绰约。可宁宁应她的召唤走近了才发现，原来这风景老了。

"你的眼睛告诉我的呀。"安妮朝宁宁眨着眼睛笑，"对眼前的风景，你的目光中流露出来的全是好奇、热切、兴致勃勃。"

宁宁有些不好意思，她不想让别人这样小看自己。抬头去看安妮，宁宁发现安妮的眼睛虽谈不上美丽，却出奇地大且亮，当然，这也可能是因为安妮无论脸庞还是身材都太过干瘦显出来的。对宁宁来说，最特别的还是安妮那双眼睛里流露出来的神情——自信满满却丝毫不让人觉得张狂，有些沧桑但更显活力四射。她让宁宁不由自主就联想到学姐模仿的那些国际大片中的气质高雅的女子，以及学姐大力推崇的"疏远"。

"最奇异的风景还是人呀，你怎么看这些BBC？"安妮长裙飘飘地站起身来，双手交叉抱在胸前，边含笑讲话，边腰身笔挺地左顾右盼，"你刚来不久，看法还是很有意义的。哪像我们身处其中，早就没感觉了。"

"BBC？"宁宁一愣。

"British Born Chinese，在英国出生的华人。"安妮低声说出英文出处，朝宁宁笑，"你第一次听这说法吗？还有ABC呢。"

"哦！"宁宁更不好意思了，"我还以为你是说我们店里的A、B、C分工呢。"

"哈，"安妮这下笑得更夸张了，腰直直地弯下去，整张脸都显得有些变形，眼睛也越发亮晶晶的，"我听小方说过约瑟夫在店里搞的那些名堂。现在看来还是成功的，你这不就被灌输得时时不忘吗？"

小方是约瑟夫的太太，一个热情、活络的矮胖妇人。刚到安吉拉家时，约瑟夫已介绍她们认识了，现在听安妮把那宝典定位为名堂，宁宁可有些不服气。她忍不住辩解："这个很科学的。就是因为有Ho先生的那些A、B、C，我才很快上手的。"

"当然，方便是肯定的，不过那名堂似乎并不中国吧？一直以来，我们中国人管理的方式都习惯用道德代替制度，习惯培养做事先做人，在做事的过程中主动进行道德自律、自我反省的人，习惯把规矩定得模棱两可、不言自明。A、B、C这种不中国的名堂在你们那些中国人中推行，弊端也不少吧？你们店里不就有个女孩深受其害吗？"

见宁宁朝自己瞪起了眼睛，安妮乐呵呵地再次把嘴角咧开，还向上扬了扬眉毛："别这么看我，小姑娘。这件事我也是听小方说的，其实主要还是因为那女孩私自拿了柜上的钱。大家都是中国人，总是要留点儿面子的，所以那件事过后，女孩被辞退，大家也都不许再提。可你想想，这事是怎么被翻出来的呢？柜台上按惯例都安有监控不假，可据我所知，约瑟夫这个人可不会有兴趣日日细看，如果不是因为A、B、C让大家产生矛盾，怎么会有人出来揭发？"

"你是说被辞退的苏珊，阿姨？"

"名字我不知道，小姑娘，记住，这是我们的秘密。"安妮突然压低嗓子，朝宁宁挤挤眼睛，又仰脸笑道，"我们说这些，只就事论事，不搬弄是非。你不要兴趣转移，我们正讨论你们店里的A、B、C呢，是不是？"

"嗯。"宁宁点点头，觉得自己的脸腾的一下热到耳朵根了。

"我们中国人跟西方人是不同的，我们有我们自己处理问题的方式，但每种方式都有自己的好和坏，我们既不要妄自菲薄也不要妄自尊大。就像我们刚才说的你们店里打工的孩子间彼此告发的事，你也完全可以认为这是件好事，因为替老板监督的人都有了。可我觉得，要是在一个小团队里，大家彼此间存在太多猜疑、算计，那最后吃亏的可不仅仅是活儿干得多的打工者，还有规矩要越定越多的老板。其实说到底，我们中国人还是聪明的，我们很早之前就懂得制度不是万能的。"

望着眉头紧皱的宁宁，安妮停止了分析："我们还是不说这些了。

我这个人一置身于中国人堆里就爱胡思乱想，你不会笑我吧，小姑娘？"

"没有啊，阿姨。"宁宁赶紧回答，"您一定在伦敦住了很久吧？"

"是的。20世纪80年代，我嫁给了英国人，相处中就有很多舌头碰牙齿的事，细想特别有趣，而且刚来时我还教过小孩子跳舞，带过不同国家的孩子，和不同背景的孩子相处起来也挺有趣。这些年国内出来的人越来越多了，许多老外对我们的看法也变了。我刚来时，这儿最多的中国人是些开餐馆和洗衣店的香港人，那时在周围人的眼里，我们中国人是最能吃苦、踏实讨生活的人。可现在呢，来这儿留学的人越来越多，而这些人都很有经济实力，听说还有自己买城堡的留学生。"

"我也听说过。"宁宁说，"不过我的确见过开高级跑车的，毕竟在这里买车比国内便宜很多。"

"是啊，"安妮叹口气，"但有经济实力也并不代表做人就有底气啊。记得刚来时，我家周围有家中餐馆，我先生曾跟我说，那店里的香港老板一句英文都不会讲，可他还是在这里娶妻生子过了三十多年。现在呢，我又遇上过英文讲不出几句的国内来的小留学生，他们在这儿逃课、买出勤率、找男女朋友、租中文影碟、打中文游戏，过得滋润得很，可他们的父母还希望他们最不济也能学一口地道的英文呢。"

"阿姨，不能这么说呀。"宁宁的兴致来了，探头向前，"我给你讲个我们同学说的笑话啊。我那个同学刚来时英文很差，总张不开嘴，很自卑。圣诞节打折的时候，他看中了一款名牌表，可柜台里打折的标签摆得不好，他搞不明白他喜欢的那款是否有折扣，就趴在那儿看。售货员主动招呼他，他都打怵不敢讲话。结果没一会儿也来了个亚洲人，人家站在那儿，一句话都不讲，朝售货员指了指其中一块表，然后伸出大拇指朝后一跷，后面立马闪出一个他的跟班，英文流利地替他跟营业员细聊起购买事宜了。我那个同学说，他很受伤，他说那个不知是中国人、日本人还是韩国人的人，朝后一跷拇指的样子简直太酷了！"

安妮没笑,她的脸一下子拉长了,脸上的表情也变得非常严肃。"你瞧,"她冷冷地朝热火朝天讲笑话的宁宁说,"你们这代人连评价标准都跟我们不同了。"

宁宁顿觉自己说错了话,想解释却无从说起,坐在那儿非常尴尬。

安妮也没再说话,而是扭头看院子里的各色人等。天色彻底黑了下来,人们陆续撤到屋子里或离开,院子里渐渐冷清下来。"你刚才叫约瑟夫什么?"过了一会儿,宁宁听到安妮在轻声问自己。

"Ho 先生。"宁宁迟疑着,"我发音不准是不是,阿姨?"

"是何先生,如何的何。"安妮纠正她。

"啊?原来是这个字。我琢磨过这两个字母翻译成中文到底是什么姓,还想过或许是胡先生呢。"

"广东方言里'何'就发这个音,算是约定俗成的音译吧。"安妮淡淡地说,"何先生的中文名字叫何林,他是个很有想法的人,在国内做学问,来英国后没能把学问继续做下来,为讨生活就开了家餐馆,先在自己的小天地里把自己的想法实践起来。当然,他的想法还有许多,比如,为什么中式快餐就不能像麦当劳一样卖遍全世界?为什么外国人到我们中餐馆吃饭,使用筷子的概率要远远低于到日式餐馆用餐?仅仅是因为我们太客气、太包容?"笑意终于又慢慢地泛上安妮的嘴角,然后一直延伸到眼里。安妮眼里仿佛有盏灯似的再次被亮亮地点燃了:"不过这个何先生啊,他可是只有在讲英文的时候,才能找到当老板的感觉。"

"哈哈。"安妮的说法惹得宁宁也笑起来,她的眼前又浮现出何先生一边抑扬顿挫地讲英文,一边阔步疾行的样子。

"是不是我们这一代人的想法和做法都太沉重,就显得好笑?"安妮脸上的笑意慢慢散了,"其实我倒觉得,真要说起来,你们这代人一生下来就老了,你们脑子里的条条框框其实不见得比我们年轻的时候少。"

"阿姨,"宁宁急得都站起来了,"我……"

"我没有责备你的意思,小姑娘,"安妮的表情显得有些愁苦,白亮的脸上细密的皱纹也越发明显,她坐在那儿,叹了口气,怕吓着宁宁一般,表情和声音都变得温柔许多,"你刚来不久,而你周围的大多数同学也都把这里当成一个暂居的地方,想法可能就会少些。像我们这些因为各种各样的原因留在这儿的人,就很容易把自己跟周围的人比来比去,毕竟我们和周围的人有那么多不同。你刚才看到的很多跟你年龄相仿的孩子,那些BBC,他们大多数都是在这儿出生长大的,更不容易。学校教育是西方的,可家庭教育又是东方的,他们在两种文化的夹缝里成长,在其中摇摆,偶尔还会忘记自己跟周围人的不同。但那怎么可能?"

"我宿舍里有个姐姐,在这儿五年,不想回去了,她说她喜欢这里人和人之间的疏远,说疏远代表尊重,是一种境界。"

"西方人也不是不讲亲情的啊。我的体会是,无论东方还是西方,人和人之间最根本的观点应该都是一样的。比如对自己和周围环境美好关系的期待,比如对幸福、痛苦、成功、失败的理解等等,不可能有太大不同。要说不同,可能还是一些方式方法吧。你那个姐姐的感受,我觉得可能还是作为一个异乡人在这儿获得自由的感觉吧?"安妮的嘴角又开始上翘了,她朝宁宁转过脸来,目光炯炯地直视着她道,"问题是,你那个姐姐确定自己是真的喜欢吗?再过几年也还会喜欢?你们这些孩子到底跟我们是不同的,你们更轻松。你呢,小姑娘,你也喜欢自由自在地生活在这异国他乡?假设一下,今天在这儿遇到的人,以后就再没机会见到了,你会不会觉得难过?要知道,在海外生活,这样的情况可是太普遍了。你生活的圈子里会有太多的过客,每个人都在走自己的路,那么多的人,你第一次见,非常可能也是你此生最后一次见。"

7

安妮说得没错,那以后宁宁就再也没见到过她了,但宁宁后来却时常想起她来。当然了,听了安妮一席话,宁宁开始好奇到底是谁拿了柜上的钱,以及谁打的小报告。

但怎么问呢?宁宁不想搬弄是非,然而搬弄是非的人就生活在自己周围,在无法确定是谁之前,宁宁知道自己的打工生活永远都无法轻松愉快。

越这样想,宁宁越能感觉到自己打工环境的恶劣。当然,大家表面上还是客客气气的,可她觉得自己第一天来开工时的心情再也没有出现过。餐馆本来就不大,在其中做事,低头抬头间,宁宁总感觉自己周围那一张张脸的后面还藏着另外一张脸,诡秘、险恶。虽无意做福尔摩斯,但宁宁觉得自己总得谨慎自卫。

"我们这儿也安监控了吗?"

有一天,约瑟夫、安吉拉、玫瑰三个人都在,宁宁终于勇敢地挑了个头,想把这问题开诚布公地摆出来。

这头开得过于迂回,宁宁别有用心地铺展开来,却无人在意。那时大家都在收拾,准备闭店,各自忙碌着。宁宁于是加重语气再来一遍,这次,玫瑰接了话。

"有啊。那儿不就贴着 CCTV ON OPERATION 吗?"正低头扫地的玫瑰直起腰来,指点宁宁看贴在窗上的那张白纸,"你是不是也觉得 CCTV 这个缩写有趣,我刚来时还以为满大街都有中央电视台在工作呢。"

"不是,我是说监控我们柜台的机器。"宁宁咬着嘴唇,又向前推进一步,弯弯绕绕只想探个虚实。

但她很快发现大家表情都不对头了，三个人都从各自的忙碌中抬起头，朝她看过来，目光里满是密密麻麻的惊讶、疑惑，甚至还有戒备和敌意。宁宁在心里谋划这次出击时，曾想过不会有直接答案这回事，但总觉得每个人的反应甚至表情都是可以提供答案的。可现在怎么成了这个样子？现在看来，她眼前的三个人似乎已在瞬间结成同盟，他们分明要一起来对付自己了！自己真的要孤军作战吗？面对这众多目光复杂的打量，宁宁的心狂跳不止，不得不败下阵来，把那几句她事先考虑好的话嘀咕出来："是我宿舍里一个姐姐跟我说的，她说很多店里都装监控。"

"你真傻，管那么多闲事干吗？要是传到安妮耳朵里，指不定她会怎么笑话你呢。"被宁宁情急之下拿来做挡箭牌的学姐，后来听说宁宁这样多嘴，难免又教训了她一通，"你呀，到底是年纪小。这是你的第一份工作，有利益关系，加上又被A、B、C地量化得那么清楚，所以你才会反应如此强烈吧？在人堆里讨生活心累，应该就是让你这种爱管闲事的人给搅和的。你懂不懂不较真、不乱探究是对别人的尊重啊？"

学姐很生气，不过也只训了训宁宁而已。对此反应强烈的是玫瑰，宁宁记得，自那之后玫瑰变了。哪怕她们一起做事，宁宁热情地故意东拉西扯，玫瑰都不怎么搭理她了。玫瑰这态度激怒了宁宁，让她越发想探个虚实，最开始，她问的是托尼。

"苏珊到底是个什么样子的人？"

"苏珊，能干的人呗。"

"不是，我是说，长什么样子，有没有意思之类的？"高高胖胖的托尼总显得忠厚可亲，跟他讲话，宁宁觉得自己大可百无禁忌。

"呵呵。"估计是想起了有意思的事，托尼眼睛油亮地笑了起来，就好像有意思的苏珊此刻正有意思地站在他面前一样，"苏珊吧，其实就是我们东北人，可能是因为总在各种各样的中餐馆打工，她不好好讲话,爱装成广东人的样子。比方说,她把老外叫成鬼佬,说话爱拉长腔。那些鬼佬啊,不在乎钱的啦……"托尼一只手掐腰,另一只手扭动着,矫揉造作地学了一句,没学完就揉着肚子笑弯了腰。

"那苏珊为什么离开?到底怎么回事?"宁宁没觉得有什么好笑,只去推托尼,让他快讲。

然而托尼却不笑了,他直起身,脸上的表情瞬间变得复杂起来。宁宁有些愣,但还是盯着他,她自己也说不清楚,问托尼问得如此直接,没任何弯弯绕,是因为凭直觉觉得托尼是可以相信的,还是因为她对自己上次可耻的弯弯绕提问感到了失望?

"这就是你那天当众问柜台上安没安监控的原因?"

宁宁没想到托尼也知道了不久前自己拙劣的提问,那时托尼没在场啊,他是怎么知道的?抬起头,宁宁看到自己印象中一向宽厚可亲的托尼,脸上的表情竟满满地全是刻薄:"你就那么想知道是谁举报了苏珊?"

"我总得知道自己身边谁是小人!"

"小人?你咋不觉得举报的人是坚持正义呢?再怎么说,偷钱总不是啥好事!"托尼瞪着宁宁,话说得一句比一句难听,"我跟你说,你不过就每个周末来一天,只见过我们其中的几个人,你别跟着乱掺和!"

是的,宁宁直到今天都清楚地记得,托尼说的是"我们",很显然,他把宁宁放在了对立的位置上。托尼眯缝着眼睛,很不屑地瞪着宁宁:"我想知道,我这么提醒你,是会让你放弃瞎打听呢,还是兴趣更浓,更要知难而进呢?"

"如果你是我,不见得你就比我的好奇心小!"宁宁压抑不住心底的火,她被托尼的冷嘲热讽激怒了。

"我正想告诉你,我是宁愿自己啥都不知道的!"托尼似乎比她还要生气,"你们女孩今天好成一个人,明天又坏到要互相告密,真麻烦!"

宁宁后来也问过安吉拉。那次店里只剩下她们俩，宁宁努力把话题往那方面引。

"玫瑰和苏珊的事，我才懒得管。"安吉拉表情很不爽，"我只周末上班，很少碰到苏珊。当然，她俩没闹翻前，偶尔会调班什么的。苏珊比我们都大，也比我们能干，哪像玫瑰，玫瑰可能是从小在家太受宠了吧？你父母是不是从小就让你做家务？反正我是，我读小学的时候，我爸妈常出差，就我跟保姆在家，保姆只做规定的事，什么都是我自己操心。"安吉拉不是不爱讲话，只是一讲话，远兜近转，她总会扯到自己父母身上去。

"我以前以为打工只是干体力活，真没想到会这么复杂。"宁宁跟安吉拉开始抱怨。

"人堆里哪能没点儿事呢？更何况还有利益关系。"安吉拉大有深意地看了会儿宁宁，才讲出这句话来。

"不知道为什么，现在玫瑰很讨厌我。"

"宁宁，"安吉拉终于俯身过来安慰她了，"玫瑰可不是对每个新来的人都热情的，我觉得她对你够好的了，你不要不知足。要我说，玫瑰这个人坏是不坏，只不过有点儿骄傲。很多事，玫瑰不解释，是不屑于解释。"

"那苏珊的事，是冤枉她了？"

"这个我不知道，"安吉拉面露不悦，但到底还是给了宁宁解释，"我听我妈说，小方阿姨的原话是，'一个巴掌拍不响，住在店里的那些女孩，谁都有问题。'你可能不知道，那次被开掉的不止苏珊，还有两个马来西亚女孩。要不能再招工吗？要不你能来？新招来的人，也不止你一个。你一周只上一天班，很多人都见不到就是了。至于玫瑰和苏珊两个人后来怎么闹掰了，我也不大清楚。我觉得，玫瑰她应该只是被搅和进去了吧？玫瑰跟我们是不一样的，我们每周只打一天工，收工就走，玫瑰她们可是一周连着干好几天，吃住都在店里，天天都要混在一起的。丢钱的事，约瑟夫很恼火。你记得以后千万别再乱问了，约瑟夫很反感的。"安吉拉告诫沉默不语的宁宁。

宁宁在约瑟夫店里打工还不到三个月，她国内的父母又帮她联系了新的寄宿家庭，让她再搬过去住，她也没敢跟父母提打工的事情，只能匆匆辞了餐馆的工离开。一年后，她的语言学习结束，也就离开了伦敦，和那里的人的联系就更少了。

不过当时大家都用MSN，虽联系不多，但每逢过中国年，大家还是会互发贺卡彼此问候一下的。约瑟夫店里的各位同事，宁宁后来虽然没再见过，但还是都知道消息的。大家后来都离开了伦敦，安吉拉走得最远，因为她父亲在英国的任期结束，后来他们举家搬去了美国。托尼后来去了卡迪夫，他在那儿读完了研究生才回国的。而约瑟夫、安妮等人，宁宁每次写贺卡总托安吉拉问候他们，安吉拉也只礼貌性地致谢，没讲过他们的事情，估计他们的日子一直按部就班，以致乏善可陈吧？

只有玫瑰同她没有任何联系。宁宁的MSN上，玫瑰一直都在，却一直黑着，从不在线的样子。可说不上为什么，宁宁一直都不舍得删掉她。

2007年圣诞节前一个周末的晚上，宁宁同国内的父母视频聊天，突然一眼扫到玫瑰的MSN签名："终于决定要回国去了，新老朋友们，请为我祝福吧！"

玫瑰以前有过签名吗？这行字是什么时候出现的？宁宁有些迷糊，但继而兴奋起来，虽然玫瑰的小图标依旧黑着，宁宁还是打开对话框，留了一句言："你是玫瑰吗？祝愿你回国后一切都顺顺利利！"

她刚把这段文字发过去,对话框就一闪一闪地亮了起来,原来玫瑰隐身在线。"你是宁宁?家住西安,跟我一起在伦敦桥下的那家快餐店打过工的宁宁?"

"是我啊,玫瑰姐姐。好久都没有你的消息啦!"

于是,她们开始聊天。"具体哪一天走?都收拾好了没?回国的工作有着落了吗?"宁宁打字速度快,稀里哗啦一问问出一大堆。

"我男朋友提前预订了这个周六上午的票,因为他签证那天到期。他是公派来培训的,所以还得回原单位。我的工作现在还没找好,不过,反正他也是回上海,先回家再慢慢找吧。"

"嗯,我有个同乡学姐,前年回国的,现在也在上海呢。我一会儿给你她的联系方式啊,或许能帮你提供些信息。她做猎头的,好像做得还不错。你有印象吗?我记得我跟你说过她的,她喜欢模仿好莱坞大片里的女主角说话。玫瑰姐姐,你决定回国,是为了男朋友吗?"

"对啊,当然了。"

"你知道,我一直有个心愿呢,我一直希望能有机会见到你的男朋友。"

"好啊,我发个照片给你。"

过了一会儿,玫瑰的照片发过来了,是玫瑰跟一个看上去似乎比她年纪大不少的细高男子的合影,像是在快餐店里,两人各自端着一份鱼加薯条套餐在吃。玫瑰看上去显得比当年还要瘦弱,人也黑了不少,偏偏还穿着一身黑衣黑裤。

"你越发苗条了,玫瑰姐姐,"宁宁斟酌着词句写道,"乔我是第一次见,比我想象中要年轻许多。我一直都记得呢,你说,乔是你的 Mr. Right。"

"他不是乔,宁宁,他叫杰夫。"

宁宁尴尬地愣在那儿,她觉得自己该回复点儿什么,而且最好能够赶紧回复。可是,她越急越不知道该回复什么。

"乔早就回国去了,我大学毕业那年,也曾想过回国,还在西安待过一阵子呢。可后来,我们分手了。不过乔是个好人,西安也是个如今我一想起来就觉得温暖的城市。对了,宁宁,我从来没告诉过你吧?乔就是你们西安人。现在你知道为什么我对你印象那么好了吧?"玫瑰的回复很快来了。

"对不起啊,玫瑰姐姐。"宁宁窘极了,"你当时说起你男朋友,你们关系那么好,所以我一直希望能见到。刚才,对不起啊。"

"没有啊,宁宁。这次你不问问我为什么跟乔分手?杰夫是个什么样子的人?我和他是怎么认识的?我记得你是个好奇心很重的人呢。"

"对不起,当时我太小,什么也不懂。"宁宁简直不知道说什么好。可玫瑰却显得非常大度:"没有啊,宁宁。真的,我真没有生气,其实我自己何尝不是好奇心重的人呢。记得我刚去那家快餐店打工的时候,安吉拉还告诫我说不要做包打听呢。"

"安吉拉一定认为我是包打听吧?"

"没有,安吉拉不是喜欢背后议论别人的人,除非是抱怨她妈妈。别看她比我还小三岁,可她从小就跟父母走南闯北,比我们俩都成熟多了。我今年二十七了,可还觉得自己不成熟,不独立,过于依赖别人,想想四年前,就更是了。一想起从前,真是傻事一堆啊。宁宁,你还记得吗?有次上班,我们俩还一起唱过歌呢,是那首《伦敦桥要倒了》,记得吧?"

宁宁怎么可能会不记得呢?

那正是她去约瑟夫店里打工第一天发生的事。那天晚上,大家都在忙活着打扫卫生闭店,她出去收摆在店外的菜单牌。看到掩映在夜色里的伦敦桥,她突然来了兴致,转身去问玫瑰和安吉拉:"你们小时候都听过那首歌吗?伦敦桥要倒了……"

她的兴致把玫瑰的兴致也调动起来了，正拖地的玫瑰也跟着她哼唱。两人一曲唱罢，还意犹未尽，宁宁又讲起自己小时候的困惑，玫瑰也兴奋地跟着附和："是呀，我也奇怪过呢，这歌到底是怎么回事？为什么一个小孩子要兴高采烈地去诅咒这座桥倒掉？"

最后还是约瑟夫站了起来，慢条斯理地解释说自己以前看过些资料，说这座桥建于两千多年前的罗马时期，据说这段河面是整个泰晤士河河道最窄的地方，且水又足够深，可以让海船驶进来。罗马人便最早在这里建了泰晤士河上的第一座桥，开始是用木头建的，后来英格兰国王为防止丹麦人入侵还下令烧毁过它，然后它又经历过伦敦大火、战乱，不断被毁坏，又不断被重建。现在我们看到的这座桥是20世纪60年代建的。

约瑟夫说的是英文，宁宁听不大懂，安吉拉就大体给她翻译了一下。可有什么用呢，翻译完了，宁宁的疑问也还是没有真正得到解答。

没准它当年曾是一曲悲伤的歌呢！没准是入侵者唱的呢！

今天的宁宁已经对身边的很多事都失去好奇心了，正如不再像年少时执着地想探究这首歌的含义一样，很多事如今宁宁根本就不觉得是事了，或者随便找个解释，就可以心平气和地接受了。

那天在MSN上偶遇玫瑰，她们聊到很晚，说了一大堆感怀和祝福的话，最后两人才依依不舍地下了线。

没想到那竟然是宁宁跟玫瑰最后一次联系了。从那以后，宁宁再也没有联系到玫瑰，宁宁不止一次留言，都没再收到玫瑰的任何回复。

为什么玫瑰回了上海就不再联系自己了呢？宁宁为此疑惑过，但很快就忘了这一切。或许是忙吧，偶尔想起，宁宁总会跟自己如此解释，大家都那么忙，就跟我一样。

直到今年冬天，在网上看到我贴出来的玫瑰在伦敦自杀的消息，宁宁的好奇心才又重新变得旺盛起来。

"自杀这种事发生在玫瑰身上，其实不难想象。"宁宁后来跟我谈对玫瑰故事的看法，神情很自信，"毕竟玫瑰就不是个很成熟、很独立的人，再说她似乎还有些情绪化。"

"你真这么认为？给我说玫瑰故事的人，可都不是这么看的。有个女孩，在她眼里，玫瑰是个非常成熟通透的人。"

"真的？"宁宁略一停顿，眉头扭动着皱了起来，然而她的脸很快就舒展开来，"就像人看到的世界都是有限的一样，我们看到的他人也是有限的。我不敢说自己了解玫瑰，但我敢说那个女孩，她一定也不完全了解玫瑰。"

"嗯，那当然。"我点头，想起温蒂跟我说过的，她之所以愿意给我讲玫瑰的故事，是希望可以从我这里得到更多的关于玫瑰的信息。我相信，温蒂肯主动联系我，一定也是因为对玫瑰、对自己都有着想深入探究的意愿。

"我还有个疑问，"我忍不住想听听宁宁的看法，"给我讲玫瑰故事的人，竟然都是在伦敦遇到的她，其实大家都知道，玫瑰是在苏格兰念的大学，还在阿伯丁待了那么多年，为什么这两个地方的人我一个都没找到？"

"可能是因为玫瑰在苏格兰时不叫这个名字。"宁宁回答得很快，还没等我反应过来，她又解释，"好歹我在英国干了这么多年的人事工作，这一点你尽可以相信我。你知道的，不少中国人在海外，都使用英文名，可你别忘了，这个名字不过是他随便起的，毕竟不是他护照上的真实姓名，要是有一天他又心血来潮改了名字，那你就很难再在他从前的熟人圈子里找到他了。"

"不会吧？2006年在伦敦街头，对，就是在皮卡迪利大街，我记得很清楚，当时我跟我同学一起逛街，在那儿遇到了玫瑰，那个时候她还叫玫瑰呢。"

"那是因为她又回到了伦敦自己的熟人圈子里啊。也许在苏格兰，玫瑰有另外的英文名呢。"宁宁依然是不容置疑的口气。

"不好意思，我们不争论这个，我只想冒昧地问你一个问题，如果不喜欢，你完全可以不回答我。宁宁这个名字，是你的本名吗？"

"当然了，这没什么不能问的，我甚至可以给你看我的护照。宁宁就是我的本名，呵呵，是我父母起的。首先，我父亲姓宁；其次，虽然出生长大都在西安，可我母亲是南京人，所以，宁宁这两个字，有我父母两个人的心思在里头。我刚到英国时，也觉得跟老外打交道，他们叫我的名字费劲不方便。可那时候我们班一共15个中国学生，老师一节课给起出了12个英文名，当时我就非常生气，觉得自己不能容忍那样轻易地改换名字。所以直到今天，我一直都没有英文名，一直都在用宁宁这个本名。当然了，也正因为如此，我的朋友无论何时何地想要找到我总是不难。"

"嗯，"我点头，心里却很沮丧，"可我非常想知道玫瑰在苏格兰时的样子。"

"凡事不可过于执着。"宁宁朝我歪头一笑，"事出一定有因，可这世上并非所有的因，都是像你我这样的凡人有本事发现，或者说理解的。"

"就像《伦敦桥要倒了》那首歌？"

"是啊，就像那首歌。"

第五章　小娣

2013 年 11 月底，我突然接到一个私信留言，它来自跟我见面后一直杳无音讯的温蒂。温蒂告诉我："你在××网站的帖子，第二个跟帖的人是玫瑰的表妹，你联系联系她，应该能知道更多关于玫瑰的事情。"

我有些犹豫，但还是问出一句："你是怎么知道的？"

"别忘了，我外婆家跟玫瑰家住得很近，我看了那个人空间里的照片。她应该就是玫瑰的表妹，我记得她好像有个乳名，应该叫小娣，一般不会错，不信你问问。"温蒂答复道。

于是，我试着去联系那个跟帖的人。这个人跟帖跟得很早，也问过我一些玫瑰的生平细节，但问过之后就没了下文，既没说自己认识玫瑰，也没说要跟我见面之类的。

"有人说你是玫瑰的表妹。"我私信她，单刀直入。

好几天后她才回信："别问我，我真的什么都不知道。"

"也不关心吗？"

"那倒不是。"

这条留言过后，又过了两天，她在线联系我："你到目前为止见过多少认识玫瑰的人了？"

我不提具体名字，只据实相告自己见过的那些人，以及他们跟玫瑰的关系：玫瑰的小学同学，初恋男友，和她一起合租的大姐姐，一起打过工的小妹妹。

这下她终于表示愿意跟我聊聊了。可她说，我们没法见面，因为她目前还在伦敦，而且她也不同意视频："我只聊自己知道的表姐的事，你没必要认识我的呀。"她态度很坚决。

那她如何让我相信，她所讲的就真的是玫瑰的故事呢？

我把自己的这种担忧告诉了她，她的态度反倒好了许多，她噼里啪啦打了一大段汉字发过来给我："真的非常感谢你这么认真，也希望你能体谅我的心情。你或许不知道，我姨妈姨夫自打表姐出事后，一直都拒绝任何采访。对这一点，我非常能理解，因为我自己也有这种体会。可能是因为我在伦敦，刚来时又在表姐那里落过脚，表姐出事后，仿佛我就有了不可推卸的向亲戚朋友甚至小报记者讲述表姐故事的责任。我对此非常反感，而且慢慢发现，在自己周围的熟人当中，包括我父母在内的有些亲戚，表面看来是对表姐的事感兴趣，其实是旁敲侧击，想要干预我的自由生活。而另一些人呢，他们的猎奇心理让我感觉到人心的残忍。"

我表示可以理解她的心情，但为了确定她真的是玫瑰的表妹，我又问了她几个问题。她很配合地迅速回复了，且回复的内容同我那时掌握的信息基本吻合。

"玫瑰1997年冬天做过流产？"

"是。不过表姐没出事前，包括这件事在内的很多事我都不清楚。因为表姐出事了，很多原本是来向我打听消息的人，反倒给我讲了不少让我吃惊的事情。你说的这事，是有一次回上海我听我小阿姨讲的。我母亲她们姐妹四个，玫瑰妈妈是老大，我母亲老三，所以我的这个小阿姨，同样也是玫瑰的小阿姨，她是个妇科大夫，她告诉我她当年曾帮玫瑰做过流产手术。"

"玫瑰有过一个西安的男朋友，叫什么名字？"

"好像姓张，名字我不知道，我是听我姨妈一个自小一起长大的小姐妹说的。那个阿姨说，2004年，玫瑰大学毕业那年暑假回国，曾跟她父母玩过一阵失踪。后来向表姐一个中学同学打听，才知道原来表姐在跟一个西安的大学老师谈恋爱，好像表姐还没读大学时就认识了这个姓张的，两个人谈了好多年。姓张的好像是在爱丁堡读博士时跟表姐认识的，后来又去那儿做过访问学者。那阿姨后来陪着我姨妈专程跑了趟西安，才算彻底摆平了这件事，把表姐接回了上海。听那阿姨说，姓张的很斯文，品质应该是不错的，不过人家是有家室的，据说我姨妈一见头就大了。表姐回到上海不久，又张罗着要回英国，但以前的签证过期了，只好以读研为由，重新申请了签证出去的。"

"玫瑰后来还谈过一个叫杰夫的男朋友？"

"是的，这个人我见过。2007年圣诞节假期，我们三个人一起结伴回的上海。我是2006年冬天去英国读研究生的，初到时曾在表姐处落脚，然后2007年9月搬了出来。在表姐那儿住的时候，我就知道表姐身边有不少男孩追她。但表姐这个人，很难轻易相信别人，我感觉她对那些男孩都没什么诚意。我想杰夫应该就是那众多男孩中的一个，他们应该是在我搬走后才谈起朋友来的，反正在那之前我从来没听说有这么个人。那次我们搭伴一起回国，杰夫给我的印象很闷，年龄似乎比表姐大，反正人显得很老成，不大爱讲话。据表姐说，杰夫是公费去英国培训的,那次是培训结束要回国工作。我当时还以为表姐跟我一样,也只是回国休假。表姐出事后,我才听姨妈说起,表姐那次回国是不打算回去了,想跟杰夫一起留在上海,结果找工作时两个人闹翻了,表姐才又一个人回到伦敦。其实如今回头想想,那次我们一起搭伴回国时,我就能感觉到,表姐跟那个杰夫的关系并不很好,至少对他们俩将来能否走到一起,表姐心里没有底。"

"玫瑰出事前,难道就没联系过你吗?毕竟你也在伦敦,而且你们还是表姐妹。"

"我表姐不是个热情的人,当然了,我也不是。"这次她回复得很慢,过了好一会儿她才打了这行字过来。然后她又跟我解释,尽管后来她已不跟表姐一起住了,但她们姐妹俩倒是一直都有联系的,不过仅见过一次面,就是2007年圣诞节结伴回上海那次,其余全靠打电话。电话打得也并不频繁,彼此都是报喜不报忧。

聊天的过程中,我发现玫瑰这个表妹一直很谨慎,她总是避免过多谈及自己,尽量不透露自己的信息给我,甚至名字都不肯说。

于是,书写她和玫瑰的故事,我也只能按照温蒂的说法,在文中称她为"小娣"。

小娣讲给我的,是2007年夏天时的玫瑰。那时,玫瑰在伦敦正经历着身边一个叫阿剑的同学的非正常死亡,也正为自己到底是该回国,还是继续留在伦敦而犹豫。

1

关于阿剑的死,小娣记得,表姐玫瑰是在一次吃晚饭时突然跟她提起的。

那是2007年夏天的一个傍晚。玫瑰突然告诉小娣,说她那天出去跑了一整天,终于找到了同学阿剑打工的那家中餐馆。

"就在滑铁卢车站附近,想想前一阵子我还无数次路过那里,却从来没留心往里面看上一眼,我真是没想到,阿剑后来竟然混在那么个地方。"玫瑰讲述阿剑的死时,表情显得很伤感,可即便如此,小娣也还是能感觉到,表姐并不是真心难过,因为她清楚地记得,表姐在讲这件事时,甚至还能留意周围许多不相干的人,留意他们的表情和反应。

玫瑰告诉小娣,那天她好不容易才在滑铁卢车站附近找到那家中餐馆,循着人声,沿着长长的楼梯下到地下室,面对门口正在擦地板的阿姨自报家门,说自己是阿剑的同学。

照明不良的地下室里除了那阿姨外,另有五六个人在埋头做事,都只默默抬头扫了她一眼,便各忙各的去了。只有一个叫老伍的大厨,过来招呼她坐下。大厨老伍告诉玫瑰,阿剑出事的当晚的确走得迟:"我都收工了,见他还在那儿发呆,就喊他一起走,要不是我,他可能走得更晚。"

玫瑰后来对小娣说,那天老伍跟她讲话时,目光一直频频四顾,始终积极地向周围的人拉赞助,但无一人搭理。但当老伍讲到这里时,满屋子的人都像得了口令似的,齐齐地把目光向她和老伍这边扫射过来。

  回忆走过的路
  使我暗自惊心
  为什么要这样曲曲弯弯
  弯弯曲曲浪费着生命
  如果走成一条直线
  岂不节省许多光阴

现在我才明白

原来步步都在向你靠近

要不这样弯曲地走

我们将会永远陌生

迟速一秒就不再相逢……

那一刻，玫瑰说，她脑子里突然闪过流沙河的这首诗。这首当年由阿剑摘抄给她，用以表达情意的诗，她曾很不屑，可那会儿却让她感到自己的心正沉沉地、闷闷地一下比一下更猛烈地被揉搓击打。

那一刻，玫瑰说她仿佛看到就在自己眼前，在那晦暗、憋闷的地下室里，神情恍惚的阿剑在老伍的吆喝声中站起了身，慢吞吞地攀上楼梯，穿过楼上的餐厅，步入户外的夜色，进出地铁站，最后，在一个街道拐角处，不早不晚、分秒不差地走向一辆迎面疾行而来的结束他生命的黑色陆虎。

"他原是不该的……"玫瑰喃喃地跟小娣解释。

首先，结束工作后再长途跋涉去休息并非阿剑生活的常态。之前他也和那餐馆里的大多数打工者一样，就睡楼上宿舍。只是因为暑期来临店里忙，老板又新招了伙计，住不下，才给另辟了住处。至于为何出去住的是阿剑、老伍等人，众人均不明说，可后来话里话外都透露过相同的意思：肯去的人，无非是在乎多补贴的那五镑钱。

其次，回新住处不仅有地铁，还有公交车。公交车虽慢，却直达，晚上人少，上下车的站点也都方便。地铁却需换乘，途中一折腾，比乘公交也快不到哪儿去。而阿剑他们往返于新住处和餐馆之间尚不足一周，起初他也跟老伍等人同行，但从上次开始，他一出门就撇下工友，径直奔向地铁站。"他说他的地铁票还没到期，浪费了实在可惜。"老伍后来到处跟人解释。

再有，关于阿剑不该如此的理由就更多了。

阿剑原本就不属于那儿。来伦敦，他为的是留学深造，不是打工赚钱。

阿剑早就该离开那儿了。书读完了，他的学生签证也于去年年底到期，但他没续签，如今是没身份黑在那儿。

阿剑其实早准备好了要回国。三个多月前，他就已经预订好了八月底的回国机票，这是大家都知道的。不过，大家知道更多的，是他为回国所做的准备：六月初就开始的夏季打折，他跑得最欢，门槛最精，买回簇新挺括的夹克、西裤、皮鞋，还有最为大家津津乐道的那块劳力士原装瑞士机芯18K金腕表。"回家嘛，总得置办行头，要不怎么说是衣锦还乡呢，"老伍对玫瑰感慨，"等将来我赚够钱回国去，估计也那样。我只怕自己到时候会没出息，不能像阿剑那样舍得下血本。"

这世上本不该发生后来却发生了的事有很多，就像阿剑到底没能穿上自己精心置办的行头如期回国一样，小娣那原本已在人群中和阿剑擦肩而过的表姐玫瑰，只因联系方式被阿剑抄在了随身携带的通讯录上，在这个夏天，竟跑来跑去，要为阿剑料理后事。

"阿剑打工那家店一定用了不少黑工，反正一出事，连老板带打工的，都怕见警察。我们从前那几个同学呢，毕业一年多了，基本都走了，就算没回国的，也都离开伦敦了。在这种情况下，要是我再不管，总说不过去吧？"玫瑰同小娣说这些，细声细气，一句一停，不断用试探的眼神细观小娣的反应，仿佛是在请求小娣不要笑她多管闲事。可小娣何德何能，胆敢干涉她的表姐玫瑰呢？

是的，小娣的表姐玫瑰自幼生得美，加之性情也伶俐乖巧，小时候学习成绩还特别好，处处人见人爱，时时鲜花掌声。小娣这表姐一直是小娣妈妈嘴上总唠叨，平日总让她去顶礼膜拜的榜样。小学五年，年年寒暑假小娣都会被别有用心的父母送去姨妈家小住，为的便是就近观摩这位大她三岁的完美表姐。然而从小到大,小娣一直没能跟她这表姐真正亲近起来。是因为表姐太出色,高不可攀,还是因为她太高傲,待小娣一点儿都不亲热?小娣觉得,这些原因应该都是有的。

要说小娣对表姐有了深入的了解,那得从她追随表姐来英国留学开始。

初到英国,小娣便来投奔已在这里住了快十年的表姐,她曾跟表姐日日相对住过将近一年,综合小娣对表姐的观察,小娣的结论是——这美人,是冷的。

是的,表姐待人冰冷。比如,待阿剑。

初识阿剑,小娣是在表姐租住房子的一楼客厅。她见表姐和阿剑各自守着面前的一杯红茶,相对而坐。

阿剑那天絮絮叨叨讲了不少他从前在上海工作时的旧事。刚上班不久,便赶上公司搞什么管理体系认证,请专家过来给员工讲课。他严阵以待,听得认真辛苦,但却很沮丧。阿剑觉得太过复杂、烦琐,自己混混沌沌无论如何也摸不到边际。可后来真正开始评审,却发现人家专家不过是抽一票业务出来,从业务最初的揽取方式入手,按业务程序依次进入筛选工厂、下订单、跟单、物流等各个环节,依次一项项梳理、审查、核实。

"这真的是非常管用的好办法,后来我读书、做事,常用此法,每每事半功倍。"阿剑言及此,越发忘情,丝毫没留意到玫瑰的心不在焉,"玫瑰,你不是说要慢慢了解我吗?我建议你也如此下手,在我身上先找到一个具体的点,介入……"

自唤出玫瑰的名字,阿剑亢奋的肢体语言没了,像被抽了筋似的,整个身体慢慢绷紧,佝偻起来。与此同时,他说出口的话语也变得含糊、疙疙瘩瘩,然后慢慢地定格成无言的暧昧的笑。

玫瑰也在配合着笑——起初是长时间的眉宇舒展云淡风轻的笑,及至听到对方言及自己,头一抬,长长的睫毛如同栖了一只毛茸茸的蛾子,好端端地突然受了惊,呼的一下猛然腾起,扑棱出阵阵隐约的烟雾,然后,在那烟雾中速度放缓,招摇地、飘忽地画出一道长长的弧线,慢慢地坠落,轻轻地眨动……平日里玫瑰的笑容极少,且总是如此轻微。或许在阿剑看来,玫瑰的笑容里有着令他着迷的娇羞或怂恿的成分。不过,因见识过表姐太多如此这般一对一面对异性诉衷肠的场景,小娣晓得,她表姐玫瑰那会儿对待阿剑的态度,不过是在形式上存了点儿礼貌。

那两杯红茶自始至终都没被二人真正触碰一下,茶一点点地凉去。直至后来,阿剑眼里闪着光、脚下驾着云起身离去。表姐玫瑰则放松了紧绷的面部表情,耷拉起眉眼,迅速起身,端了茶哗的一下泼进废水池,然后放水出来,三下两下洗净了杯子和自己的手,赶紧上楼看书去了。她是一贯如此的,如此忙,忙得有秩序,也忙得见成效。

2

那次为阿剑的忙碌也同样如此,去的第三次,表姐带回一个笔记本。

"我在阿剑出事的地点看到了阿剑老板摆放的鲜花,还有警方留下的寻找目击证人的告示牌。据说他们已经通知了阿剑国内的亲人,他姆妈那边正忙活着办手续过来呢。我们这边如今最主要的麻烦是阿剑没有任何保险,不过他那香港老板人仗义,他说他愿意承担阿剑亲属来英的全部费用,只是要求我不对外声张。"

"哦,"小娣对善后不感兴趣,只对表姐拿回的东西感兴趣,"那也是老板给的?"她伸手便要去抓。

但玫瑰拿本子的手朝上一伸,让小娣扑了个空。"别跟别人说有这日记啊！"玫瑰的表情严肃、凶巴巴的，不过，过了一会儿，她还是耐着性子给小娣解释了一番，"我在阿剑宿舍看到的，没人知道是我拿了。"表姐说完，乖乖地把那本子递到小娣手上，一边递，一边忽闪着大眼睛意味深长地盯着小娣。表姐也太草木皆兵了吧，就算想说，小娣同谁说去？可小娣深知那是表姐要她务必坚守秘密的预先嘉奖，不禁伸手受了这奖，还一迭声嚷嚷出"当然"、"一定"之类的话，让表姐宽心。

  2006年8月11日　阴转多云
  又要开始了。
  开始一段全新的日子。
  一段我心怀忐忑，直到今天还在怀疑自己选择的日子。
  但愿老天眷顾，但愿我有好运气，但愿我如愿以偿。
  也许将来我真的不会对任何人提起这段日子。
  但无论将来我多成功，或多失败，希望我永远不会忘记这段日子。
  新本子写汉字，我要细细记下这段日子的点点滴滴。
  到将来，但愿写在这本子上的每个汉字都可以成为路标。
  带着我，一个人，重返今朝！
  一定要坚持记、好好记！
  加油，阿剑！

  这是那褐色软皮日记本的开篇，再往后翻，格式完全相同，每篇都分日期、天气、记事三个部分。所谓记事，都只几行字，如："第一天上班，累，情绪压抑。觉得目前最难的就是接外卖电话，一碰上有人下单时讲话快就紧张，越紧张越出错！"或是："大厨伍师傅今天和黄太吵架了,他们用广东话高声对骂,要不是有人拉着,都要动手打人了。他们骂的什么我听不懂,却能感觉到他们之间的矛盾一定很深。下午休息时,楼面朱迪悄悄告诉我,黄太是老板的亲戚,千万不能得罪。"

"我们夏天毕业时,阿剑已误会我,不跟我说话了。他的事我都是听同学说的。我知道他也不回国,不过不是跟我一样要继续念书,而是找了一份工,会再留一年。阿剑家境不好,读书时就利用课余时间去餐馆打工,这些我们班不少同学都知道。可这次他编了个离奇的故事,说他在地铁站偶遇一位成功的商人,去过上海,又欣赏他,便帮他推荐了份办公室的工作。可谁能想到他是在撒谎,想到他又去打餐馆的工了呢?"

表姐说完便将那本子从小娣手上拿回来,一边哗啦哗啦胡乱向后翻给小娣看,一边又对小娣说:"喏,记的都是阿剑打工的鸡毛蒜皮的小事,我在回来的路上大致翻了,没意思的,你还是还我吧。"

去看阿剑父母那天下着雨,小娣从学校回来被淋了个正着,只想赶紧上楼洗个澡,一进门却发现表姐正在楼下餐厅等她,要她陪着一同前往。小娣没兴趣,但表姐说:"我总不能让人家觉得我在这儿连个朋友都没有吧?"

"可我是你妹妹。"

"不要!"表姐厉声呵斥小娣,"你要跟他们说你是我同学!"

于是,小娣同表姐玫瑰一起出去乘地铁,走了很久,在机场附近的一家酒店见到了他们:阿剑的母亲、姐姐和姐夫。他们在自己住的房间里接待玫瑰和小娣。很小的房间,想必她们姐妹俩进门前,人家已大致收拾了一下,但也不过是把被子胡乱卷了卷,杂物往一处堆了堆,整个房间依然显得逼仄、凌乱。姐妹俩被他们让到靠墙的一张床上,很局促、很拘谨地并排坐了下来,陷落到满屋子浓烈的方便面味道里,当然，还有久违的熟悉的来自故乡的气息。

"他乡遇故知嘛!"开口讲话的是阿剑的姐夫。他是个活络人，没说几句就和姐妹俩攀起同乡来。阿剑姐夫说他们家自爷爷辈就住上海，如今在闸北宝山路那里，又问姐妹俩的家在啥地方，几岁，来英多长时间等等。

玫瑰显然不想多聊，主动张口提阿剑。那姐夫的情绪便坏起来，嚷嚷道："一个大活人呀，他妈三十几岁就守寡，吃了老多苦头，还让他出洋念了书，马上就该回报父母了呀，难道就这样子白白死掉啦?"

姐夫的不满主要因为没有任何经济赔偿，再就是来这里两天了，主动过来看他们的仅玫瑰和小娣："学校呢？我们阿剑是来念他们书的，他们没责任？工作单位呢？下班路上出的车祸，他们就不管啦？怎么好意思缩起脖子来不露面!"

"你们没去警局？"玫瑰问。

"他们不讲道理，捣糨糊嘛！难道就因为阿剑没走斑马线，就得白死？那么晚了，啥人过马路会有板有眼跑去走斑马线？"

玫瑰试图向他们解释这边法律和国内的不同，说警局提供的路口监控录像已清晰显示了阿剑的违章，而那陆虎车的司机是按规定行驶，没超速，没逃逸，出事后也及时报了警，的确没有任何责任。何况就算赔偿，也该由汽车保险公司赔，学校和餐馆是不可以掺和的，更别说阿剑签证早已过期，目前在那儿属于非法居留。

玫瑰想完整讲清楚这些并不容易，因为不时要被阿剑的姐夫打断。姐夫太能讲，且带情绪，有煽动性，搅和得一向伶牙俐齿的玫瑰好几次都干瞪眼，慢慢地，她的态度也不冷静了。

玫瑰姐妹俩说要走时，屋子里的气氛已明显紧张起来，可此话一出，那姐夫的愤怒顿时收敛了许多。他劝姐妹俩再坐坐，并说自己打算到大使馆和华人留学生组织去呼吁一下，还想请位会讲中文的律师，又说他们请来的翻译太老油条，只想赚钱，多一句话都不肯讲，哪像玫瑰这样讲良心。话里话外，他在暗示玫瑰希望她能陪他们去跑跑。

玫瑰皱眉，说自己忙，没时间。不过翻译她倒可以另帮他们请，费用林先生答应过会负担。至于请律师，人家没提，她得先去问问。

"那林先生自己怎么不来？要当活雷锋？"姐妹俩站起来，那姐夫也随她们起身，嘴巴一刻不停地在抗议。玫瑰不再解释，低头拖过小娣的手就走。

"别忘了你们也是中国人，这样对同胞，亏不亏良心？"她们俩的脚还未迈出门，阿剑姐夫声情并茂的质问就在她们身后炸响，炸得小娣越发惊恐，只牢牢跟定表姐，拉紧她的手。这时她才发现，原来表姐的手冰冰的，也在发抖。

拐出走廊，小娣竟发现阿剑的母亲和姐姐一直尾随在她们身后。

"不要送了，阿姨。"玫瑰转身去握那缩着脖子的老太太伸过来的手。

"你们都是好小囡，好好读书，读完早点儿回家。这里连规矩都跟我们不一样，你们怎么能吃得消？"老太太眼睛一眨都不眨地看着玫瑰，话讲得又慢又动情。她看上去比小娣的母亲要老许多，头发半白，脸上，尤其是嘴巴上方，刻着一条条细细密密锐利尖深的皱纹，让小娣触目惊心。老太太说完这些仿佛憋在心底太久的话，便紧闭嘴巴，不再开口了。虽不再开口，但她始终不肯放开玫瑰的手，瞪着眼睛看她，眼里满满地都是体恤和担忧。她是在以一个来自姐妹俩故乡的母亲的身份嘱咐她们。这让小娣的鼻子发酸，让她想到这位母亲在失去儿子这些天里所承受的煎熬，也让她想到自己那远在上海、一天到晚为自己牵肠挂肚的日渐苍老的母亲。

送至酒店门口，老太太便止了步，佝偻着身子，木讷缓慢地向她们轻轻挥手。但她女儿依旧紧跟着姐妹俩,玫瑰不停地同她客气,请她不必再送。那姐姐看上去也是个木讷的人,只歉意地笑,并不多言,直至走到一个公交车站点,她才在一张交通图前停下来,开始讲话。原来,她是要向姐妹俩打听乘车路线,请她们推荐些便宜点的适合她的购物场所。

"好不容易才出来一趟……"那姐姐边听姐妹俩指图介绍,边为自己的行为羞愧且力不从心地做了解释。

3

第二天下午,玫瑰又让小娣陪她去了餐馆,小娣终于见到了传说中的老伍等人。午饭已过,闭了店,他们都聚在地下室里休息。

老伍是辽宁沈阳人,自报家门说是今年春节后偷渡来的:"姑娘刚上小学,咱就出来给她赚嫁妆了!谁让老婆给生了个本来就该娇生惯养的姑娘呢?咱可不像老李,明明养的是个大胖小子,自己都能出洋读大学,他这做老子的还不放心,又跟着出来,洗衣服、做饭都不过瘾,这不,还得偷偷出来打工帮儿子赚生活费。"

老李是个瘦弱的老伯,洞张着干干瘪瘪缺了颗门牙的嘴,笑骂老伍,说他天生一张惹是生非的臭嘴。

"不说不笑不热闹。"老伍也笑,又告诉姐妹俩这是他第二份工作,刚来时是在中国城给人剪头发,没干俩月,就由朋友介绍到这儿来了,来了就没再走。"我们这儿有个母夜叉,一天到晚胡咧咧,大厨都不知换了几个了!"老伍嘴里不干不净地开骂了,惹得众人纷纷笑他,说黄太不在,他才敢如此。老伍不服,又嚷嚷:"关键是林先生人好,我不计较是看林先生面子。"众人依旧笑,笑过之后,一个福建口音的阿姨叹着气,慢条斯理地点拨他:"老伍,你怎么就知道老板不在乎黄太？开餐馆的，哪个老板不得养个黄太这样的角色方才安心？"

"别的不敢说，阿剑的事，咱林先生办得绝对这个！"老伍并不恋战，高高竖起大拇指，把话题引向阿剑。大伙于是又七嘴八舌地谈论阿剑，说他在这儿是被大家唤作"呆子"的，其实那是爱惜他，都觉得他一个文弱书生，为多赚些钱回国创业，不得已才一天到晚混在他们这些年长且不识英文的老人中间，着实不易。又说起相比如今的大多数年轻人，阿剑这孩子老实厚道。"别看他总是没话，其实人家心里有数，有文化、有涵养的人都懂得让服人，懂得吃亏就是占便宜。"又说起阿剑那姐夫："老板也有老板的难处嘛，人家能想到的都替他想到做到了，他还不识好歹。你们是没见他那天到这儿来收拾阿剑东西时的情形啊，唉……"方才点拨老伍的那个阿姨，朝姐妹俩皱眉摆手，一副旧事不堪重提的样子。

"在他眼里啊，我们这些人都是资本家老板的爪牙帮凶！"老伍说出如此一句，众人哄堂大笑。

林先生是个矮胖、秃顶、戴眼镜的中年人，他双手各拎一个超市大方便袋快步走进来，并不把袋子交给起身来替他拿的阿姨，而是把车钥匙递给她，用广东话嘱咐了她几句，众人便呼呼啦啦起身随那阿姨出去了，没一会儿，又进进出出地搬回些米面酒水来。

玫瑰赶紧过去，用英文同林先生说那天去见阿剑家人的情形。说到翻译费、律师费时，玫瑰向林先生介绍小娣，说小娣是自己的同学，那日同去的，可做证明。

"没必要吧！"林先生突然脱口讲出汉语普通话来，虽然口音很怪，但的确是普通话。本来那会儿林先生正往面前的冰箱里一盒盒地塞冷冻食品，估计玫瑰的话很让他分心，他又把每个盒子掏出来，看了一遍又一遍，才慢慢放到冰箱上上下下不同的地方。

现在讲出一句话之后，林先生连看都没看塑料袋里剩下的盒子，索性一下全掏出来，稀里哗啦都堆到冰箱顶层去了："玫瑰，我相信你才拜托你，你不需要这样。他们要多少钱，你直接说好啦。"林先生拖着长腔，慢慢讲完这些话，就砰的一下猛摔上冰箱的门。那门是玻璃的，满是尘垢和水汽，关上后，越发显得脏乱不洁，内容芜杂得恰似林先生那张显然一直在克制其实早已涨红的脸。

"林先生是广东台山人，20 世纪 80 年代初随父母非法移民去了香港，后来又从香港来了伦敦。这些我也是看了阿剑的日记才知道的，不过，知道归知道，算上这次，我总共见过林先生三次，这还是头一回听他讲国语。"回来的路上，玫瑰告诉小娣。

小娣于是再次表达了对那日记的兴趣，表姐竟同意了，直接就从随身的包里拿出来给她："我以为这次会有机会悄悄放回去呢，没想到他们已经来过了。我想我没资格保留这本子的。"顿了顿，玫瑰又很严肃地对小娣说，"阿剑不恨我的，真的，后来他都想开了。不信你自己看，他在一篇里提到过我。"

2006 年 9 月 13 日　阴，下午有阵雨

黄太今天简直让我都不认识了。她带了外孙女来店里，那小姑娘一直在那儿乱搞。好几次我都想，完了，这次一定完了，黄太准该翻脸骂人了。可没有，一直都没有，黄太脾气好得都让我觉得恐怖，她一整天不管跟谁说话声音都嗲得让人起腻。

她们走后，厨房里两个老阿姨说闲话，说到黄太女儿如今生活的惨状，以及黄太当年嫁女的失算。我在一旁边洗碗边

听，脑子里晃来晃去的全是玫瑰的影子。我想起当初玫瑰说的那句伤我最深的话："每个人性格中都有不同的侧面，恋爱时，人不过是在努力地表现甚至表演优点，是不足以让人相信的。"

我当时被她的奇谈怪论给气疯了，朝她大喊大叫，还骂她变态。

可现在想想，书读完了我都不回去，还舍不得放弃多赚点儿钱的机会，希望回去时能显得更体面些，能让别人都高看一眼。还有，这些天我到处乱跑，给自己和亲戚朋友买打折的东西，我这算什么呢？难道不是在为即将开始的表演做准备吗？

玫瑰如果知道这些，不知又会怎样笑我。

想想自己多可悲，多没意思。

日记本里只有这篇提到了表姐。当晚，小娣一篇篇细读，读到这里，心情纷乱。不过，最让她心绪难平、反复翻读的，是写于去年冬天的一篇。

2006 年 12 月 25 日　晴转阴

林先生今天在家中请客，我和伍师傅过去帮忙。

圣诞节公共交通停了，我们都收拾完后也没能立即回来。林先生可能喝多了，和我唠叨了不少他自己的事。这些事情我之前影影绰绰听别人说过，却是第一次听他本人讲。

他说，他从小就在餐馆长大，开始在香港，后来到了伦敦。他父亲靠一间中餐外卖店供养了他们一家五口。一直到去世，他父亲也只会讲两句英文：一句是问客人堂吃还是带走，一句是问客人要不要加辣。

他说，他曾发誓长大后一定要离开餐馆，后来读书也读的计算机。然而转来转去，最后还是回来开餐馆谋生。

他说，他从前最不喜欢父亲，觉得父亲土，还那么闷，一辈子都没什么朋友，更没什么话。一闲下来，他父亲不是自得其乐地听听评弹，就是守着老婆孩子想想老家的某座山、某条街。可2002年，他真的带父亲回了趟广东，父亲却哪儿都找不到了，又着急，又沮丧，难过得要命，没几天就吵着回来，回来后没多久就去世了。

他说，他是在父亲去世后才感到自己和父亲的亲近。这些年，他说他觉出自己也在慢慢变老，变得越来越像父亲。他说，他如今总有种感觉，觉得自己其实一直以来都跟在父亲身后，走在一条和父亲相同的路上。他说，每次想到这里，他就觉得害怕，怕时间，怕日子，怕衰老。

他推荐我听了曲广东评弹，是简单干净的弹拨乐器伴奏，一个老男人干干的喉音鼻音都很重的哼唱。他后来把那些唱词一句一句翻译给我听：

"思想起，祖先坚心离唐山，不知离乡背井是安怎？心肝疑惑能圆满，这种异乡与咱无同款……

"思想起，故乡是真正好，一日过了一日耕，后来给子孙较清闲……

"思想起，谁人愿意离开我家乡，俺希望可以再回来，时间暂时你得等，咱中国人咱有忍性的人……"

现在，我把自己能记住的几句默写在这儿，依然忍不住落泪。

4

阿剑家人离开伦敦已是半个多月后的事,那次玫瑰并没有邀小娣同去送行。不过小娣恰巧遇上,便央求表姐同去。

阿剑家人早就到了机场,姐妹俩远远地就看到了他们——阿剑母亲怀里抱着什么坐在那儿,身边满是纸袋、行李箱。阿剑的姐夫、姐姐分立两旁,都在来来回回地走,像在翘首以盼。

他们盼的正是小娣的表姐玫瑰,原来买的东西有些需要在机场办退税。时间不充裕,小娣便赶紧陪他们夫妇去,玫瑰就在抱着儿子骨灰盒的阿剑母亲身旁坐下来。

小娣陪着那姐姐、姐夫耽搁得久,回来时时间已显紧张,那姐夫人还未到,便哇啦哇啦远远地催母亲赶紧收拾东西去排队安检。走近些,小娣才发现原来阿剑的母亲没反应,是因为她在同玫瑰相对垂泪。母亲手上,捏着那本日记。

"阿剑配不上你,他没福气。"阿剑的姐姐不知何时也走了过去,一边轻轻拍着和自己母亲拥抱告别的玫瑰,一边哽咽着说了这句话。

那天回去的地铁上,表姐一直在默默拭泪。小娣试图安慰她,可说来说去,说的无非是"别难过,等过一阵子放假,我一定会陪你回家"之类的话。其实,小娣心里很清楚,自己说这些是毫无意义的——表姐每年都会回一次上海探亲,可她自己到底何时才彻底离开伦敦回国去,还是个未知数。

小娣来英国前,曾受了姨妈重托,要帮她打探一下自己女儿玫瑰的现状——书读得怎么样?有男朋友吗?她对将来到底有什么打算?小娣来之后,才发现真的是很难完成姨妈的重托。

首先，小娣没见过表姐有什么固定的男朋友，当然像阿剑一样的男孩子，表姐身边倒是有不少，可表姐待人家都不怎么好，至少小娣觉得表姐根本没有跟人家谈朋友的诚意。其次，在小娣看来，自己的表姐玫瑰可不是爱读书的人，读大学时小娣不清楚。读研究生呢，小娣听表姐的意思，似乎看中的是管理这个专业好毕业。研究生读完呢，表姐又报了 ACCA 补习班，可她如今不是挂科就是缺课。至于将来，那更是一笔糊涂账了。

"现在海龟（归）多得都变海带（待）了，我现在这样子虽然也不好过，可这应该是我如今可以提供给自己父母的最体面的活法了吧。"玫瑰亲口对小娣说出的这句话，被小娣认为是唯一可以答复姨妈对自己女儿疑问的。可这样的话，让小娣如何开口去转述给姨妈听呢？

那天，郊外的地铁一会儿地上一会儿地下地穿行，玫瑰手上攥了张纸巾，一直在低头抽泣。玫瑰软软地靠在椅背上，勾着头，缩着肩，眼睛和鼻子早被折腾得红肿不堪。从小到大，那是小娣第一次看到自己的表姐在大庭广众之下如此不在乎自己的形象。

"小时候，我有很长一段时间都梦想着成为一个电影明星。那时我有个模糊的认识，觉得想当演员，必须得有个先决条件，就是得拥有可以收放自如控制自己情绪的本领。所以，只要难过，只要想流泪，我就赶紧去找一面镜子，对着镜子笑一笑，以此训练自己。拜这训练所赐，长大后，我觉得自己从未真正伤心过。"

表姐曾说给小娣的这些话，那会儿又在小娣的耳边响起，这让小娣的心情越发复杂。小娣丝毫不怀疑，送阿剑一家离开的那一天，她的表姐玫瑰一定真真切切地承受着自己生命中巨大的沉重的悲伤。可直到今天，小娣都说不清楚，当年她表姐那悲伤，是为阿剑，还是为她自己。

两年多后，小娣非常意外地得知了表姐玫瑰自杀的消息，这让小娣越发心绪难平。最初得知那个消息时，她曾噩梦不断，总是忍不住去揣度，选择离开这个世界的表姐到底是怎样的心境。她是因为有了身孕，怕无颜面对家人吗？她选择离开这个世界时，心中有过不舍吗？遇到困难，她为什么不愿意跟家人、亲人，或身边的朋友倾诉呢？

　　小娣如今不喜欢跟任何人提起她的表姐玫瑰，那是因为在小娣眼中，表姐是那么可怜、那么孤单，可怜、孤单得就跟今天的小娣一样。

第六章 凯瑟琳

凯瑟琳是第一个跟我确定要见面讲述玫瑰故事的人,不过她却成了最后一个跟我见面的玫瑰故事的讲述者。

2013年12月初,我接到了凯瑟琳的电话:"我已经订好了往返机票,会在本月22日到北京,然后从那儿乘高铁回哈尔滨,返程订的是2014年1月2日,也从北京走。你看这两个时间,哪个你更方便些?"

于是,12月22日在首都机场,我如约接到了风尘仆仆的凯瑟琳和她的女儿。

出生于1967年的凯瑟琳,大身板,高音量,脸大腮宽,外形很具东北人的特征,不过细看却会发现她非常衰老、憔悴,身材也骨感枯瘪。她套了件长长的深蓝色羽绒服,戴厚厚的近视眼镜,齐耳的短发中分,头发干干的,略一低,便能发现不少白发。而她的女儿,初看身材很像妈妈,却明显比妈妈丰腴饱满、活力时尚。

凯瑟琳之前就告诉过我,她会带着自己的女儿妮妮同来。可接机的时候,我真是一点儿也没想到,那个走在凯瑟琳身后,身穿亮闪闪黑色窄腰小皮袄,化精致烟熏妆,长长的指甲染得黑亮，栗色短发理得像个男孩子的时髦女郎，便是凯瑟琳的女儿妮妮。

"都是为了妮妮，我才大老远一定要跑来跟你见面，聊聊玫瑰。"凯瑟琳轻轻拍着女儿的肩给我们介绍。不过她女儿似乎很反感妈妈如此，脸一拉，眉头一皱，迅速向后撤出好几步，远远逃离出妈妈肢体可以触碰到的范围。凯瑟琳的手便干干地悬在半空中，脸上的表情十分尴尬，不过她倒没说什么，只用手拢了一下自己耳间垂落的头发，抱歉地朝我笑了一下。

后来，我们坐下来开聊。那天，在我跟凯瑟琳的整个谈话过程中，妮妮始终一言不发，但她母亲在开始聊天前就已当着我的面明确告诉女儿，希望她能参与我们的聊天。所以，那天妮妮一直没有远离我们，她就坐在凯瑟琳身旁，高大的身材有气无力地蜷缩在我家的长沙发上。每次朝她看过去，十之八九，我看到的都是妮妮闭着眼睛，紧紧贴在沙发靠背上的沉默坚硬的侧脸。

凯瑟琳给我讲的，是2008年秋天的玫瑰。在伦敦富咸路，凯瑟琳当时是个到处找房子的房客，她遇上了算是房东的玫瑰。

关于凯瑟琳和玫瑰的故事，就让我从玫瑰那个房东身份讲起吧。

1

玫瑰是凯瑟琳在伦敦时的一任房东。不是那种先去租一整套房，再把其中每个房间分租出去，以期多赚外快的二房东，而是那栋房子的真正主人——陈先生的女友，玫瑰代表陈先生处理房子的一切事务。

陈先生是个台湾老头，五六十岁的样子，头发倒没怎么白，可谢顶谢得厉害，据说还患有风湿病，腿脚不利索，偏偏性子又急，加上面部表情僵硬冰冷，所以，嗓门偏大的他，随时一副企图滋事扰民的架势。可只要相处一久，你便能发现，他其实是非常好说话的，尤其是待女孩，别管有多难商量的事，只要有个女孩肯过去跟他讲上两三句好话，他那张沟壑纵横的老脸，立马便如风过沙洲，三刮两扫，转眼间就变得和颜悦色。

陈先生是那栋三层小楼的主人。他自己只住二层一个带卫生间的大房间，其余房间全租给了一些在伦敦求学的中国留学生。他好热闹、有激情，说每每看到这些学生，他就仿佛重返自己的年轻时代。

"某某某，你们知道的吧？原来就住我楼上，那家伙读书时就好热闹，进进出出常吆五喝六，结果怎样？果然给他出落成政界名流。

"谁谁谁，你们听说过吧？其实他年轻时很苦的，寒门学子，只是人品好，总有人帮衬，我都不止一次借过钱给他呢，现在可好，早就身家过亿，成商界精英了。"

据陈先生自己说，他是20世纪70年代末到英国留学的，当年读的是名校伦敦大学玛丽皇后学院，学的是戏剧艺术。想必那段读书时光是他自己心中认定的此生最辉煌、最值得拿出来显摆的经历，所以逢年过节，只要大家凑到一起喝点儿酒，他那张平日总硬生生端起来的面孔便会迅速被酒精瓦解。尤其是脸红脖子粗之后，他是连坐都坐不住的，他一定要站起来，像站在戏剧舞台上一样，昂首挺胸，高声念出许多据说当年曾与他同窗，后来陆续返台的同学的名字，逐一将人家的家里家外、过去将来，点评个没完没了。

他讲的那些人名，凯瑟琳一概不知，以致听过即忘。所以，每每见陈先生如此，凯瑟琳都见怪不怪。她只笑眯眯地坐在那儿，坐腻了便顾左右而言他。

在座中人，倒也不乏听陈先生这番醉汉酒话，直听得瞳孔放大，目光闪亮，以致主动去跟他搭腔问讯的。这样的人，多半是刚来英国留学不久的学生。

现在回想起来，这场景中最让凯瑟琳难忘的，便是玫瑰。

玫瑰的表现直到今天想起还让凯瑟琳心疼——她并不挨着陈先生坐，可她的目光停停落落总绕着陈先生。她紧绷着窄窄的一张小瓜子脸，五官时而皱巴巴地凑成一团，时而又努力着各自散开。她一定希望自己能像凯瑟琳那样淡定吧？可显然太难了，后来她不是把头深深地埋下去，长时间地保持沉默，就是干脆起身悄悄离开餐厅。

凯瑟琳听比自己早来的房客们说，最初大家都不知道玫瑰和陈先生的事，就是因为玫瑰在陈先生醉酒后的不正常表现，才让他们的秘密大白于天下的。

这说法凯瑟琳信，因为玫瑰和陈先生的外在形象实在相差太大。

据其他房客说，玫瑰那年二十八九岁，来英国已十几年了。可一眼看过去，谁会相信呢？单薄瘦小的玫瑰，哪里有一丝成年人的样子？你如何会想到她和陈先生是那种关系呢？

2

那是 2008 年的秋天，凯瑟琳在经历了自己第二次失败的婚姻后，决定重返校园读书。

离婚后，她好不容易熬过了许多恐怖的一念地狱一念天堂的夜晚，所以，申请好学校后，便决计不再一个人住。她一边张罗着把自己的房子租出去，一边四处跟人打听租房子。一天，她偶然听一个住在富咸路南肯辛顿车站附近的同学说起，自己租的房子顶楼有个小房间要空出来了，于是凯瑟琳便央求那同学帮忙去问问房东。

房东便是玫瑰,她主动打电话给凯瑟琳,约时间让她上门看房。

之前凯瑟琳已听那同学说了些玫瑰的事情,然而一进门,见等待自己的是一个白皙、瘦弱、文文静静的女孩,她的心便已软下来不少。

但是那天玫瑰实在表现不佳,始终板着一张脸,沉默地领凯瑟琳上到三楼。站在那间空着的小房间门口,凯瑟琳还未开口表示那房间是否中意,玫瑰就兀自一项项亮出价格。那小小的顶多十五平方米的小单人间,玫瑰把租住条件摆出一大堆。

"租金要每周九十镑,和你同学一样,包水电。不过,有些条件已和你同学租房时不一样了,现在租房都要交一个月的房租作为押金,要等合同正常解除后才能退的。再就是,房租要一交半年,住不满半年,租金不退。另外,签合同时,你记得带张护照复印件来,好附在合同后面……"

凯瑟琳火了,不等玫瑰说完,就仰起脸,眼睛一眨不眨地去瞪她。开始玫瑰还能继续讲话,后来终于住了嘴,站在那儿,跟凯瑟琳面对面一言不发地对视僵持了好一会儿,最后,还是玫瑰先把目光错开。玫瑰梗着脖子,朝向一侧的墙壁,高高挑起眉毛,轻声道:"就这条件,爱住不住。"

"我记得你们这儿的房东是一位姓陈的先生吧?"凯瑟琳狠狠地直视玫瑰,刻意加重语气,道,"我这个人租房子,只见真正的房东!"

"不用费事,我们这儿租房,我说了就算。"这下玫瑰看都不再看凯瑟琳一眼,就这么一边轻轻说着话,一边噔噔噔径自下楼去了。

凯瑟琳出门就给她那同学打电话:"小丫头片子,她这是要租房子,还是找人打架?惹得老娘一大早就生一肚子气!"

同学似乎也有些吃惊,她不知道自己那里租房的条件已变得这么苛刻。"你看好了没有啊?要是真看好了,我就再给你问问。"同学安慰她。

房子其实凯瑟琳倒谈不上有多中意。事实上,从小到大,一直家境很好的凯瑟琳就从没住过那么小的房间,站在那房子中间东张西望时,她的情绪很复杂。不过,要想马上找到一个去中心城区近,去学校交通也方便,对住在那儿的同学也不反感的地方,她深知不易。于是,她就一边请那同学帮着问问,一边继续四处找房。

这期间,那同学没少跟凯瑟琳谈论玫瑰。

她让凯瑟琳不要小看玫瑰,她才不是小丫头片子。同学告诉凯瑟琳,据在那房里住的时间最久的顶楼那位山东大哥说,这栋楼里先后住过不少国内来的留学生,陈先生明里暗里曾和很多女学生暧昧过,但最后都鸡飞蛋打。只有如今这个玫瑰是个厉害角色,她不但公开跟陈先生同居,还让陈先生彻底跟自己的太太闹翻,损失了在路易沙姆的另一处房产,赔给带着一对儿女跟他一刀两断的太太,才最终赢得玫瑰登堂入室,在众人面前以女房东自居。

凯瑟琳的同学说,她感觉陈先生对玫瑰开出的条件也有些吃惊。她不止一次跟陈先生把好话说了一遍又一遍,陈先生估计是惧内,最后不过应了句:"我帮你去跟玫瑰商量一下吧。"可那显然只是个托词,因为话说过很久,也没见陈先生有任何下文。"我看你还是不要再惦记这里了,"同学跟凯瑟琳说,"搞不懂玫瑰又在打什么鬼主意。"

凯瑟琳倒是没特别惦记那里,但找房找得她心力交瘁。她后来搬去了地铁六区,和一些印巴学生住在一起。可没过多久,楼上竟搬进一对讲法语的黑人情侣,他们只要一回来,就把音乐开得很吵,然后两人就腻在厨房里煮那种又长又绿的大香蕉。在那熏得凯瑟琳要背过气去的烂香蕉味里折磨了一周后,有天晚上,她突然接到了同学的电话:"你猜怎样?陈先生今天问我,你是否还要租房?"

三天后,凯瑟琳搬进了玫瑰那栋房子。当然,她交了押金、护照复印件，但并没有预交半年的房租，那是她自己争取的。和她谈租房条件的依旧是玫瑰，玫瑰依旧板着脸，可去之前凯瑟琳早有了准备，她打算单挑出半年房租这个霸王条款好好跟玫瑰理论一番，不想玫瑰这次连机会都没给她。她刚言及于此，玫瑰就点了点头："这个可以不交。"然后，玫瑰面无表情地把脸扭向一旁，一边漫不经心地看着远方，一边撇着嘴轻声问道："就为这个？除了这个，再没别的事了吧？"

3

凯瑟琳跟玫瑰起初相处并不好。不过，如今回头来看，这可能仅仅只是她自己的主观感受。玫瑰其实对所有房客均如此，打照面从不主动说话，说起话来也从没个笑模样，一天到晚耷拉着脸，朝任何人看过去的眼神都冰冰凉凉，仿佛那一栋楼的人，全欠了她二百吊钱似的。凯瑟琳起初很反感玫瑰那副嘴脸，以至于背地里跟同学谈论玫瑰，凯瑟琳都称之为："寡妇脸。"

"寡妇脸一天到晚早出晚归，有时好几天都不见人影，不像是靠傍老头为生的啊。"凯瑟琳说。

"当然不是，"同学朝她摇头，"玫瑰在唐人街干中文导游，你要是想出去玩，可以找她帮忙。上次我爸妈来，就是托她找的旅行社，我妈回来后跟我说，真是给省了不少钱呢。"

"哦，这么说她都能赚钱自立了，可傍老头又算哪一出？"

"为赚钱吧。你隔壁那个山东大哥在这儿住得最久，他知道房东的事最多。你知道现在为什么都是由玫瑰出面租房、收房租吗，那是陈先生的惯例，像玫瑰这样跟陈先生有不正当关系的女孩，不少都拿过这样的酬劳。用陈先生自己的话说，他不喜欢跟低头不见抬头见的人谈钱，所以就把这类事外包给这样的女孩。玫瑰现在只要能比从前陈先生定的房价多租出钱来,都算她自己的,可以塞进她自己的腰包。"

"哦,"凯瑟琳不禁想起玫瑰当初给自己开出的苛刻的租房条件,忍不住摇头叹气,"小丫头片子真傻,赚那么多钱,真那么有用?"

"就是,就是。"同学跟玫瑰年龄差不多,却是在国内读完大学后出来的。她显然很认同凯瑟琳的倚老卖老和金钱非万能理论,一迭声地附和一通,又撇嘴对凯瑟琳笑道:"我听别人说,玫瑰刚搬过来的时候是有男朋友的,叫杰夫,也是上海人,在这儿参加什么培训之类的,不过我只听说过,一次都没见过。玫瑰后来都跟人家回国了,不知怎么又闹掰了,回来以后就跟陈先生搅和到一块去了。玫瑰这个人呀,据说年年都回国休假,来来回回总是大包小包地带很多礼物,平时吃穿用度也根本不像穷人。谁能想到呢,她这样的人,竟然这么没志气!"

可就在那之后不久,一天傍晚,凯瑟琳站在阳台上打理盆栽,一抬头竟看到了一同出门的玫瑰和陈先生。

暮色四合的楼间草坪上,一个身材魁梧、步履蹒跚的老头,一个瘦瘦小小、闷头走路的女孩,他们没有并肩同行,陈先生在前,玫瑰在后。陈先生兴冲冲的样子,起劲地挥舞着双臂,肩膀时高时低、起起落落,他不时停下来回头同玫瑰说着什么。玫瑰却一直垂着头,无精打采地慢吞吞地跟着他,始终保持着一步左右的距离。他比她老那么多!他块头大得足以装下她!他一伸手就可以轻易捏碎她!那情景骤然间刺痛了凯瑟琳,让她觉出了残忍——生而为人,困在这异国他乡,谁没有自己的艰难?胸中起伏着一阵比一阵强烈的钝钝的疼,凯瑟琳瞬间傻在了那儿,眼里的泪慢慢涌出来,又慢慢干了。那天,直到他们远去不见,凯瑟琳还呆呆地站在阳台上,站了很久。

从那之后,她再没叫过玫瑰"寡妇脸"。

慢慢地,凯瑟琳开始享受起在那房子里的生活。公用的卫生间、厨房、饭厅，你能切切实实感受到自己生活在拥挤的人群之中，周围有人气，让你不孤单，让你不知不觉地慢慢适应人群的节奏，渐渐放下自己不愿再回顾的过去，按部就班适应自己当前的生活。慢慢地，你还会发现这人群的好。所有的人都老老实实待在不足以对你构成真正干扰和冒犯的安全范围内。所有的人都在忙自己的事，对别人都没有过多探究的热心和耐心。挤在这样的人群里，你无须费心地委曲求全、自我保护，更无须虚伪、谄媚、看人脸色。赶上有空、有兴致，你随时都可以走进公共区域，和那里的任何一个人随便搭上几句话，碰上有兴趣的话题，你甚至可以借题发挥、嬉笑怒骂。但只要你不开心、没兴趣，随时都可以闭上嘴，只要闭上嘴，你就能迅速彻底地把自己跟周围的人隔开，隔到你自己的世界里。这阻隔严实方便得就好像那扇你顺手就可以带上的自己房间的门。

如果不是因为发生了后来的事，凯瑟琳想，自己一定会像那栋房子里的大多数人一样，永远都安闲地待在自己的房门里。

4

那件事，发生在凯瑟琳住进那栋房子三个月之后。

那是个周末的晚上，凯瑟琳一到周末，雷打不动要熬到很晚，只为跟还在国内的女儿妮妮通电话。

夫妻离异，最不幸的是孩子，不仅孩子会这样想，孩子的母亲更会这样想。凯瑟琳想妮妮，每天都在盼着那一周一次的国际长途电话，但也越来越意识到那通电话带给自己的折磨。她一度尝试过视频聊天，后来自己又把形式调整回打电话。凯瑟琳不知道是自己太敏感，还是女儿妮妮在一天天长大，变得复杂，反正每次通完电话，她的情绪都会很糟，由此引申出来的恐怖联想也越来越无穷无尽。妮妮不开心吗？她对我当初执意跟她父亲离婚,并很快远嫁他乡心存怨恨吗?妮妮如今怎么一说话就绕圈子,讲话的语气也总小心翼翼,越来越像我反感的她的父亲?妮妮长成了如今这个样子,是因为她父亲对她的管教太严吗?妮妮那个由小三越位升级的继母,到底待妮妮如何?他们跟妮妮如何谈论我?妮妮会从周围亲戚朋友那里听到他们讲我的坏话吗?是不是妮妮周围所有的人都在说我傻、冲动,不懂得忍辱负重,结果逼得自己远走他乡,好好的家和孩子拱手让给小三?

心事重重地放下电话,凯瑟琳打算去趟厕所便上床就寝。可一出门,却见卫生间的门紧闭着,里面灯也亮着,这么晚了,还有人没睡?她不得不跑下一楼用卫生间。

那晚一楼客厅里坐着在那栋楼里住得最久的山东大哥,他刚打工回来,在煮夜宵。山东大哥很兴奋,主动告诉凯瑟琳,他老婆这两天就要来陪读了,他这段时间正到处找双人间,就要搬走了。凯瑟琳替他高兴,少不了听他感慨一通。

等凯瑟琳再回到房间,发现厕所里依然有人。顶楼只有两间房,她和那个山东大哥各住一间,这会儿谁会跑上来用这个厕所呢?按捺不住好奇心,凯瑟琳过去敲了下门:"谁在里面?"

里面很快就传来一阵冲水声,水声响过一阵,才有答话慢慢传来:"姐,是我。"

凯瑟琳有些愣,玫瑰?她怎么突然称呼自己为姐?那栋楼里就没人习惯如此称呼,大家都是不拘大小直呼对方英文名,更何况玫瑰和陈先生住在自带卫生间的大房间,自打凯瑟琳搬进那楼里,就从没见过玫瑰跑到顶楼来用公共卫生间。

一阵狐疑后,尤其又闻到一阵腥咸的气味,凯瑟琳不禁有些发慌。"出什么事了?"俯身在门上,她尽量压低嗓音问。

"肚子疼,没事儿。"里面传出来的玫瑰的声音极微小,还飘飘忽忽的，这让凯瑟琳越发放心不下。"要不你帮帮我，姐。"里面再次传来玫瑰微弱的声音，然后，门突然从里面打开了。

凯瑟琳看见玫瑰只穿了件薄薄的肉色的长内裤，已褪至腿髁，想必是撅着屁股来开的门。玫瑰正迅速朝后退，可就这么一退，地面上已长长地甩出了一条暗红的血迹。凯瑟琳眼尖，发现马桶里也满是黑黑的血。"怎么了？"她一句惊呼未及出口，尾音已被玫瑰朝她摇头的姿势生生压成了耳语，于是她赶紧回头去把门关好。

"我吃了药，打胎……"玫瑰蹲在马桶上，怯怯地看着她，小脸惨白惨白的。

"检查过？医生让你吃的？"

"不是，唐人街，中药店。"

"不要命了你！"凯瑟琳用手去摸玫瑰的头，凉凉的，汗津津的。"上医院吧，"她说，"陈先生呢？"

"他下午刚走，三天以后才能回来。一定要去吗，姐？"玫瑰皱眉俯身去按住肚子，嘴里疼得嘶嘶啦啦，"不是全排出来就行吗？"

"出了这么多血啊！就你这体质，还这么晚了！"凯瑟琳慌得已语无伦次，见玫瑰还在那儿执迷不悟不肯挪窝，心里的火顿时抑制不住蹿了出来，"我女儿都十四了，我不比你懂？"朝玫瑰吼过之后，凯瑟琳倒有些不好意思了，赶紧推门跑出去，那是她第一次在异国他乡遭遇这类状况，实在慌得不知如何是好，幸好想到楼下还有经验丰富的山东大哥。

凯瑟琳和玫瑰是被救护车拉去马斯顿医院的。

路上她再次跟玫瑰提到陈先生："你听我的，玫瑰，这种性命攸关的事，不能不跟他说。他有义务承担责任，照顾你。"

"这事不能让他知道。"玫瑰看着她，声音有些哑，她趴到凯瑟琳耳边说,"姐姐,帮我保密好不好?"玫瑰那天上了车后说什么也不肯躺下,只软塌塌伏在凯瑟琳怀里,张口闭口叫姐姐,搞得凯瑟琳很不适应,更搞不明白,怎么这种事她会不想让陈先生知道。但她实在不想涉足太多别人的私事,沉默了一会儿,才敷衍了一句:"所以,你才趁他离开时服药?"

"我也知道药物流产可能会不安全,所以才到公共卫生间去,要不我死在房里,也不会有人知道。"玫瑰声音哽咽,凯瑟琳知道她一定是哭了,却装作没听见,只隔着棉大衣把玫瑰搂得更紧了。

"姐姐,"玫瑰看着凯瑟琳,"我就知道你是好人,因为你是当妈的,你有女儿。"玫瑰的话猛地扯拽出了凯瑟琳的眼泪,她赶紧把脸扭向窗外。这丫头!她不由得在心里感慨,这丫头的确是聪明的!她的话真是一语道破了凯瑟琳的心思,那会儿或许连凯瑟琳自己都没有意识到,她怜惜玫瑰是因为玫瑰可怜巴巴的样子让她想起了自己远在国内的女儿妮妮。凯瑟琳出国那年,妮妮才九岁,刚上小学三年级。"妈妈,你不要妮妮了吗?你一定去那么远吗?要是这次妮妮能选上班干部,没办法告诉你,怎么办?"妮妮哭着喊,那是她最后一次看到妮妮。那时候妮妮如此依恋妈妈;可现在,妮妮要上高中了,每每通电话,她再也不主动跟妈妈讲学校和同学的事了。除了回答凯瑟琳的问话,妮妮那会儿最常说的话是:"妈妈,你好吗?妈妈,人家说你们那儿总下雨,下得人心情都不好。妈妈,你不会也常常心情不好吧?"

在这世上,女孩免不了要沦为弱者。就像玫瑰,她在那一刻表现出来的自以为是的聪明和坚强,只能让凯瑟琳觉出世事的残忍,觉出自己对这个女孩越来越多的担忧和怜惜。强忍着自己内心的激动,凯瑟琳一遍一遍默默地告诫自己:到此为止,千万不可以涉足太多玫瑰的私事,千万别跟这个显然很复杂的女孩搅和到一起。

但玫瑰不知道她的顾忌,玫瑰双手握拳抵在肚子上,疼得不时弯下腰，却也一直断断续续地同凯瑟琳说话："姐，我一直……想跟你解释租房的事，可一直找不到机会……姐姐，你没生我的气吧？租房……不是我成心难为你，其实是我不想让原来住在你房子里的艾伦走，我得想办法好好照顾他的呀……"

"好了好了，玫瑰，"凯瑟琳拍了拍玫瑰的后背，"别说话了，你现在最需要的是休息。"玫瑰太瘦了，伏在凯瑟琳怀里，尖尖硬硬的肩胛骨不时耸起又落下，硌着凯瑟琳的手，更硌着她的心。

"姐姐，"玫瑰猛然抬头看凯瑟琳，眼里涌动着失望和感伤，"相信我，我不是坏人。"

凯瑟琳没料到玫瑰会突然讲出这句话来，这话让她一阵心惊，心里更加难过。"傻丫头，"她垂下眼睑，不再去看玫瑰，"好人和坏人，怎么可能分得那么清呢！"凯瑟琳叹了口气，心里越发慌乱起来。

后来，直到玫瑰住进医院，凯瑟琳去照顾她，她们之间都没再讲过那么多的话。

5

玫瑰住院后的第三天，陈先生就回来了。凯瑟琳听她那同学说，陈先生是去参加他女儿的大学毕业典礼了。刚回来时，他还曾得意扬扬地拿给大家看自己和穿着学士服、手握毕业证的漂亮女儿的合影，不想却被人告知玫瑰住院的消息，他显得很震惊，不过倒也没说什么。

凯瑟琳见到陈先生时，陈先生已经在厨房里煲鸡汤了。

"多亏你啊，凯瑟琳，真要好好谢谢你，玫瑰小产的事。"那天凯瑟琳放学一进门，就见高高大大的陈先生从厨房里一瘸一拐地晃出来，朝她展露他难得一见的笑脸。

凯瑟琳却很尴尬，玫瑰流产，她连同学都没告诉，对所有人都只是说玫瑰因贫血眩晕而住院,没承想陈先生竟当着一楼饭厅里那么多人的面大鸣大放讲出来。不过好在那些人听了,非但没什么反应,还知趣地一个个相继走开。

"玫瑰现在叫你姐姐,是不是?"陈先生叫住往楼梯那里走的凯瑟琳。

"是啊,"凯瑟琳一笑,"她就是个孩子。"

"很黏人的小孩子呢,"陈先生也咧嘴笑,"知道她叫我什么吗?爹地,呵呵。"

凯瑟琳没笑,只觉得脸上发烧,这样的私房话,由陈先生这样的糟老头子红口白牙地对着她这样一个单身中年妇女讲出来,算什么?陈先生可以不在乎自己的为老不尊,难道就不知道如此待她有失尊重吗?凯瑟琳愤然转身打算离开。

"而我呢,我叫她娘子。'娘子'这两个字,你知道怎么讲?"陈先生仿佛一点儿都没察觉到凯瑟琳的不悦,站在楼梯口,他仰脸看着凯瑟琳,脸上满满地全是平日里最寻常的凶神恶煞的严肃,"敬她如娘,爱她如子。"他把这话说得很慢,声音虽不高,却郑重得很。

凯瑟琳怔住了,不觉间停下了脚步。那是她第一次听到这种说法,这种男女间的态度,让她的心不由得为之一凛。

"可现在看来,玫瑰并不识我对她的敬,那么,爱就更谈不上了。"陈先生的表情越发严肃,颓然低了头,好半天他才唉声叹气地说出一句,"所以呢,我估计玫瑰很快就要从这儿搬走了。"说完,他便转身一瘸一拐地扭动着身体回了厨房,没再同凯瑟琳讲话。

在后来的日子里,凯瑟琳常常想起陈先生的这番话。陈先生这个年纪的人,在人群里跌跌撞撞活了那么久,什么人没遇到过?什么事没见过?他一定也有自己看得来看不来的人和事,然而对玫瑰,他却始终睁一只眼闭一只眼。凯瑟琳在心底认定,陈先生这样做,不是傻或不在乎，而是厚道。

当时的陈先生不见得什么都不知道，可凯瑟琳后来能记起的陈先生说过的最过火的话，也只这么一句而已。

"我们老王说，陈先生这儿就像个收容站，不知搭救了多少玫瑰这样的落魄得差点儿要露宿街头的小闺女，可那些小闺女呢，竟然都不讲良心，等自己翅膀一硬，扑棱扑棱全飞跑了。"

说这话的是山东大嫂，她来时正赶上玫瑰卧床休养，陈先生照顾她，楼上楼下跑不停，这情形被大嫂看在眼里，很是鄙夷。

山东大嫂跟大哥一同来凯瑟琳房里送些从国内带来的零食，统共没坐多久，大嫂眉飞色舞说出来的话，弯弯绕绕总离不开陈先生，很有哀其不幸、怒其不争的派头。

"可陈先生他能怨旁人吗？怨也只能怨他自己好占便宜！他也不想想，现如今这些小闺女的便宜，是那么好占的吗？不过，话说回来呀，还不都是因为你们男人傻！你们男人啊，哪个不这样？在这种事上跟个没头苍蝇似的，就见不得有缝儿的蛋！"

后来，大嫂不知为何话锋一转，突然把矛头对准了自己的丈夫。这下可彻底惹恼了山东大哥，大哥愤然起身，教训老婆："什么时候你变得这么能扯老婆舌了？看来以后我真是什么都不能跟你说！"

"我说什么了？你要是一直都好好的，心虚什么？好事你怎么不往自己身上揽呢？当年你说走就走，扔下我一个女人，又是老人又是孩子，家里家外地忙，我图啥？现在倒好，跑这鬼地方来，还得看你脸色！"山东大嫂说着说着便哽咽了，想必也是一肚子委屈。

好在山东大哥能屈能伸，他无可奈何地坐下来压低声音讲了句好话，夫妻二人便匆匆告辞了。

6

当然,无论是陈先生,还是山东大嫂的那些话,玫瑰本人都是不知道的。

玫瑰被陈先生汤汤水水地伺候了一阵,很快又生龙活虎地来去匆忙了。表面上看来,她和从前没什么两样,可凯瑟琳记得很清楚,就是从那次之后,她开始称呼自己为姐。人前,表情平淡,人后,也并不甜腻。玫瑰敏感,又好面子,一定察觉出了凯瑟琳对她有意无意的闪避,但也并未因此就放弃。

玫瑰时不时地会拿些小纪念品、食品来敲凯瑟琳的房门:"姐姐,这个可以寄给你女儿,女孩都会喜欢的。""姐姐,游客带来的哈尔滨红肠,送给你些,都说你们北方人最吃得来。"那年春节,玫瑰回国休假,带了好大一包酸菜给她:"我才知道跟我妈一起练瑜伽的那个阿姨竟然就是你们哈尔滨人,她跟我说这个牌子的酸菜最地道。"时隔多年,每当想起玫瑰曾一个人跋山涉水来去那么远,却在限重的行李里,为自己装了那么多家乡菜,凯瑟琳就会感到非常非常愧疚。

凯瑟琳早已不记得,玫瑰第一次进到自己房间里来是何时,却清晰地记得玫瑰在她房间里说过的那些话。

"姐姐,生孩子的时候你多大?当妈妈真的很幸福吗?知道自己生下的是个女孩,你心里是什么感觉?要是将来有一天我也结了婚,我可不想生孩子,尤其不要生女孩。诱惑那么多,危险那么多,要承担的后果也那么多。不过,姐你不要笑我,这些可能也就是说说,要是将来我真想结婚了,那一定是遇到了我愿意和他共度一生的人,生孩子一定就是顺理成章的事情了吧?

"你别看我现在不爱学习,其实我小时候学习可好呢。我小学时获过全国作文比赛的二等奖，刚来伦敦时，有本留学生杂志还发表了我一篇写自己对伦敦印象的文章呢。你别以为我十七岁出国就不爱读中文书了，其实我每年回国都带回来很多自己喜欢的中文书呢，我喜欢看精彩的文章，从小老师就说我文笔好。姐姐，你别不信，等哪天我找出那杂志来给你看！

"结婚哪能是我一个人说了算的呀？结婚很麻烦的，全家人都在看着呢。陈先生可不行，和陈先生结婚当然我可以得到绿卡，能合法留在这儿，可带这样一个人回上海，我父母、亲戚、朋友还不得笑死我！我宁愿像现在这样，花钱交学费续签证。

"我差不多年年回家，可每次回家都不轻松，不单是花钱的事。我父母在我来英国两年后就离婚了，以前我什么话都爱跟我妈说，这几年变得越来越少了，可能是因为我长大了吧，当然也可能是因为我妈和我爸离了婚的缘故。我妈现在很担心我，担心得有什么事情我都不敢跟她说了。

"我不是没想过回国去，我去参加过那些所谓的招聘会，可你知道的，我高中还没毕业就来英国了，一天办公室的工作都没做过，想找到那种我父母所希望的办公室工作，很难的。我能感觉到，我爸妈发现这种状况后，对我回国也都不那么热心了。

"留在这儿也不容易，之前我不懂，2004年我大学毕业的时候，曾想过回国再也不回来了，结果在国内待了一阵儿，签证过期了，后来重新申请才又出来的，所以搞得我现在合法居留记录不连贯，没办法去申请永居。姐姐，你不知道我这些年为了办这个花了多少冤枉钱呀，旅行社一起打工的同事都笑我，说我辛辛苦苦攒的钱，不是交学费续签证，就是交律师费办永居。"

凯瑟琳现在都清晰地记得玫瑰说这些话时的神情，语气淡淡的，带着怅惘，有一句没一句的。她记得，玫瑰总在刻意躲避她的目光，哪怕她一个语气词的回应,都会搞得玫瑰神色慌张,只有自顾自地说,玫瑰才可以把话说得流畅恣意,甚至连表情都跟着生动起来。

有时候,凯瑟琳会想,就像主动送她那些旅游纪念品和食品一样,玫瑰一定是想把她的这些心事、秘密和盘托出,作为礼物交给她,用以表达对她的亲近和信任。然而就跟送那些礼物一样,她相信在送之前,玫瑰未必不会花些心思,可真的把知心话讲给她的时候,玫瑰却会刻意做出轻松、随意、漫不经心的样子。

不过,无论玫瑰如何待她,凯瑟琳那时可不愿意分担别人的秘密。那时凯瑟琳投鼠忌器,只信奉无爱一身轻,她害怕玫瑰送礼物给自己,更害怕听玫瑰讲她自己的心事。

若挨不过,不得不接受,凯瑟琳便回赠玫瑰些零食、衣物。遇上玫瑰来她房间里聊天,她也总是沉默,避免跟她深聊。平日里,凯瑟琳对玫瑰说的话都淡淡的。"年纪轻轻的小丫头,又那么瘦,怎么那么喜欢穿黑色呢?""下次别把头发焗成黄色,显得你脸色很难看,真的不适合你。""你那么贵的学费都交了,虽然打工没时间上课,也尽量多看看自己学习的书啊,一有时间就看那些风花雪月的中文小说,有什么用啊?"

"陈先生不是糊涂人,他对你还是不错的。"这句话,凯瑟琳当年曾不止一次对玫瑰讲过。唯有这句话,凯瑟琳深知是越界的。

"切,我待他还坏吗?"玫瑰给凯瑟琳面子,后来偶尔也穿穿别的颜色的衣服,甚至再也没染过黄头发,但对凯瑟琳讲出的关于陈先生的这句话,却只撇嘴反驳,丝毫不以为然。

7

玫瑰和凯瑟琳之间关系的变化,同住在那一栋楼里的人,想必慢慢都看在了眼里，但对此有反应的，只有凯瑟琳那同学。

"从你不叫她寡妇脸开始，我就知道有一天你和玫瑰一定会握手言和。"有次结伴去学校的路上，同学主动跟凯瑟琳谈起玫瑰。

"小丫头，"凯瑟琳笑她，"闲心倒不少。"

"不是啊，你是比我们有见识的人，对有些事，当然能比我们这些一直在校园里的学生看得开些。"同学很认真地说。

凯瑟琳心里不自在："你不会是说我这个人没立场，好坏不分吧？"一紧张，她觉得自己讲话的声音都高了，把她自己都吓了一跳。

"不是，不是。"那同学似乎也被凯瑟琳的反应给吓着了，她把脑袋摇晃得像拨浪鼓似的，老老实实地对凯瑟琳交代，"其实，这是你隔壁那个山东大嫂跟我说的，当然了，我也这么觉得。"

这下凯瑟琳彻底笑不出了。她没再说话，呆呆地坐在行驶的地铁里，她的心高高悬起，脑海中突然蹿出了那念头。是的，如今她房间的门，已经不是她想关就可以严严实实关上的了。这个地方，恐怕她是住不长了。

欢送山东大哥夫妇走，陈先生很慷慨，他请在他那儿住的全体房客一起去女王路那家皇朝总店吃早茶。

说是早茶，可陈先生说开店晚，快十一点了才带大家从宿舍出发。到达时正是正午用餐高峰，且赶上周末，排队等位的人着实不少，好在陈先生预先订了位子。房客们一路往里走，都东张西望的，见满眼金碧辉煌的高档装修，以及举止文雅、颇有派头的食客，衣着笔挺、气宇轩昂的服务生，便有人低声打趣："陈先生，这似乎不是我们该来吃饭的地方哦。"

"要不我让你们穿正装？"陈先生只是笑，他兴致很好，坐下来一边翻菜单，一边伸手去拍坐在他一侧的山东大哥的肩膀，笑着对众人解释:"我老陈开了一辈子中餐馆,自然知道全伦敦哪家的点心最好吃,要请客自然要选最好吃的请诸位啦,是不是老王?"

老王也笑,那天请客他是由头,作为房客,要搬走了,却被房东隆重地请出去大吃一通。一贯节俭、从不占人便宜的山东大哥,那次表情相当淡定,全无他平日里角角分分都要跟人算清楚的计较之态。

"大家虽然都是学生,一心向学,但出来这么远读书,总得多见见、多尝尝,这样心中才有格局。格局这东西不好说,全看各人造化,如云如水,水流云在……"陈先生那天的开场来得风光,且和山东大哥彼此亲热地以老陈、老王互称。受他们情绪的感召,大家竟然纷纷追随他们,开始高语低言,称兄道弟。算上陈先生、玫瑰,住在那楼里的一共有八个人,有一个有事未去,加上山东大嫂,他们那一桌正好八个人。这些人年龄基本相差不大,也没人去深究有几岁的差异,显然年长大家许多的陈先生、山东大哥、大嫂和凯瑟琳,转眼之间就在众人口中变成了陈大哥、王大哥、王大嫂和姐姐。

和以往在宿舍里乱哄哄地聚餐不同,那天在皇朝没点酒水,菜又精致,大家不约而同都收敛了很多,只是聊天时出了些状况。

"老陈,你第一次在皇朝请客时的情形,就像在昨天。"山东大哥笑道。

陈先生也跟着笑,但却有些窘迫,这让凯瑟琳有些吃惊。她见陈先生低了头,蠕动了好半天嘴唇,方才嘀咕出一句:"当年的荒唐事,呵呵,不必提。"

"我们老王说得不对吗?怎么能说是荒唐?这不最终修成正果,身边有玫瑰了吗?"山东大嫂也跟着笑,但她笑盈盈讲出的这句话,却让大家脸上的笑意顿时不见了。尤其是玫瑰,玫瑰朝山东大嫂瞪眼睛瞪得眼珠子都要掉出来了。山东大哥的脸上也挂不住了,但碍着众人,也只能朝大嫂使眼色。大嫂自此闭了嘴,直至当日席散,除了咧嘴随着大家笑笑，大嫂没再出过一丝动静。

这种时候，陈先生就显得比众人周到许多。凯瑟琳注意到，陈先生把自己的手轻轻放到挨着自己坐的玫瑰的后背上，但也只是轻拍几下，一句话都没说。陈先生很快又含笑继续对着大家，扯出新话题来。"我老陈这栋楼里前前后后住了多少学生啊，可你们都不知道吧，这么多年，我一个广告都没有打过，都是学生介绍学生，住得久的，大家都成了朋友，朋友的朋友自然也是朋友。"

这倒是真的，凯瑟琳看见许多人都在点头，还乐呵呵地说起那些走的人来，一时间气氛显得很是融洽。可没一会儿，凯瑟琳那同学的声音突然从众人的嘤嘤嗡嗡中浮出来，大家也都注意到了她，她远远地朝陈先生笑，后来干脆站起身说道："我听说，这楼里来来去去那么多人，都是要么回国，要么离开伦敦，要么像王大哥这样，情况有了变化才出去另外找房子。这么多年，只有一个人是被你陈大哥撵走的，就是今年夏天那个叫艾伦的小男孩，听说还是玫瑰介绍来的。大义灭亲啊你，陈大哥！"

凯瑟琳一时有些愣，但很快想起玫瑰流产时跟自己提过这名字。是的，玫瑰曾说她不能让艾伦走，她得想办法好好照顾他。凯瑟琳很快觉出，同学说的可不是什么好话。

原本乐乐呵呵的气氛陡然间又变得紧张起来，尤其是坐在凯瑟琳旁边的陈先生和玫瑰，他俩一言不发地相互对视了一下。到底陈先生反应快，他很快就说："不一样啊，艾伦和你们大家不一样。在我那儿住的人，哪个不是本本分分来做学生的？哪有像艾伦那样，成天打电玩的？道不同不相为谋嘛。更何况，艾伦还未成年，作为房东，我有责任的。"

"不是吧？"这时一个住一楼单间的女孩突然插话进来，她声音虽不高，表情却显得极其认真。她直视着陈先生道："艾伦走不是因为他嫂子过来闹事吗？那天下午，我在自己房间里都听到了，不过没好意思出来看。"

凯瑟琳能感觉到坐在自己身旁的玫瑰猛地哆嗦了一下，可扭过头去，她却看不见玫瑰的表情。玫瑰深深地埋下头，长长的黑发把脸遮去了大半。

再看那讲话女孩一脸无辜的表情，凯瑟琳心里突然有些生起她的气来，那一瞬间，她在女孩那张可爱的娃娃脸上看出了一丝冰冷的杀机。凯瑟琳甚至怀疑刚才最先提起艾伦的自己的同学，她是否也跟这女孩一样，是在故意装傻。

"是啊，多亏艾伦的嫂子来，我才知道他打电玩的事，作为房东，我是失职的。"陈先生还在费力地解释。

凯瑟琳坐不住了，虽然她并不清楚艾伦以及艾伦的嫂子来闹事这些话，为什么会让玫瑰和陈先生有那么大的反应，但她还是气不过，心里隐隐地替玫瑰难过。人为什么要这么残忍？难道有些人就可以那么自信，觉得自己比别人高尚、体面？这些人哪来的道德上的优越感？凭什么就觉得自己掌握着肆意点评、抨击别人的权利？他们怎么忍心让玫瑰这么一个瘦瘦弱弱的小丫头当众出丑？

"好好的，干吗讨论那么没意思的事，"凯瑟琳大大咧咧地高起嗓门来打岔，"陈先生，刚才你还没说完，我们还都急着听你讲广式早茶的礼节呢。为什么用手指轻轻敲打桌面，就表示谢谢？"

8

那天晚饭后，玫瑰又来到凯瑟琳的房间。她手上拿了几张纸，又是送给凯瑟琳的："姐姐，我找了好久，一直没找到上次跟你说的发表了我文章的那本杂志，这是我前年年底写的，送给你看，好不好？"

"谢谢啊，玫瑰，谢谢你。"凯瑟琳赶紧接过那几张纸，朝玫瑰笑道,"我一定要好好看。玫瑰,你不知道,我大学时学的水利,在你这样文笔好的人面前,一定就是土包子一个。"

"什么呀,姐姐,我文笔也不好,再说,文笔好有什么用?来伦敦后,在杂志上发表的那篇文章,是我唯一一次看到自己的文字变成铅字。当时我很受鼓舞,还想接着写呢。可后来,再写出来都不愿意让更多的人看到了。"

那天玫瑰的表情很不自然,凯瑟琳知道玫瑰去她那儿,不过是心里烦,想找人聊聊天。可一直以来,和她交往,玫瑰总显得很拘谨,但凡来,手上必拿东西。而这次,凯瑟琳猜,玫瑰不过是拿那文章当托词。

果然,一坐下,玫瑰便说:"姐姐,你为什么从来都不问我怎么跟陈先生走到一起的?"

"自己不喜欢说的事就不说。"凯瑟琳不看玫瑰,只低声道,"过日子,哪里有那么多开心的事,不开心的事没必要讲给别人听。"

"姐,"玫瑰突然声音哽咽起来,"虽然我今年才二十八,没法跟你比,可我觉得自己也算是经历了一些人和事,今天在皇朝吃饭,我越来越觉得自己看人看得准。姐姐,我早就知道,在这栋楼里,只有你是好人!"

"傻丫头,"凯瑟琳递毛巾给玫瑰,安慰她,"可别这么说,我可担不起。其实,好人和坏人怎么可能分得那么清?就像坏人也会对人有菩萨心肠一样,那些所谓的好人,他们的心底未必就不会生出魔鬼。"

"姐,我怕丢人,一直没敢跟你说。那次在马斯顿医院,那个老太太医生说我撒谎,其实她是对的,我以前的确流过产,是做的手术。那是我十七岁那年,回国找我小阿姨帮忙做的,当时就怕我妈知道,可后来我妈还是知道了,她跑到医院去骂我,说后悔送我出来读书。这些年每次我回家,我妈也常说后悔的话,可现在她常说,要是我当年不出来留学,或许她跟我爸不至于离婚。"

"我妈总埋怨我,说我跟我爸亲,可她怎么就不想想,她没有我爸了解我。那次流产回家的时候,我爸说:'你是真的喜欢那个人,还是觉得他比你年龄大、成熟,让你觉得有依靠?'我觉得,我爸是真正了解我的人,这些年我交的那些男朋友,哪个不比我年龄大?

"其实,我周围一直都有和我年龄相仿的男孩子。读大学时有个江苏的男同学,他家里条件很一般,可为了我,年年都跟我一起搭伴回国度假。我妈见过他一次,对他印象还挺好的。读研究生时,有个上海同乡也一直对我很好,可他后来比较惨,在打工回宿舍的路上遇到车祸,死在了这里。不知道为什么,我总觉得这些男孩不成熟,让人没有安全感。我自己喜欢上的第一个男孩是青岛人,比我大七岁,来这儿读电影。后来,我去苏格兰旅行时,又认识了在那儿读博士的来自西安的乔,他大我十二岁。我跟乔前前后后谈了五年,就是为了他,才去苏格兰念大学的。大学毕业后,也是为了乔才下决心回国去,都想过不再回来了。后来我谈过一个我们上海人,公费在这儿培训的,也没成。现在倒好,跟我好的竟然是个老头。"

"别说了,玫瑰,那些让自己难过的事既然已经过去了,就尽量去忘记它。"

那个晚上,凯瑟琳再次成为玫瑰眼中的好人。她这个所谓的好人,听玫瑰讲自己的故事,听得心惊肉跳。后来她主动阻止玫瑰再讲下去,不单单是为玫瑰,更是自私地为自己。凯瑟琳越发觉得,自己得尽快离开那栋房子了。

9

后来,得知玫瑰出事后,凯瑟琳曾问自己,如果不是因为单先生的事,自己和玫瑰之间就真的能维持那种相安无事的状态吗?

很难！这点自知之明凯瑟琳还是有的。她很清楚，自己和玫瑰间其实非常容易因为其他什么事而互相伤害，这是早晚的事。凯瑟琳觉得不单单因为她们都是有脾气的人，更因为她们都是深知自己污点，对自己不满的人。

谁不想当好人处处与人为善呢？然而后来，凯瑟琳到底没能当成玫瑰眼中的好人。

单先生三十出头的样子，戴着一副黑框眼镜，人长得白净斯文，话不多，讲话甚至还带几分羞怯，尤其是在人多的时候。然而，他却是干地接导游的。

那天，单先生在晨光熹微中，开一辆蓝白相间的照明灯都还亮着的空空荡荡的大巴车，缓缓驶过空寂无人的街道，朝玫瑰和凯瑟琳她们这边驶来。人还在车上，他就隔着厚厚的车窗玻璃，朝她们咧嘴笑。然后，他跳下车，由玫瑰介绍给凯瑟琳她们，点点头算作打招呼。

那是玫瑰流产半年后，要放暑假了，凯瑟琳的同学提议一起出去玩玩，就找玫瑰问有无合适的旅行线路。不想，玫瑰很热情地大包大揽："不用，你们跟我跑一趟就是了，我这一趟带八天六晚的散客团，走牛津、史特拉福、湖区、苏格兰、约克，再回伦敦，正好一大圈。你们先跟我浮光掠影转转，喜欢哪儿，以后再自助游。"

从决定了跟玫瑰上路，同学就一直同凯瑟琳嘀咕说沾了玫瑰的光。那天一早，单先生真的来接了，上了车，凯瑟琳和她同学这两个蹭团的人，就自觉地把前排座椅留给游客，远远离开单先生和玫瑰到最后一排落座。刚一坐下，同学就附到凯瑟琳耳边嘀咕："这人我见过，他就是艾伦的哥哥。"

"艾伦？"凯瑟琳一惊，仿佛又回到了那尴尬的欢送山东大哥的早茶餐桌上。

同学倒淡定，她好像早忘了自己在那次聚餐上的表现，只淡淡地说:"就是以前住你房间的那个小男孩,在我们这儿住的时候,他还在牛津街读语言呢。"

"哦。"凯瑟琳点点头,没再接话,却对这个单先生格外留意起来。

大巴车先一路直奔酒店,接上一群从国内来的游客,玫瑰哇啦哇啦嘴巴一刻不停地忙着点名,和领队交涉住宿餐饮标准和景点消费项目等细节。单先生则始终无语,只很长眼色地帮这个拖行李,帮那个放背包。游客里不乏老老少少盛气凌人者,对他颐指气使、大呼小叫,他都一视同仁,不停地朝众人淡淡微笑。

车一发动起来,玫瑰便站起身,开始为游客介绍行程安排、沿途风光。凯瑟琳的同学也在凯瑟琳身旁嘀咕起了那位单先生。原来单先生是陪老婆来伦敦的。他老婆从国内医院考的国际护士,出来好多年了,他自己以前在国内做外科医生,来的年头似乎不久,但很快把弟弟艾伦给办了出来。艾伦不是念书的料,只迷恋打网游,因为和嫂嫂处不好,不得不搬出来自己住。

"去年中国年的时候,我们在那栋楼里住的几个人,一起凑份子去唐人街吃东西,还遇到过这个单先生,艾伦给大家介绍,说他哥哥是导游。我真是没想到啊,他哥哥竟然跟玫瑰一起搭伙干。"

"那次老陈请吃早茶时说的闹事,是怎么回事?"

"闹事的是艾伦的嫂子,又不是他哥哥。那是去年夏天,你来住之前发生的事。听人说,艾伦的嫂子到这儿不干不净地骂,似乎是骂我们楼里住的人不干净之类的,也搞不明白到底是怎么回事。反正大家都知道艾伦是玫瑰介绍来这儿住的,可他嫂子来闹过不久,陈先生就出面把艾伦给赶走了。"同学一边跟凯瑟琳解释,一边一脸狐疑地看着大巴车前面并排坐着的玫瑰和单先生。

当晚旅行团住曼城，凯瑟琳进厕所洗澡，一出来，见同学懒洋洋地歪在床上，一脸得意地坏笑道："猜，玫瑰今晚跟谁睡？"凯瑟琳心有不快，撇嘴道："小丫头，操那么多闲心干吗？"结果，同学很气愤地开了腔："我去查了啊，快要把我气死了！她真的跟艾伦的哥哥住在一起啊！你说玫瑰这个人，她把中国女生的脸都给丢尽了！"

当晚凯瑟琳没睡好，她开始生起玫瑰的气来。一个人能把自己龌龊的隐私讲出来，是因为心底有十足的安全感。玫瑰不介意讲给自己听，是因为自己给了玫瑰这种安全感吗？因为玫瑰认定自己也是跟她一样龌龊的人吗？凯瑟琳后来意识到，自己对玫瑰的仇恨，从那个晚上就开始了。

事情发生在回到伦敦后。那天中午，旅行团一路风尘仆仆，直奔一家中餐馆去午餐。"吃了饭你们再回吧，反正回去你们也得吃饭，这餐就算我给你们送行，"玫瑰这一路待凯瑟琳和她同学非常热情，"真羡慕你们，回去就可以好好歇歇了，我还得带他们在伦敦市区转两天呢。"她可怜巴巴地撇着嘴。

"以前总觉得当导游好，可以到处跑，这次跟你出来才知道，做你们这一行真的是很辛苦啊。"凯瑟琳的同学跟玫瑰寒暄。

"我并不觉得呀！当导游可以认识很多人，也可以知道很多事，我很喜欢的。"玫瑰俏皮地甩甩黑黑的长发笑了。这倒是真的，凯瑟琳发现，玫瑰出来带团这一路明显比在宿舍里开心得多，然而这到底是她喜欢的工作带给她的，还是那个已有家室的单先生带给她的，真不好说。那次出游，凯瑟琳的心始终都绷得紧紧的，始终无法真正开心起来。

吃饭是游客们最容易摆谱、抱怨的时候，尤其是那会儿旅程已近尾声，这边嫌座位挤得没地方放背包，那边又嫌团餐菜品单一，滋味也不怎么样。玫瑰在人群中鱼一样穿梭，安抚众人，还没忘记特意安排凯瑟琳她们跟她坐一桌。

餐馆老板一口标准的北京腔，仿佛跟玫瑰和单先生很熟的样子。小菜刚摆上，饭还没真正开始吃，老板又带了一个高个子的东方女人径直朝凯瑟琳她们这边走来。

玫瑰听到老板说有人找她，刚一回头，不想脸上先挨了那女人一巴掌。餐馆老板也懵了，反应过来后赶紧去拉那女人。那女人的具体形容，凯瑟琳如今早已记不清了，但却记得那女人始终镇定自若的举止。女人一把推开拉住自己的餐馆老板，不紧不慢地再次走到玫瑰面前，厉声道："你不会不记得我是谁了吧？"

餐馆里陡然安静下来，凯瑟琳和她同学都紧张地站了起来。单先生去卫生间了，这会儿刚回来，一边走一边用餐巾纸擦自己满手的水。"家慧！"及至走近，见到那女人，他慌得只叫出这一声，就只会不停地抬手去扶自己的眼镜，又是水，又是餐巾纸的碎屑，全粘在他脸上，搞得他很狼狈。不过，更让他狼狈的还是他老婆的一声怒吼，女人直直地朝自己的丈夫伸出手臂，一根中指差点儿点到单先生的鼻子上去："去年夏天你是怎么跟我保证的啊？马上跟我回家去！"

单先生低了头，沉默地转身，皱着眉头看了会儿地面。"走，回家。"他一边嘀咕，一边拖着自己的老婆往外走。他老婆倒是没抗拒，磕磕绊绊一路随他走，身体却始终扭着，依然朝向玫瑰她们这边冷冷地喊："谁不知道你是个什么货色！小小年纪就那么不要脸！不是已经跟个台湾老头住到一块了吗，怎么还在外面勾三搭四地偷人家老公？连单斌本人，都知道你是个什么东西！"

"才没有，你胡说！"玫瑰本来是梗着脖子、冷若冰霜朝向那女人的，听到这里时，突然嚷出这一句，声音并不高，泪却随之下来了。玫瑰用双手捂着脸，无声地趴到了桌子上。凯瑟琳见她趴在那儿，肩膀一直在颤抖，却隐忍着没哭出一声，当下心里也有些不忍。

10

一屋子的游客起初还算安静,没一会儿就抗议起来:"导游,什么时候走?有个准点没?你们干这一行,就得遵守这一行的职业道德!"一个始终拄根文明棍,其实一路游山玩水健步如飞的老先生,干脆疾步过来,用文明棍捣起了地板。

那时玫瑰她们已被餐馆老板让进里屋单间,玫瑰一直软软地伏在凯瑟琳怀里。

餐馆老板见了,便过来问:"下一个景点你们去哪儿?玫瑰,要不我开车帮你送过去,你赶紧联系下公司,让他们再给派个司机来。老单这家伙也真行,还能把手机给关了。"

"主要是我不会开车,要不玫瑰你跟凯瑟琳回去休息一下,我帮你领着这些人,等新导游来?"凯瑟琳的同学自告奋勇。

"不用。"玫瑰抽噎着抬起头,拿着一直被她攥在手中的毛巾,三下两下抹净了自己的脸。她让老板帮她把游客先送到大英博物馆,然后对凯瑟琳和她同学道歉,说为她们送行的这餐饭没吃好。很快,玫瑰又退到一旁条理清晰地给旅行社打起了电话。凯瑟琳在一旁冷眼旁观,突然意识到,这或许并非玫瑰头一次遭遇此类尴尬,不觉间,她心底对玫瑰的怨恨又加深了一层。

"好了,谢谢你老薛,正是饭点儿,你店里一定也有一堆事要忙呢,你忙你的就行。刚才老张说他正好在附近,能马上过来替班。"玫瑰打过电话后对餐馆老板说。老板也替她松了口气:"那就好,老单这个人怎么可以这样?把这么一大摊子人,都撂给你这么个小姑娘。"

"呵呵,怨不得他,摊上那么个母夜叉老婆,有什么办法!"

说这话的是玫瑰,她突然讲出那样的话来,真是让凯瑟琳又惊又恨。她这个小丫头，有什么资格贬损人家的老婆？被人家的老婆那样当众羞辱，难道她心里就一点儿都不觉得愧疚吗？

一时气不过，凯瑟琳伸手上前拍了拍玫瑰的肩膀："话不能这么说啊，小丫头！这种时候，你还替那个单先生开脱，不是傻吗？"

"我用你教我怎么说话？"凯瑟琳没料到玫瑰会突然翻脸。玫瑰拨开凯瑟琳的手："我当然没你聪明了，你聪明得都可以靠嫁老外来换绿卡，我就是混得再惨，也惨不到你那一步！"

只觉得脑袋里嗡的一声，凯瑟琳顿时傻在了那儿。这么长时间以来，玫瑰对她主动示好的情形又出现在她眼前，可这会儿，那些情形却让她感到阴冷恐怖。这个阴冷恐怖得像魔鬼一般的小丫头，什么时候知道我的事情的？她怎么可以当着这么多人的面，把那些我自己都不愿想起的往事讲出来羞辱我？凯瑟琳的心怦怦乱跳，她看到自己周围许许多多震惊的表情复杂的脸。

她简直无法控制自己的颤抖，她觉得自己那会儿上前一刀宰了玫瑰的心都有了。可她并没有，她努力让自己的情绪稳定下来，慢慢地清了清自己的喉咙，然后，她咬牙切齿地一个字一个字地对玫瑰说："哦，这么说，你去年冬天在医院流产打下来的，就是这个姓单的男人的孩子？怪不得你不让告诉房东陈先生。"

凯瑟琳突然觉得自己眼前一黑，原来玫瑰抓起桌子上的一杯水泼到了自己头上！凯瑟琳简直要气疯了，她上前一步死死地扯住了玫瑰的长头发，然后狠狠地朝玫瑰的脸上扇了一巴掌。玫瑰哇哇地尖声喊起来，凯瑟琳的同学和餐馆老板也跟着大喊，手忙脚乱地过来拉开她们。凯瑟琳倒是一声没出，她在混乱中挣扎着又在玫瑰脸上抓了一把，她听到玫瑰一直在断断续续地哭喊："我对你那么好啊，呜呜呜……我一直叫你姐姐啊，呜呜呜……"

11

不错,那就是凯瑟琳最后一次见到玫瑰了,当晚她就搬去了酒店。一个月后,凯瑟琳卖掉了那所第二次离婚分割财产时分得的小房子,把家搬到了莱斯特。

那是一座大学城。城里的中国人非常少,可就是在这儿,凯瑟琳认识了自己现在的老公,他是浙江人,跟凯瑟琳同龄,在那儿攻读社会学博士。

"我们都是在情感上有过过失的罪人,幸运的是,命运还给我们机会,我深信,你我都不会再辜负。"学理科的凯瑟琳在自己四十四岁生日的晚上,被颇有文艺范儿的老公这两句没掉书袋、没镶金缀银的表白彻底打动,终于和他在经历了将近两年的大争小吵、分分合合后,走向了婚姻。

直到2013年夏天,凯瑟琳才知道玫瑰已不在人世的消息。那是因为在北京机场候机时,她遇见了山东大哥和大嫂。

那次凯瑟琳是回去接女儿来英国的。前夫如今又有了儿子,当初离婚时抢宝贝一样跟她抢的女儿,如今正值青春期,非常叛逆,早成了前夫心里的大包袱。凯瑟琳经过数次斡旋,最终把女儿带回了自己身边。

"哎,那边有两个人总看你!"

那天在机场候机,凯瑟琳顺着女儿的指点猛一扭头,竟看到了山东大哥友善的微笑的脸,以及一旁山东大嫂略显怪异,但显然比山东大哥要热情的脸。

他们坐到了一起,聊起过去的熟人。

"真是巧了,我这次回国时,在希思罗机场还看到了陈先生,也是很多年没见了。"

"陈先生好吗？他还住富咸路那里？"

"他早把那栋房子卖了，你不知道吗？好像是去年吧，反正当时也是在机场，我们遇见了住二楼的你那个同学，是她跟我们说陈先生要卖房子，她不得不另出去找房子住的事，难道她没跟你说？"山东大哥说。

凯瑟琳一笑，没接他的话茬，只是问："陈先生复婚了？"

"你看，"山东大哥笑了，"你同学肯定跟你说过吧？要不你怎么能猜到？"

"你怎么就那么肯定陈先生一定是复婚了呢？"本来一直含笑坐在一旁的山东大嫂突然插话进来，"咱问的时候，陈先生只说卖房子是为帮他女儿女婿开外卖店，难道提过一句自己的老婆？"

"哦，那倒是。"山东大哥不好意思起来。

过了一会儿，山东大嫂突然亲热地拉过凯瑟琳的手问："你懂不懂签证的事？听说英国那边有政策，只要住满十年，不管你拿的是什么签证，都可以申请永居？"

凯瑟琳抬起头，迎接山东大嫂热切的目光，她倒真希望自己懂，可她却只能让她失望了。沉吟了一下，凯瑟琳只好勉为其难地对大嫂说："这个我真不懂，你们怎么不问问玫瑰？她就在唐人街工作，总跟律师打交道，她一定懂的，就算不懂，你们也可以托她帮忙问问。"

"啊？"大嫂一脸惊诧，嗓门也跟着大起来，"玫瑰早就死了！你不知道吗？天哪，看来你那同学说得真对，当时你走，就是不想再跟那栋房子里的任何一个人打交道了。"大嫂说着说着突然止住话头，警觉地上下打量着凯瑟琳，然后又去打量一旁的妮妮。

妮妮是个非常敏感内向的孩子，被人那样看着，显得非常不爽。她挑衅似的白了一眼山东大嫂，后来干脆将手上正在看的网络小说蒙到脸上，双腿直直地朝下一挪，半仰在那儿做睡觉状，不再搭理任何人了。

"玫瑰是2009年年底出的事，我也是听你那个同学说的，后来还去查了新闻……"山东大哥叹口气,想给凯瑟琳解释,可他话只说出一半,就被大嫂截了去。大嫂脸上的表情非常丰富,手也跟着比画,把事情讲得声情并茂:"你真不知道啊?可惨了!报纸上说,警方认定玫瑰是自杀的!你别看玫瑰干干巴巴的样子,倒挺能折腾的,警察说她肚子里又怀了孩子呢!她爸妈后来都奔丧去了,原来玫瑰也是离异家庭出来的孩子,挺可怜的。哎呀,她爸妈哭的那样儿啊,报上登了张那么大的照片。好像还采访了她在旅行社工作的同事,很多人都说小留学生是个问题,也有装好人的,说玫瑰其实为人很不错之类的,都在那儿跟着瞎掺和瞎说呗。玫瑰是什么样的人,还有比咱们这些当年住在那栋楼里的人更清楚的?警察和媒体估计也不想多管,要是真肯查,只要查到老陈那房子里去,挨个跟咱们问上一问,什么事不都真相大白了。玫瑰出事的时候,我们早搬走了,只听你那同学说,玫瑰搬家是背着老陈的,搬时老陈不在家,别人也搞不清楚怎么回事。老陈一回来就傻眼了,可他又能有什么办法?反正他那儿就是收容站,玫瑰也不是第一个搬走的。说起来也是玫瑰没数,她要不走,可能就没事了。玫瑰要真有了孩子,老陈还能不管吗?就算孩子不是他的,依我看,老陈那个人都能给她伺候着。玫瑰倒好,搬出去还没半个月,就出事了。咳,警察真是不负责任,也不好好查查。上次我们遇见你那同学,她还直说呢,玫瑰的事,住在那栋楼里的人,没一个比你更清楚。哦,对了,玫瑰出事距你搬走,哎呀,都不到半年哪……"

"你们刚才说的死的那个是什么人?"上了飞机后,妮妮突然问凯瑟琳。妮妮那会儿很少主动跟凯瑟琳说话,她一开金口,凯瑟琳简直都有些受宠若惊。

"是个女孩,她去英国时,比你现在还小两岁呢,也跟你一样,得先考雅思,才能申请大学。"

"哦,"妮妮点点头,"那个女孩真有刚才那个女的讲得那么坏吗?"

"坏?"凯瑟琳感觉到自己又开始颤抖了,她紧张极了,知道自己作为母亲的考试又要开始了,虽上场仓促,可她希望自己能表现得好一点儿。

过了好半天,凯瑟琳才斟酌词句跟女儿说:"妮妮,这个世界上,没有人从一开始就想当坏人,好和坏是很难分清的。魔鬼的种子可能深深藏在每个人的心里,当你遇到困境或者遇到诱惑,当你被误解、被辜负、被伤害时,每个人心里的魔鬼都有可能会跑出来,让想当好人的你成了坏人……"

她的话还没说完,就遭遇到了女儿忍无可忍的表情:"你这个人怎么回事?跟你聊个天就这么难吗?"妮妮发怒了,她朝凯瑟琳抱怨一通,就气呼呼地用那本网络小说盖住脸,仰躺在那儿装睡。直到下飞机,她都没再主动跟妈妈说一句话。

在后来的日子里,不知为何,只要一跟妮妮闹矛盾,凯瑟琳总会想起玫瑰。她心里经常塞得满满的,全是要跟女儿讲述玫瑰故事的冲动,她后来也曾试着心平气和地跟妮妮讲,然而好几次,妮妮没听上几句就打断了她。

妮妮如今到英国快半年了,十九岁的妮妮正处于更重视身边朋友而不是自己父母的叛逆期,偏偏又远去异国他乡,去到那个连她母亲都谈不上了解的生活环境里。在凯瑟琳的眼里,妮妮在英国的这半年,和她自己最初去英国简直是天壤之别。首先,妮妮的英文比凯瑟琳当年进步明显;其次,妮妮很快在学校里交到了朋友,她更喜欢离开妈妈,和她那些异邦朋友们待在一起。

面对羽翼渐丰的女儿,凯瑟琳搞不清楚自己到底该欣慰,还是担忧?

当然,这也正是她带着女儿,大老远跑来给我讲玫瑰故事的原因。

第七章 玫瑰

我所收集到的，别人给我讲述的玫瑰的故事仅以上这些。不过，让我了解玫瑰的却并不止这些。

那是些文字，多年以前，玫瑰自己写下的文字。

1

第一篇是小娣给我的，下面落款时间是 2009 年 12 月 1 日，是距玫瑰出事最近的一篇。

跟我聊天时，小娣告诉我，玫瑰出事后，她姨妈和姨夫曾结伴到伦敦奔丧，都是她接送陪同。他们在整理女儿遗物时，将玫瑰的一些书籍、杂志留给了小娣。小娣后来在里面发现了那篇文章。再后来，应我的要求，她将之扫描传给了我。

估计玫瑰当时是用电脑写的，我看到的是一张普普通通的 A4 纸打印稿。

时间过得真快，一年又要过去了！
今天还跟单斌说起，我来伦敦，竟然已经十二年了！

每次说起时间，我想我的脸色一定都不好看，单斌一定也习惯了。他又在那儿东拉西扯，说今天是什么下元节，俗称"消灾日"。我问他到底怎么消灾，他说了些祭拜之类的。我搞不懂，心里只想着今天回来一定要写篇文章出来，正好赶上年底，就算我又在执行自己的计划吧！

还好，今晚一切如我所愿，老陈又出去了，我又可以一个人自由自在地做自己喜欢的事了。可是枯坐了这么长时间，一个字我都没敲出来！

不该胡思乱想徒增烦恼，就写一写自己高兴的事吧。今年高兴的事，单斌算吗？

前年年底，我刚到旅行社打工时就认识他了。那时他也刚去那儿打工不久，初次见面，他就托我帮忙，替他刚来伦敦不久的亲弟弟艾伦找地方住。后来，我介绍艾伦到老陈这儿住。要是当初我知道自己会跟单斌走到一起，我绝不会让艾伦来这里住，也不可能让他老婆两次来羞辱我。第一次他老婆来老陈这里闹，算我运气好没赶上。第二次，她又去老薛店里闹，那次单斌太让我失望了！

怎么一写出来，全是些不开心的事？可是，跟单斌在一起，有什么开心的事吗？

是那次在温莎吧？对，就写那次躺在草地上！

那时，我跟单斌一起搭伴带团还没多久。我记得那是一天下午，我们在等游客回来。单斌躺在草地上，我坐在那儿，觉得自己好像要睡着了，突然听见单斌问我："你不累吗？你是不是从来就没在草地上躺过？"

一个成年人，就这么躺在地上？对我来说，早就没有自己四仰八叉躺在户外地面上的记忆了。刚出国的时候，天气一好，我就能看见公园里那么多老外横七竖八地躺在草地上，当时心里还纳闷，地上不脏吗？不凉吗？再说，让别人看着多不雅观，像什么样子呢？

可单斌告诉我，他本来就腰腿不好，可能因为这儿比他老家潮湿得多，他更不适应，来了不久就总觉得腰酸背疼。后来，他学老外的样子，在草地上躺了躺，晒了晒太阳，觉得非常舒服，也就慢慢地习惯了。那天，他又这么跟我说，边说边用一只手遮着半闭的眼睛，另一只手则向下指点着，示意我也躺下。我学着他的样子，闭上眼睛，半信半疑地躺下来，躺到了草地上。

现在我都清晰地记得那天的感觉。先是觉得头顶的天沉沉地向自己压了过来，而后，地面似乎一下子被抬高了。没躺下前，我坐在草地上，并没感觉到头顶的阳光有那么强，可一躺下，却分明感到阳光轻缓柔和地拂过我的身体，暖洋洋地簇拥着我。我情不自禁地舒展开四肢，一边肆意向四围探去，一边想，这可是在地上啊，是无边无际的大地，能让你的心感觉到真正踏实和安定的大地，凭你如何伸展，如何折腾，都不会掉下去，都不会有任何危险。懒洋洋地躺了一会儿后，我睁开眼睛，看见傍晚的阳光在自己周围悄悄地奇妙地游走。我身旁的草被橙黄的阳光笼罩，草丛间洒满阳光细碎的身影，明亮温暖，晃得我的眼睛都不敢睁开。又过了一会儿，阳光突然不见了，刚才还拖着长长影子的树木、建筑也失去了温暖的尾巴，重新变得清冷、高大起来。那天，我躺在草地上，泪流满面。

单斌后来总问我是为什么？我也说不清，其实这世界上，有很多事情都是说不清的，不是吗？就像我怎么会喜欢上单斌？就因为跟乔一样，他也来自陕西吗？还是因为一起工作的时候，他总那么好脾气，那么懂得照顾人？

不过当我告诉他，自己对他有好感是从那次躺在草地上开始的，他似乎非常吃惊。后来他又说，我反应那么强烈，可能是因为我一直都活得太拘谨，太绷着自己，太不轻松，太不踏实。

真的是这样吗？每次听到别人说他们眼中的我，我都有些吃惊。

我也不知道自己是个什么样的人。小时候，我想成为一个自己崇拜的人，我做过当演员的梦，当作家的梦，反正那时候我是想要成为一个明星，要受万人仰慕、敬重。这当然是很难的。

后来呢，尤其是出国后，我发现我不再向往成为精英，我想要的是平凡的幸福，我发现自己只想长成一个自己喜欢的人：一个活得安静、自由，能与人为善，拥有真正属于自己的温暖小日子的人！但这同样是不容易的。

到底是从什么时候开始的呢？我变成了现在这个样子，成了一个连自己都不喜欢的人。是因为草率地决定跟杰夫回国找工作改变的吗？还是为了续签证跟老陈住在一起后改变的？

这段时间不知怎么搞的，总觉得头晕，又累又困，就像睡不够似的。不写了，明天还得去看房子。单斌说得对，不管怎么样，都得努力改变。就让我从离开老陈这里，离开如今这说不清道不明的生活开始！

希望明年是我重新开始的一年！

希望将来再看到这篇文章时，我已经变成一个我自己喜欢的人了！

那一天，我会跟单斌在一起吗？

2009 年 12 月 1 日

2

第二篇是凯瑟琳给我的。

那当然就是凯瑟琳在自己讲述中提到过的，玫瑰送到她房间里去的那几张纸。那次在老薛的餐馆跟玫瑰闹翻后，凯瑟琳搬离了富咸路那栋房子，当时走得匆忙，她把自己的东西稀里哗啦打起包来，叫辆出租车就拉到酒店去了。等安顿下来，那篇文章被翻了出来，幸运地成了玫瑰留给她的纪念。

那文章的原件，凯瑟琳送给了自己的女儿妮妮，给我的是复印件。

时间真快，又是一年过去了！

每到年底，我都会有压力。因为刚来伦敦没几年我就订过一个计划：每年都要写一篇文章出来！后来这个计划一次都没执行，我又改成了：如果那一年有什么大事发生，那就一定要写篇文章记下来！

现在知道小时候我爸真没冤枉我，直到现在，我还是个像爸爸说的那样的人：三分钟热度，最爱订计划，却总不好好实施。

但今晚我一定要写篇文章出来！我要好好纪念自己即将结束的2007年！

这一年发生了多少事啊！先是阿剑死了，然后秋天里表妹搬走，我搬到老陈这儿住，跟杰夫恋爱、回上海、分手，上周又跟老陈住到了一起。这一切多像坐过山车啊！上去的时候心里一点儿底都没有，说不清是怕还是刺激，等结束了，只觉得头昏脑涨、恶心不适。可这些感觉没过多久就会挨过去的，自己到底还是会重新站在地面上的！现在，连我自己都要佩服自己！

一定要记下来！我要学阿剑那样，为将来记下自己最难的时光。

我想，我永远不会忘记自己最难的那段日子。那段日子，我每天闷在房间里，饿了或想上厕所，都要侧耳听听，确保厨房和楼道大厅里没人，才赶紧出去。那段时间我整天都灰溜溜的，像做贼似的，时时刻刻都在想着避开人。

那时我不敢见人，最怕有人问我："哎呀，你不是回国了吗？怎么一个人回来了？杰夫呢？你们又分手了吗？你回上海，是不是找不到工作？"

想想这次回国，我把想留的都打了包带走，不想留的也都送了人。

老陈这楼里住的人,谁不知道呢?我这次回去,原是不打算再回来的呀!

可有什么办法呢?还好没像上次那么傻,我还能赶在签证有效期内回来。那段时间,我每天闷在房间里,刻意躲避着所有的人,可是,我又如何能避开我自己?

那段时间我做得最多的事就是睡觉。看着看着电视睡着了;上着上着网睡着了;吃得太饱,怏怏的,也想睡;饿了,头发晕,身体发虚,还是想睡。我觉得,只有睡着时的自己才是轻松的、幸福的,什么也不需要去面对。

有天早晨,我突然醒了,仰脸看着天花板,心里想着该如何来打发这漫长的一天。一个念头突然冒了出来:天哪!我这么喜欢睡觉,不就是在盼着死吗?死,那不就永远长睡不醒了吗?我被那突然冒出来的念头吓坏了,一刻都躺不住了。不行不行,我才二十七,还这么年轻,从十七岁离开家到这异国他乡,十年过去了,我一个人蹚过了多少沟沟坎坎,不是都挺过来了吗?我可不能就这么浑浑噩噩地天天睡觉!

我一下子就从床上跳了起来!我立即就出了门!我没有任何目的地出了门!

外面那么冷,路上没有什么人,路过南肯辛顿地铁站时,我进到地铁里。

一路乘电梯下到最底层,我知道自己做对了,因为一进地铁站,我就发现自己已经不再胡思乱想了。地铁里来来回回那么多人,我着迷地站在那儿看了很久,觉得那里的气氛,真是符合我对逃离的想象!

我一直都是用学生卡办那种不限交通工具、线路和次数,地铁二区以内可以自由通行的地铁票。但在伦敦待了这么多年,我还从来没去过那么多地方呢。

自那天开始,差不多有四五天的时间,我天天出门去乘地铁,因为想避开别人，我总是出去很早，回来很晚，一整天匆匆忙忙早出晚归，只为了呆呆地坐在行驶的地铁里，来来回回地到处跑。无论人多还是人少，车厢里总是那么安静。我坐在车厢里东张西望，到了站也不下车，耳边不断传来此起彼伏的报站名的声音，许多熟悉和陌生的地名一遍遍地在我耳边响来响去。除非饿，否则我不会下车，即便下车，我也只是在车站里随便买个三明治，然后又去搭乘新的线路。

那些天，在我眼前，地铁的门开了又关，关了又开，眼前的世界亮了又暗，暗了又亮，一站接一站，不停地向前向前！我发现自己喜欢上了每天这么毫无目的地赶路，一忙起来，脑子就不再胡思乱想了，反正眼前的人我都不认识，那就什么都不用害怕了。

可有一天，坐在地铁车厢里，正是高峰期，地铁突然遇上了事故，停了好半天都一动不动，好像是海德公园那一站，人特别多，却特别安静。我故意站起身，跑到车门那儿人最多的地方去站着，站在那儿，我才能切实感觉到自己活在人群里。

后来，车突然就开了起来，我感觉自己被旁边的人碰了一下，但很快就听到了道歉声，还有哗啦哗啦翻书翻报纸的声音。站在密集的人群里，我只想哭，因为我发现自己还是一个人，发现越是挤在人群里，自己越觉得孤单！

那天晚上回家，走出灯火通明的地铁站，我突然想起自己从前不知从哪里看到的句子："地铁车站是地狱的出口。"

那天之后，我再出门就不去乘地铁了，我开始在地面上搭大巴。

大巴给我的感觉全然不同，我坐在双层大巴的顶层，冬日的阳光透过车窗照进来，照到我的身上，暖暖的，再加上车厢里也开着暖气，没一会儿我就软软地瘫在了座位上。可大巴跟家里真的是非常不同，我一丝睡意都没有，因为可以像看风景一样看窗外的人。当然我身边也有不少人，他们不断地上车下车，换了一批又一批，但他们距我太近，让我觉得不安全。我更喜欢隔着玻璃窗，在行走的车里看窗外的那些行人。

那段时间我每天都贪婪地盯着窗外，那么多的人，老老少少，男男女女，本地人，观光客……我为每个路人的表情着迷：有的洋洋得意，走起路来头发一甩一甩的，很带劲；有的则非常沮丧，垂头丧气，走不动了似的拖着身体一步一挪；有的边走边讲话，对着同伴，或举着手机。

那么多的人，那么多平平常常的人，以前我好像从来就没有看到过。一直以来，我总觉得自己是这城市的过客，觉得自己生活在陌生人堆里，可那会儿，从车窗里看出去，我却在那些陌生人身上感到了亲切。

有一次，我看到一个穿着棉大衣，披着米黄色纱丽的印巴女孩边走边哭，她哭得很伤心，用手捂着嘴，头和肩膀都在抽搐，哭得我的眼泪都要跟着掉下来了。

还有一次，一个黑人老太太牵着一个看上去只有十来岁的黑人女孩赶路。老太太似乎很生气，脸上的表情非常丰富，显然情绪正激动着，嘴巴一刻不停地教训着小女孩。小女孩则始终梗着脖子，扎了一头小辫子的大脑袋转来转去，东张西望地到处看，理都没理老太太。我的泪又一次不争气地掉下来了。她还小，我想，她还不懂的，其实有亲人管着，真的也是一种幸福。

那么多的陌生人让我着迷，让我浮想联翩，我也越来越觉出自己傻。其实有什么呢？人都在过自己的日子，被自己心里虚虚实实的念头蛊惑着。从前的我，不就跟他们一样，也像他们那样投入或忘情，兴奋或难过？

我终于意识到，自己其实也是这座城市里的一部分，是生生世世无论如何都要活下去的人群中的一部分！

没什么的，我对自己说，难过有什么用？当务之急是理清最具体、最急切的问题，得赶紧想办法解决！

不错，那段时间我正面临着自己在英国这么多年来最大的一个坎，是的，钱的问题！

当时跟杰夫回国时，我没打算再回来，可现在签证马上就要到期，得赶紧寄出去续签，但我账上没多少钱了，更何况新的学期很快就要开始了，ACCA 的学费马上就得交，但交了学费，就更没钱了。这次回国，为杰夫的事跟父母赌气，他们给的钱我都没要，当然，就是要了也不够。现在轮到我后悔了，就我那没几分钱的银行账户，怎么寄文件去给内政部续签证呢？

那几天，我迷上了到处乘公交车，坐在行驶的车上，看着车外不同的人来来去去，我也开始琢磨自己的问题：跟谁去借钱呢？想来想去，也没个准主意。身边的同学我不想跟他们借怕丢面子，更不想因为钱跟他们有瓜葛。但是我发现我最怕的不是跟谁去借钱的问题，而是如今我已心灰意冷的问题。这当然又是自己的一个坎，我得想办法过去，可就算过去了又能怎样？我真的要孤零零地在这异国他乡待下去吗？这次跟杰夫回国去找工作，我发现自己是在自取其辱，回国去也没有用，对我来说，国内有父母的地方跟这异国他乡真的没什么区别。我怎么这么命苦？难道注定我一辈子都要一个人孤零零的吗？

有天晚上，我从外面回来，一进宿舍就看到房东陈先生坐在一楼饭厅自斟自饮。"玫瑰，坐会儿。"他举起酒杯招呼我。

我跟他解释说我很累，想立即上楼去休息，可他还是站起来邀请我。

当初住到陈先生这房子里，我是通过一个朋友介绍的。当时她要离开伦敦退房子，而我之前跟表妹一起合租双人间，表妹搬走之后，我一直想换个单人间，就去了那儿。来之前我就听同学说过不少这陈先生的风流韵事，知道这老头很花，所以平时很少跟他说话。

"你有没有考虑过做导游？内地来的旅行团这两年越来越多，唐人街那里的旅行社接单都接不过来了。""我没驾照，不会开车，旅行社不可能要我这样的。"我打断他。但他又说："我有些旅行社的朋友，要不改天我介绍几个给你认识？还有，你知道的，玫瑰，我岳母身体不好，我太太都一年多没回来了，一直在普利茅斯照顾老人。你们住的这栋房子，只有我一个人在打理，可我还有餐馆的生意呢。所以，我想问问你，有没有兴趣帮我做房产中介？当然了，我们可以商量一个彼此都能接受的提成额度。"

我停下脚步，听见他还在一刻不停地跟我讲话："住在这房子里的人，时间久了，都是我的朋友，如果需要帮忙，玫瑰，你千万不要客气。我知道这段时间，你心情一定很不好，如果你还当我是朋友，愿意和我讲讲吗？"

后来，我坐了下来，陪陈先生喝了几杯。再后来的事，我就不记得了。但陈先生特别喜欢同我说起那个晚上，他说，那个晚上的我一直笑一直笑，好像开心得不得了的样子。

我不喜欢听他讲那个晚上，还有那个晚上的我。有一次他又提起这些，我很烦，就跟他说："一个人哪有那么多开心的事啊？不管开心还是不开心，笑，那是一定要经常努力练习的！"

我这么说时，陈先生脸上的笑突然僵住了。过了好一会儿，他才郑重地朝我点点头，竖起大拇指，用仿佛要登台演讲的语气对我高声说："玫瑰，我老陈这辈子从来就没看错过人，你这个女孩，的确是好样的！"

2007 年 12 月 31 日

打印的文字到此就结束了，不过，在这打印稿的下面，还有一行用钢笔手写的汉字，一笔一画写得周正端庄，那应该是玫瑰的笔迹。

凯瑟琳姐姐，你为什么从来不问我是怎么跟陈先生走到一起的？

我拿这些东西给你看，是因为相信你！我知道，在这房子里住的所有的人，只有你从不笑话我。你还记得吗？你曾经跟我说过，好人和坏人怎么可能分得那么清。你可能并不知道，当时听你这么说的时候，我的心里有多么感激！

爱你的玫瑰
2008年12月20日

3

第三篇文章则是手写的，是我自己收藏的，是玫瑰当年寄来的。

是的，这也正是我关注玫瑰故事的原因。

玫瑰跟温蒂、李祥、凯瑟琳等人都提过，她刚来伦敦那年，曾给一本留学生杂志投稿。那杂志是住在我楼上的姐姐跟她的几个同学一起合伙办起来的。玫瑰寄稿子的时候，杂志已创办三年，因运营不畅，编辑正青黄不接。楼上的姐姐知道我喜欢，就请我帮忙看些来稿。那时电子邮件还没普及，都是写信，我经常从楼上姐姐那里捧回一沓沓的信件，因此得以看到很多留学生写的文学稿件，有诗歌、散文，还有小说。

我记得很清楚，玫瑰那篇稿子，我是1997年夏天读到的，写在普通的绿色方格稿纸上，用的碳素墨水。玫瑰的字写得非常清秀、齐整，她写了自己初到伦敦时的观感和心情。那些文字非常契合彼时也初到伦敦的我的心境，我翻来覆去读了好几遍，非常喜欢。文章不短，共三则。我把那三则全推荐给了楼上的姐姐，后来姐姐选了其中的一则发表出来。

等稿子发出来，邮寄样刊的时候，已经快过圣诞节了。就在那时，我第一次听姐姐说起玫瑰："原来是她呀，我早听说过她的。跟你一样，也是因为跟寄宿家庭发生矛盾，早早就搬出来自己住的。不过没住多久，她就跟一个岁数大的男人同居了，很不像样子。"

可我无法轻易认同那姐姐的这番评价，我爱屋及乌，对能写出那文章的女孩颇有好感。后来我还按照邮寄样刊的地址，以编辑的名义给玫瑰写过一封信，信件地址似乎是 Luceyway，我记不清了，反正邮编地址是 SE，这个是不会错的。我写信是为了鼓励玫瑰再写，但彼时玫瑰可能已经搬离那里了，我没有收到她的任何回音。

再后来，楼上的姐姐也回国了，杂志的事就没再听别人说起过。

跟小娣聊天时，她告诉我，在整理表姐玫瑰遗物时发现过几本留学生杂志，我提醒她好好看看那些杂志。她果真在其中一本杂志上看到了表姐写的文章，大为惊讶。后来扫描文件时，她提出把那篇发表的文章也传给我，我谢了她，请她只把那期杂志的封面扫描了发给我。

十多年过去了，我终于再次面对那本旧杂志，那里面有我和玫瑰浅浅的缘分。

玫瑰的那篇文章是我帮楼上姐姐做编辑时，唯一发表出来的文章，就好像当演员、当作家曾是玫瑰的梦一样，做个有眼光、有责任心的好编辑也曾是我的梦。也正因为这样，玫瑰手写的这篇文章，这么多年陪着我国外国内地走，我一直都没舍得丢掉。

我真正见过玫瑰本人仅两次,但却无数次听身边的朋友提到她,提到的全都是我已无法接受的她。

再后来,我偶然从我一个亲戚的第二任妻子——凯瑟琳那里,得知了玫瑰的死讯,这让我非常震惊。于是,我开始在网上寻找玫瑰故事的知情人,并为此东奔西走。做这一切,仅仅是因为,我实在无法轻易接受这世上弥漫着那么多的轻慢和不屑,类似"坏女孩的代表"、"很不像样子"之类的话。我更愿意相信"文为心声",因为一直到今天,我都还真切地记得,玫瑰当年那清秀的外表、字迹,还有文章。

读城三则

时间过得真快,到今天为止,我来伦敦已经快一个月了。伦敦到底是座怎样的城呢?

之一:

飞机刚要降落在希思罗机场的时候,坐在我身旁的一位英文老师(他在上海教英文还没满一年,中文只会说蹩脚的"你好"。我的英文也实在差得很,所以我们交流起来很困难),指着窗外对我说:"Hi, yuanyuan, welcome to London!"

于是,我俯视那遥远的城,那毫无生气的低矮建筑和条条框框细窄整齐的街道。

"Do you like it?"他问。

我一时竟找不到合适的词语来形容我那一瞬间的感觉。我只感觉到心中蓦然升腾起失望,这就是那个著名的国际大都市吗?"I think it is familiar."我说。他听了我的话,先是一愣,然后笑得有点怪。

我心想，这家伙一定是误解了我的意思了，他一定以为这儿该是我向往已久、魂牵梦绕的地方吧！我懒得同他解释，脑子里却很自然地将它和刚刚离开的家乡上海做着对比。

在去机场乘坐的民航大巴上，我曾很动情地跟去送行的父母说："在高速公路上看上海，让我觉得陌生，突然发现自己很渺小，很无助，会很自然地想起人生无常、生存艰难什么的。"爸爸说："这种感觉应该是那些满眼耸立的高楼、无比宽大的街道、忙碌的立交桥，以及行色匆忙的人流一起带给你的。"

初到伦敦，在城里转，没想到却进一步印证了我有关 familiar 之城的感觉。

这城中的街道太窄了，窄得常常会搞错相反方向的公交车。可就是这么窄的街道，交通却绝不成问题。因为车分流在各条细窄的巷道里，不远处就有交通指示灯，都很矮，平视即可看到，友好地与你相望，决不高悬在天上，威严地气势逼人地审视你。

乘车在城里穿梭，与行走的人群相遇，大多数人散漫的步履，正如他们散漫的眼神，仿佛手里都握着大把大把无尽的挥霍不完的时光。车没走多远就会出现一处公园，所谓公园就是大片大片的草坪和蓊蓊郁郁的品类繁多的树木。这一周据说阳光明媚的日子破了纪录，于是草坪上就躺满了人，翻过来覆过去，肉皮红红地在晒太阳。

当然，这时候还有好些人是在酒吧里。酒吧都不大，临街面，这样说其实并不准确，因为车能在各种巷道中穿行，所以几乎处处都是街面。大多数人将桌子搬到户外，在大太阳底下把酒临风。他们真是悠闲得令人羡慕，他们就那样在明晃晃的阳光下端了酒杯，三五好友相聚，安安静静地消磨掉大半天的时光。

这里的人似乎很爱自然，草地里觅食的鸽子、小松鼠和爱在阳光下发呆的人共同组成一道和谐的风景，彼此凝视，却相安无事。

这里的人很爱养花草，可到现在为止，我也没在一户民居的院子里看见什么名贵的品种，到处都是些蓬勃生长的草本植物和灌木，弥漫着浓郁的乡野气息。

当然这仅仅是伦敦的一部分，还有能充分体现她悠久文明和侵略所得的古老建筑、博物馆、旅游景点什么的，那里一定洋溢着另外的色调，活跃着另外的人群。

之二：

古人说：境由心造。此言果然不虚。

提笔写此文前，我先看了看自己写的第一篇，不胜感慨！

早春时节，古老的伦敦展现了它 familiar 的一面，迎接远来的我。那时在初来乍到的我的眼中，它是大气、从容、自然、平和的，还夹杂着许多细细微微令我惊喜的山野和家常气息。可现在，随着气温不断升高，随着境况、心态的变化，它的色调和气息在我眼里已经逐渐变得驳杂起来。

或许正如古人所说，眼中之物本为心中所想。

或许唯其如此，方能称之为读城。

本月 16 日，在同班同学 Lisa 的鼓动下，我正式开始找工作。

本来此事并不在计划之中的，考虑到我语言的问题，估计现在能去的地方，一定得是餐馆的厨房。Lisa 同她打工的那家麦当劳的经理说了想让我也去那里做的事情，经理没反对。我去见了面，贿赂他一包我从国内带来的高桥松饼。那个黑人经理立刻眉开眼笑地一口应承，让我填了表，说过两天就安排培训。没承想另外一位经理出来作梗，说熟人不好在一起共事，以前别的员工要求过他都没同意等等，事情便急转直下，彻底泡汤了。

我能做什么工作呢？

"I am looking for a job. Is there any vacancy?" 到处走，到处问。

在 Westminster 地铁站，一家杂货店留下了我的电话号码。Oxford Street 有一家 Pizza Hut 给了我一份申请表。Waterloo station 附近有家酒店给了我一份申请表。临回来前，还遇见了一个中国女人，是一家快餐店的老板，一见我找工作就跟我讲中文，说她正要开一家酒吧，需要招人。她要了我的电话，又留了她的电话让我第二天下午一点联系她。

第二天下课跟 Lisa 商量，她直接给我泼冷水，说就当是练口语外加练胆量吧。人家那是客气，给你申请表之类的就是给你个面子，并不一定是缺人。她说她打工那家麦当劳门前常年都张贴着招工启事，可好久了也没见进新人，估计是商家的宣传手段罢了。

其实不用她说，我心里已经很气馁。白天和人说话时，我只能听明白 30%。就算人家同意我去，工作起来一定也会很麻烦的。

那天回来，我觉得只有那个中国女人的店还有点儿希望。虽然大家都说中国老板口碑不怎么样，而且酒吧对口语要求高些，但她说她刚开始经营，正要培训，去学学也无妨。

第二天又去跑，越跑越怀疑自己。本来刚开始找工作时，我就知道不可能有个地方正虚席以待我这种从小连家务都没做过的人。我心里想的是，人家 Lisa 和别的同学都能找到，为什么我就找不到呢？人家都可以出手大方地花自己的钱，为什么我还是依赖父母的穷孩子？万一我运气好，可以边干边学，没准就能让别人发现我的用处呢！可跑了一天，我已经发现自己的处境了，现在找工作跟人讲话能全听懂已属不易，何谈将来干工作时再自由发挥呢？

这一天也有些收获，Disney 玩具店要了我的简历，Burger King 要我留电话给他们。那个中国女人果然不辜负自己的口碑，言而无信。一点联系，她让我十分钟后打，一个小时后拨过去，让我明天再打。我于是彻底放弃了她。

那天傍晚我遇见了那个老头。

去伦敦桥附近的酒店送填完的申请表，我发现自己迷路了。地铁有好几个出口，我一定是从不同于前一次的出口出来，才找不到路的。申请表上连酒店的地址和名字都没有，打听我都没法打听。我就一次次地返回到地铁里重新找。折腾了好久，才远远看见了那家酒店的红色蔷薇花标志，终于不至于无功而返。回来的路上看见了老头的店，趁心情愉快，我就想进去试试。

已经快六点了，柜台上的女孩正在收拾打烊，听说我找工作，就大叫老头的名字。

老头正踩着把椅子往窗子上贴广告，让我稍等一会儿，还问我喜欢喝什么，让女孩端给我。

我坐下来，才觉得真的很累了，看看表，才知道在这条并不繁华的街上，自己竟然来来回回跑了差不多两个小时。

老头告诉我他是店主，问我来这儿多久了，对这儿感觉如何。我说这儿很好，很亲切。尤其人很友好，比如你问路时，都很热情。要是你听不明白，有些人甚至肯送你去目的地。他又问我是不是在读书，是住寄宿家庭，还是自己租房子住，为什么要找工作之类的。

我的情绪陡然低落下来，结结巴巴地告诉他，我刚到伦敦，开始也住寄宿家庭，可总吃不饱，洗澡还总被骂，后来就出来跟同学一起租房子住了。现在在读书，但希望可以自食其力，在法律允许的范围内打小时工。我觉得我能干活，只是英文是我的障碍。老头叹了口气，说他能明白，他年幼时也有过一段做外国人的经历，并说他可以教我英文。

后来他带我看他的店，原来不仅仅是喝酒水的地方，里面还有个不小的 Museum，用图片和实物展示茶叶和咖啡的发展历史。我很奇怪，就问 Museum 也属于他吗？他说是，但经营状况并不好。

他又说了不少事，可我都听不大懂。天色不早了，我想回去了。我说，我想自己没资格在这儿工作，我英文太差了。老头说他不这么认为，他店里的职员，比如那个西班牙小伙子也不大会讲英文。他说如果愿意，可以找英文好的同学陪我一起来，他可以把他的想法通过同学告诉我。

第二天，我请了高我们一级的 Gary 一同前往。

老头的店果然经营不善，营业时间是上午 10 点到下午 6 点，可我们 12 点左右到，里面还是空空荡荡的。

昨天没留心，原来 Museum 是收费的，收费标准醒目地摆在吧台上，成人参观 4.2 镑每小时。被老头说也不会讲英文的西班牙小伙子同我们打招呼，听我们说是和老头约好的，就去请老头出来了。

老头和 Gary 讲了一会儿话，有个黑人来了，仿佛也是约好的样子。老头就让我带 Gary 参观一下 Museum，并说黑人是来做 Research 的。

我带 Gary 进去参观，Gary 说，他说你不够自信，其实你比那个西班牙人说得好，那西班牙人 1994 年就到伦敦来了，总跟他的同乡混在一起，一直也没真正用心学过英文。参观的时候，我发现原来 Museum 里面还有一个大房间，里面摆着电视和几排椅子，想来这里是常常搞讲座的。

小伙子突然来叫，说老头有请。

我们过去后，黑人还在。老头说了一些他经营困顿的事情，然后说到我，说他的想法是，随时欢迎我来，但暂时不能发薪水给我。

这句话我听懂了，也看懂了老头的窘迫和 Gary 不满的眼神。

于是，我们礼貌地告辞出来。Gary 很气愤地说："怎么说得好好的，就不给工钱呢？我们可潇洒不起来，难道打他的工，还得搭进去交通费、餐费吗？打工不就是为了薪水吗？"

我倒不气，当然也并不是不同意 Gary 说的打工就是为了薪水一类的话。我是在想自己，这老头真是实实在在地给我上了一课啊！就算人家愿意让你去干，但不考虑给你薪水，可见你自己在这儿的用处！

中午吃饭又是 Lisa 请客，跟他们讨论起工作的事情，我告诉他们，我妈打电话告诉我，说送我来这儿是为学习的，不用急着找什么工作。他们就都笑我，说我这是吃不着葡萄说葡萄酸，是自我安慰。他们还说，反正就是学语言，每周一到周五，每天上满三小时课就算全日制学生，剩余的时间总得打发吧，更何况，他们觉得打工学英文比在学校里学要容易，也实用得多。

Lisa 让我抬头看餐馆里正忙活的服务生，那会儿正是就餐高峰，我眼里一个个穿黑衣的男女跑堂，精干利落，各司其职。他们有的展开手臂，从肩膀开始，四个盛满饭菜的大盘子一字排开，游蛇般在人群里穿梭着，转眼就把它们准确无误地端到不同客人面前；有的则斜搭块大抹布，夹个托盘，扑向客人刚刚离席的一堆残羹冷炙，三下五除二，倒擦摆摆，不到一分钟，就让那儿恢复了可以重新纳客的面貌。

"你觉得，你有本事赚这种钱吗？"Lisa 问我。我看得有些心惊肉跳，却尽量不动声色。因为这一切，包括 Lisa 的说法，都让我觉得自卑，也在心底越发羡慕他们。

之三：

伦敦交通便利，举世闻名。给我印象深刻的倒不是他们如何先进，财力如何雄厚，而是他们有些细节工作做得真是非常到位。

对我来说，最有说服力的例子就是机场。

临来时，过了安检就只剩下我自己，又带着不少行李。所以，出发前爸爸妈妈特意帮我查了不少出入境的注意事项。在上海机场时，所有的标识都是中文的，我还跑了不少冤枉路，拖着一车行李，忙里忙外搞得满身是汗。可在伦敦希思罗机场，只随着 Arrival 的标志走，一路上无论是上下还是平地，不时有自动扶梯，真是很方便。

而到了伦敦市内，十二条地铁线路，还有火车、轻轨、公共汽车之类的纵横交错，出行真是非常方便。尤其是上届的同学送我一本 A-Z 地图，在那上面真是任何一个有名字的地方，你都可以轻易找到。像我这种以前从不看地图的人，现在都是通过地图找路，而且每次都能顺利找到。

当然我也迷过路，乘地铁的问题是，上到地面后会找错出口。乘公交车的问题是，如果你要下车需要在临下车时按 Stop，开始的时候我不知道，总是坐过站，有一次我想反正是为了熟悉环境，就一口气坐到了终点。

不过每次迷路都有惊无险，只要主动去问人，总有人帮你。有一次，有个老奶奶听不懂我说的地名，就掏纸出来，让我一个字母一个字母地写下来。还有一次，一个讲话很快的大姐姐可能是不知道我说的地方，甚至打电话跟她的朋友请教。

我初来这里，最大的震撼就是公共场所总是那么安静。尤其是地铁里，早晚高峰期的时候，所有人的脚步都很匆忙，典型的快节奏，地铁又旧，人又多，一进车厢里人满满当当的，有穿着考究的白领一族，也有满脸疲惫的工人阶级和学生。虽然那么多人，但你几乎听不到什么声响，大家都非常安静，也不拥挤，只有停开车的时候，站着的人难免相撞，才会有轻轻的道歉声传来。

有一次在地铁里，遭遇了一次小事故，正是上班的高峰时间，车到 Marble Arch 后因故障停了十几分钟，有人等不及会下车离开，但车厢里依然和平常一样安静，只有车里的广播在不时地播报排除故障的进展情况。我对面一个拎着大公文包的中年男子，每报一次消息，就无声地向上翻一次白眼，再低头看自己腕上的表。好不容易恢复交通，车又运行起来了，我再去看他，发现他跟刚才一样，还是直直地站在那儿，话没讲一句，脸上的表情也没有任何变化。

无论是等车的时候，还是在地铁车厢里，大多数人都在埋头看书、看报纸。看报纸很方便，早上起来，每个地铁的入口处都放有一些免费和收费的报纸,供乘客取阅。而在地铁上看书的人更多,哪怕手拎肩扛,也有很多人一卷在手。有好几次我好奇地用余光扫扫身边的读书人,发现他们大多是在看小说,心中顿时好生钦佩,在人潮涌动的地铁里看小说是何等定力!

以前我曾在一本书上看到过关于英国人民族性格的一种说法,非常有意思,说他们的两重性分别是英吉利性格和不列颠性格,分别代表着宽容、谨慎、公道和因循守旧、自高自大。每次在地铁里,站在人群中的时候,我总是能想起那些评价,能切实地感受到这一点。人和人很近,但是又很远,而隔开彼此的,我想绝不仅仅是匆忙。

有一次上课,我们学了一篇课文,提到了两个美国人眼中的欧洲,他们说:"In London, people consider their break more important than just money, money."(在欧洲,人们更在乎休息,而不只是赚钱、赚钱。)

讲这课的老师是个老妇人,她话里话外流露出明显的自豪。课间休息,有同学过去跟她聊天,她只用目光微笑,并不轻易发表意见。时钟指向十二点,她立即宣布下课。在铺了地毯的台阶上,她用尖尖的高跟鞋不疾不徐地敲打出单调但坚定的声响,一路高昂着头,目光从容地径自远去。

有人说,她一定是去赶赴女王的下午茶茶会了!

以前学历史时学的那一点儿欧洲史,早就忘得差不多了,所以我想自己现在去景点游览,也就只能是看看风景,不能感受氛围,所以没特意往景点跑。虽然这里有那么多景点都免费向游人开放,可我想我的时间还有很多,现在只需要多找资料看看,等以后有时间了,再到各处去凭古吊今,深入读城,那一定会更有趣。

苏媛媛
1997年5月11日

写这篇文章，玫瑰署下的是她的本名苏媛媛。那时候女孩苏媛媛还只有十七岁，刚离开自己的父母，离开家，独自一人来到遥远的伦敦。在她眼前，一个陌生的、不同以往的自由新世界正欣然向她打开，她还瞪着探寻的大眼睛在四处张望。

事实上，这难道不是我们每个人生命里都必然会遭遇到的场景吗？在成长的岁月里，面对新的环境、新的人群，有谁不曾像玫瑰一样兴奋莫名或茫然无助？活着，对谁来说不是一场未知目的地的旅程？谁能提前知道自己会在哪里驻足、困顿，在哪里转弯、折返、抽身离开？

我们都曾如此出发，却在后来走上了不同的道路，长成了不同的模样。

我觉得自己最大的幸运，是看到了玫瑰早年的这些文章。

因为有这些文章，我心中才能一直存留玫瑰最初的样子。即便后来玫瑰在别人口中变得面目全非，这些文章依然能让我对她心存爱意，对她满怀探究和想象的热情。但愿那些曾跟玫瑰擦肩而过的人们，也都能记起玫瑰最初的样子。因为在我看来，无论玫瑰，还是渺小如尘芥的我们每个人，都如叔本华所说："我就是别人，任何人就是所有人。"因为在我看来，这世界我们来过，来过那些我们爱过或爱过我们的人的心上。

图书在版编目（CIP）数据

玫瑰和我们/方如著.—济南：山东文艺出版社，2015.1
ISBN 978-7-5329-4737-9

Ⅰ.①玫… Ⅱ.①方… Ⅲ.①长篇小说—中国—当代 Ⅳ.①I247.5

中国版本图书馆 CIP 数据核字(2014)第 142485 号

玫瑰和我们

方　如　著

主管部门	山东出版传媒股份有限公司
出版发行	山东文艺出版社
社　　址	山东省济南市英雄山路 189 号
邮　　编	250002
网　　址	www.sdwypress.com
读者服务	0531-82098776（总编室）
	0531-82098775（市场营销部）
电子邮箱	sdwy@sdpress.com.cn
印　　刷	山东临沂新华印刷物流集团
开　　本	680 毫米×980 毫米　1/16
印　　张	15　插页/2
字　　数	190 千字
版　　次	2015 年 1 月第 1 版
印　　次	2015 年 1 月第 1 次印刷
书　　号	ISBN 978-7-5329-4737-9
定　　价	32.00 元

版权专有，侵权必究。如有图书质量问题，请与出版社联系调换。